刘克襄精选集

# 溪涧的旅次

刘克襄 著

北京时代华文书局

**图书在版编目（CIP）数据**

刘克襄精选集 ：溪涧的旅次 / 刘克襄著． — 北京 ：北京时代华文书局，2018.10
ISBN 978-7-5699-2569-2

Ⅰ．①刘… Ⅱ．①刘… Ⅲ．①散文集—中国—当代Ⅳ．① I267

中国版本图书馆 CIP 数据核字（2018）第 211969 号



北京市版权著作权合同登记号 字：01-2017-4347

**刘克襄精选集 ：溪涧的旅次**
Liukexiang Jingxuanji : Xijian de Lüci

著　　者 | 刘克襄

出 版 人 | 王训海
选题策划 | 胡俊生
责任编辑 | 周　磊
装帧设计 | 程　慧　段文辉
责任印制 | 刘　银

出版发行 | 北京时代华文书局 http://www.bjsdsj.com.cn
北京市东城区安定门外大街 138 号皇城国际大厦 A 座 8 楼
邮编：100011　电话：010-64267955　64267677
印　　刷 | 固安县京平诚乾印刷有限公司　电话：0316-6170166
（如发现印装质量问题，请与印刷厂联系调换）
开　　本 | 880mm×1230mm　1/32　印　　张 | 8.75　字　　数 | 228 千字
版　　次 | 2019 年 1 月第 1 版　印　　次 | 2019 年 1 月第 1 次印刷
书　　号 | ISBN 978-7-5699-2569-2
定　　价 | 48.00 元

# 推荐刘克襄

自然写作在台湾，起始于二十世纪八十年代初，刘克襄领先进入这个领域，持续至今，写作策略鲜明、能量充沛，是最具代表性的旗手。

现代“自然写作”，以人文地理探查为经，以动植物生态观察为纬，是趋近真与善的强力探求，不同于古代文士悠游林泉物我两忘式的陶醉。现代自然写作者的书房流动在无名的溪流与山野，除环境史、生物学、生态理论等知识必须具备，还要有赤子的敏锐、诗人的情怀、苦行僧的毅力，能耐困顿孤寂。刘克襄正是这一类型散文家的典范。

本书可以看出刘克襄不同时期的自然关切与实践：观察者的内心与被观察者的行为，交织而成的既细腻又壮丽的人与自然的乐章！

陈义芝

# 刘克襄散文观

年轻时，以鸟类为书写对象后，迄今二十多年，创作的类别和范围几乎不曾离开山川地理和自然风物的题材。由于接触对象多半是野外的虫鱼草木以及生态踏查人物，自己也养成了到处旅行、不断地观察记录的写作习惯。而经由自然生态运动的洗礼，自己在台湾这块土地的见闻，仿佛也多涉猎了一些过去文学所无法提供的养分。年纪愈长，生活的价值和思想的准则，也依着土地伦理和人群之间关系的变迁，有过多次感悟。连带地，创作更进行了几番剧烈的调整。虽然自己的创作常被视为知性散文，我仍笃定感性的层面其实更浓烈而坚实。那诗之情怀，从不曾在我的自然观察里脱队。它随时回来，在散文叙述里，扮演着调和的溶剂。

刘克襄

# 目录

## 第一辑　旅次札记



## 第二辑　动物观察

## 第三辑　人文地理

## 第四辑　自然教育

## 第五辑　人物肖像

第一辑

# 旅次札记

BLACK-CROWNED
NIGHT HERON
ADULT
IMMATURE
AMERICAN
BITTERN
LEAST BITTERN
YELLOW-CROWNED
NIGHT HERON
ADULT
GREEN HERON
ADULT
GREAT BLUE HERON
IMMATURE
LITTLE BLUE
HERON
LITTLE BLUE
HERON
ADULT
SNOWY EGRET
HERONS
LOUISIANA
HERON
AMERICAN EGRET

鹭鸟

# 旅次札记

## 老鹰剩下两百只

去年随船到处流浪，经常驻泊于基隆与左营。两年前，鸟类学者颜重威曾在全省各地调查老鹰的数量，他曾提到这两个港的海岸地带有老鹰栖息。而我在一年的驻泊里，觉得两地该是全省老鹰分布最多的区域。

我在日志里提到港口的老鹰时，常常描述它们喜欢低空盘旋、俯冲、掠过海面，却未曾亲眼看到它们捕食小鱼的记录，除了捡食。有关鸟类的书籍，也从未提及它们这种盘旋于港口上空的习性。

在左营军港时，老鹰们可能已习惯近人。经常在我四周飞绕，近到它特有的褐色、暗斑，甚至脚爪，皆可一目了然。这里的老鹰多半来自寿山。几年前，寿山发生林火时，烧死了大半的野生动物。老鹰的巢也随着遭殃，目前还剩三十余只。至于相对着寿山的半屏山，因为遭到土壤过度开采，山顶荒秃，半山腰以上的树林覆满泥沙，已无老鹰栖息。

基隆地区的老鹰分布比较广泛，从海岸地带延伸，远至北部山峦地区的七星山、大屯山都有零星发现。这地区情形比较特殊，老鹰经常有骤增骤减的现象。后来有两种说法，前者猜测它们可能是从大陆来台度冬。后者说是繁殖期幼鸟的增加。想到大台北郊区里外的污染，我宁可相信前者。然而截至目前，关于老鹰的记载，也没有证据可证明它们是候鸟。

在我们的岛上，我想没有看过老鹰的人大概很少。照理说，我们对老鹰也应该有很深刻的认识。结果让我吃惊的是，我们只有简单的调查，只告诉你，老鹰平均下两个蛋。幸好有人查知老鹰有群聚繁殖的倾向。这种群聚繁殖的倾向，在估计老鹰的数量时有很大帮助。

由于老鹰并不漂亮，加上不如其他鹰科鸟类的威武雄猛，猎人们也不喜欢猎捕。在我们感觉里，老鹰自然非常普遍。事实上"普遍"这词是不正确的。我能猜测它日渐减少的主因，应该是自然环境受污染的影响。

一八五六年，英人郇和（Swinhoe）抵达我们岛上调查鸟类时，他的报告上说老鹰到处可见。去年颜重威走访全岛十七处调查，如果以平均每处有二十只推算，三百余只而已。不过老鹰栖息的半径大于一般鸟类，扣除重复的发现，我十分赞同他调查里的悲观结语：老鹰剩下两百只了。

## 大肚溪的冬之旅

农历新年第五天的上午，寒流从大肚溪口涌进，风力八级而且冷厉。一只平常爱四顾观望的水雉，会迅速找好食物，整日丝毫不

水雉

动，隐藏在灌木丛里。

早晨九点，在大肚溪下游，几乎看不见对岸的沙洲上。跋涉半个时辰后，终于踏离泥泞的沼泽。眼前，一片至少有五百米，覆满化合剂废水、黄茫茫的沼泽。远方的工厂仍在冒烟。

我走进纷乱的五节芒中，疲惫地趴在凸起的沙堆后。前面沙滩有只小环颈鸻徘徊，在寻找早餐。这是只幼鸟，无过眼带，每三秒间隔，往地上啄食，迅即抬头，眼观八方。我也啃着随身携带的五爪苹果，开始记载。

小环颈鸻行走到一处空旷的水滩后，绕着水滩徘徊，水滩不过半米圆，它却逆时针绕了五圈，仿佛沉思着，一会儿又竖颈，随即离去。

水鸟小环颈鸻走了，换溪鸟飞临。一只雌的蓝矶鸫，突然朝沙堆跃上，站在三米外的石堆上。从来没有溪鸟如此接近，与我对峙了十几秒后，又扑下沙堆去。这只蓝矶鸫不知是从大陆东北来，或是朝鲜半岛？去年底，与诗人苦苓在大甲溪旅行时，遇见的雄蓝矶鸫，也是孤寂地坐在亭柱上。在避冬区我们岛上时，蓝矶鸫注定要各自分飞，直到北返后才聚合。

我从沙堆起身时，岩壁的灌木丛有了动静。不久有对灰头鹪莺探头出来，除了眼珠子，羽色完全与岩壁相仿。它们正在偷食蓟科植物的果实，且将屎拉在叶上。灌木丛旁有一浅浅沙洞，宛如石块崩落的遗迹，这是东方环颈鸻的巢。最先在台湾发现东方环颈鸻筑巢的鸟人告诉我，此鸟的巢十分简陋，随便挖个沙坑，前面摆几粒石子就是家了。也许因此，时隔一百多年后，我们才发现此鸟在台湾也有繁殖。我想我发现的是弃巢。

中午，我站在溪边，面对着数千只棕沙燕，贴着水面，不停地

蓝矶鸫

盘绕，有时掠过眼前，有时欺身扑近，又忽而自背后蹿出。也不知棕沙燕在忙什么，就是未曾停下憩息。不久眼前的棕沙燕减少了，往前望，又是一群结集在溪面上。就这样一群群地联结在大肚溪下游的上空，棕沙燕成为这里数目最多的鸟。

这时小白鹭正一只接着一只，从沙洲起飞，自对岸飞向远山，无声息地没入云翳。但可以预测的，日落以前，它们会再飞来觅食晚餐，不然就要到附近的水田，因为水田两边就是台中与彰化两座城市。

远眺着两座城间的大度桥，我蹲下来吸烟。一只灰鹡鸰却挡在前面，在一米前的沙滩，展露鲜黄的羽毛，摆动身子，遗留一排交互的爪迹，随即波浪式地边飞边叫远离。

本来以为春节单独到大肚溪来，或许能领悟什么，却只感动于一只灰鹡鸰，离我如此的近。我所关心也是如此，其余的皆为额外，像越吹越大的风。

春天以前，不会再到大肚溪来了。收拾背包，将衣服裹住全身，只露出双眼，朝大度桥走进来往的车潮中。我不断挥手，看有无前往台中的车子要停下来。

## 标本制作

一具白头翁的尸体躺在雨后的稻田，我将它携回。

用尺量，黑色的嘴一点六毫米，可轻易戳破白报纸。橄榄色的羽翼正好八厘米，比普通的小。尾却长了一毫米。

用秤称，一百零五克，重麻雀半倍，可能是羽毛沾湿的关系，不然它是胖子。

白头翁

摆进放大镜里，额、眼、颊并非全黑，白色的头发也尚未长成，或许是幼鸟。但腮与喉都已纯白，胸前淡褐色的毛也干硬粗犷，低垂成优美的弧形，越近小腹越淡。小腹周围是纯白柔软的细毛，小腹以下，又有数不清的褐毛掺杂。现在可以确定是年轻力壮的白头翁了。

刀子是五块钱一只的超级小刀，扳住它的下唇，从喉头抵入，轻轻往下剖，嗉囊、肝脏、砂囊、肠一一蹦出。最后是睾丸、排泄腔。

再将它两片心形的嗉囊割下，解剖，摆进放大镜里。它最后的食物是一只小尺蠖。从尺蠖再分析，它可能是从甘蔗田飞来的，那儿的确有一片桑林。

消化器官都取出，便用吹风机烘干羽毛。过半个钟点，塞入一些稻草秆、木屑。然后，针线缝合身体，找木板、强力胶，粘稳它，使它站起。

以上的事，最后记录在小卡片上。写完了，放回原来的四百张旁。这是第一张完成的，另外有四百张，要记载四百种鸟。鸟，我们岛上有四百多种。

## 黄头鹭从雾中归来

二月十八日。清晨有薄雾的大甲溪，一只黄头鹭从雾中归来，抵达南岸的卵石滩上。春节以前，鸟友告诉我，黄头鹭已很少出现在北岸，自己旅行时也没有记录，它是接近北岸的第一只。

依据我们岛上农人的经验，黄头鹭有南北迁移的现象。秋末时北部的黄头鹭就启程，飞往南部过冬，春天才纷纷北返。这只黄头鹭正在回家的旅途，可能马上抵达终点了。

黑腹燕鸥

它先沿着岸边滑翔，越过第一道分流后，站在滨水的沙岸，金黄的羽冠在日光里闪耀，显然已经换羽。接着又有五只出现，贴着水面，沿适才第一只飞行的方向过来，同时落在它身旁，也有着金黄的羽冠，个个偏首向南观望。它们可能刚从嘉南平原北返，跋涉了一百千米。前面是鹭鸶保护区，去年九月，有一百多只黄头鹭从这里南下避冬。

到了中午，雾从溪底散开，六只黄头鹭同时起飞，这是春天的征兆。春天在天空也是这样形成，越过大甲溪是它们的最后一关。此时溪又分三道。第一道都越过了，第二道接近时，有一只偏离方向。第三道过后，剩余的五只已接近保护区，春天正尾随它们的羽翼蔓延过来。 黄头鹭开始在崖边的上空盘旋。盘旋时又有两只飞离。不久，最后的三只飞入了相思林，与夜鹭、小白鹭重聚。

这是今年最先飞回的黄头鹭，当第一只落脚相思树的枝头时，春天也已越过了大甲溪。

## 进港前后

要返港测天岛有两条航线。北下时由渔翁岛转西折入海湾，而南上是在东吉屿朝虎井屿驶去。

沿渔翁岛进入澎湖海湾，南陲的石岸是外垵村。这是黑腹燕鸥大群出现的地方，黑身白翅构成海边的特色。北下数次，所能发现如此。南上近百次入港情形却不同了。从东吉屿转向，以十二节[①]推

---

① 1节≈1.852千米/时。

算，两个小时后，可发现左舷的虎井屿，以后查知是黑鹭群，经常聚集在岩岸，或飞翔，或驻足，从不离开北方的岬角。小燕鸥也经常飞临，有时从舰首掠过，仿佛引船入港。发现虎井屿时，也可隐约瞥见澎湖岛的小村井埯里，有崎岖不平、弯曲折绕的海岸线，是白眉燕鸥及鹬科鸟的集中地。按理说，虎井屿人烟稀少，岸鸟怕事，应该选择此地。可能井埯里是良好的背风区，食物环境又丰富，造成此地特殊的现象。过了虎井屿，桶盘屿就露出来，这里海鸟不计其数，多半也是鹬科类。其中还有一次发现红隼，可能是过境的冬候鸟，但遇见时已是冬末，说北返，又嫌太早。这种自然界的奇异现象，实在无法解说。军舰要转入测天岛的内海时，最后可发现鸟的岬角是风柜里，然而离得太远了，无法认清。后来翻阅六年前的鸟讯比对，有人报告在风柜里与我发现类似的鸟种，猜测是燕鸻。

等军舰泊靠测天岛时，港边的海岸却无任何鸟迹。可以肯定的，因为油污漂染的关系，且不时有小艇轰隆的引擎声，骚动整个海湾。虽然海湾水质清澈，除非扣除小艇声、岸边海污，已无任何挽救的地步。也难怪每次散步海岸，总是备觉荒凉。

## 站岗的时候

小女孩大概只有十岁吧，穿着透明带绿色圆点的雨衣，配衬红雨鞋。走出甘蔗田时，摩擦着笨重的鞋声，感觉上十分阑珊。

男童更小了，不到她肩膀高，橘黄的雨衣在泥地拖拉，边哭边擦泪，抽吸鼻涕，手里持着细长的竹枝。

小女孩不时转头咒骂，两人渐渐走近溪边。我已经站了三个小时的岗哨，头一次看见有人从对岸出现。

燕鸻

后来又瞧清楚，小女孩手上也持四五只竿子，她走上土丘，男童仍然在哭。她也不理，每隔三四米，径自将竹枝插直。竹枝分岔，上面好像绑些木片。太远了，我看不清楚。小女孩下了土丘，生气地从男童手上抢过竹枝，一个巴掌也过去。男童的哭声更大了，跄乱退后三四步。一只布袋落到地上，袋里面是鸟。小女孩又走上土丘，插完最后一只，下来捡拾布袋，只顾前行。男童继续跟在后头哭，消失在甘蔗田。

第二天清晨，再换我站岗，又碰到小女孩，牵着男童的手，嘻哈哈地出现。我从对岸喊话，知道是红尾伯劳，问她一只卖多少。十元。谁叫她捉的。爸爸。一天捉多少。二十只。

她走上土丘，这次似乎收获不好，竹竿上只吊了一只。正要取下，伯劳突然反啄，但没有用，她轻易地扳住头，一扭，丢入布袋绑住袋口，塞入雨衣。

# 从海峡出发

一九八〇年九月初，一天清晨，军舰离开基隆，沿台湾西海岸南下。黄昏时已过台中港。数万只小水鸭，刚好从大肚溪口起飞，可能在继续未竟的候鸟迁徙。当它们越过舰首，虽然尚未遮天，日落却为其掩蔽了。

这是首次遇见庞大的候鸟群，以后每每闭目，怀念海上的赏鸟，便想起当日景象。那时我是海军少尉，入伍服役正值一年，除了海陆间来回漂泊，镇日无所事事。只偶尔写些诗，记载航海日志自娱，日子如浪潮涨退以逝。

等军舰回到测天岛后，有天清晨散步海边，发现一具鸟尸漂浮，全身黝黑，不知其名，翻查从台湾携来的鸟书，知道是黑鹭。写信回台湾询问朋友，朋友答复十分详细，还告诉我附近的鸟种。朋友的帮忙引发了我的兴致，结果为了这兴致，以后更埋首其间，跋涉山水，竟耗费两年时间。

其实测天岛本身并无多少海鸟，除了搭小艇遇见黑尾鸥，海边有少数鹬科岸鸟外，不见任何禽兽。但鹬科至少有十来种的，唯当时无单筒望远镜，加之正逢候鸟冬羽时期，自己又欠缺知识，辨认工作困难重重。而时间也极为匆促，因军舰经常出巡任务，屡屡深更半夜启航，一去三天两夜。回来时已精疲力竭，我的观察工作自然受阻。直到来年元月底，军舰驶返台湾定保，仍无法走毕这小岛，当然自己慵懒也是原因之一。

不过，各个岛屿间海鸟的栖息，还稍为了解。因为军舰出入测天岛的次数不下百次，从渔翁岛进来，或者虎井屿驶入，多半是清晨涨潮时候，海鸟正繁忙于觅食，记载也较翔实。虎井屿的黑鹭，桶盘屿的红隼，渔翁岛的燕鸥，多半亲眼目睹。印象最深，莫过于猫屿的燕鸥。因为军舰经常围绕该岛岸轰，燕鸥经常被骚扰，至而死伤累累，迟早会远离。

二月初，军舰返抵高雄，入旗津定保。趁长期靠岸时间，我曾南下垦丁数趟，大武山以下的郊野村落，至今仍熟稔异常。首次接触山鸟是这时，五彩缤纷的山鸟，自然比岸鸟易于辨识，而且栖息生活迥异，已超出我想象，或得自书本的知识。

四月中旬，送走军舰远航后，我留在寿山附近，小住一月，等待退役。日日仰视老鹰群起落，也时常躺卧一处空旷草原，照晒初春的阳光，注意八哥族群的活动。唯一的旅行，到北方的援中港，从附近的鱼塭寻找鱼鹰。这时也屡次发现雁群北返，过境海岸，我也在雁群北返时，结束这一段服役的旅行。

•

东海大学野鸟社的学生，应该认识我。五月退役回台中后，我便加入赏鸟会，由于工作关系，生活日夜颠倒，无法尾随赏鸟

鸬鹚

队，只好跟学生入山赏鸟。一些生物系学生知鸟甚详，在山上教我良多。从中部出发的第一站是谷关，我去佳保台、美溪下游旅行。遇见罕见的星鸦、赤腹山雀。星鸦从高海拔下降，赤腹山雀多年不见，都是稀有的鸟种。回台中后，觉得观察而无记载殊为可惜，后来听从诗人罗智成的建议，尝试写下一系列的旅次。

第二站是溪头，在多雾的凤凰山，认识鸟类专家张万福，教我从雾里判别鸟声，有九十余种鸟类的凤凰山峦，是我以后旅行最为频繁的山林。而这里繁复的飞花草木，不久都熟悉了。什么角落有咬人猫，地衣何处茂盛，蚂蟥出没哪里，我都知晓。后来拜读张万福研究赤腹松鼠的报告，对赤腹松鼠也有莫大兴趣，唯当时赤腹松鼠迁移到对面的岭头山，而溪涧也不知为何，近来常干枯乏水，溪鸟不见，观察的重心又落回山鸟。

九月后，我开始单独旅行大肚溪，走一千五百米宽的溪口，横越化合污水的溪滩，欣赏岸鸟们过境。这一年最早回来的是矶鹬，这是我个人的记录。有次也随赏鸟队抵此，学习鸟蛋专家吴森雄的经验，寻找东方环颈鸻的蛋巢。以后走入溪洲时，观察的已不只是飞翔与种类的鉴定，或者是迁徙与觅食的行为。鸟兽里，一种继续种族繁衍的使命，变成更需要关心的事。一颗蛋的哲学，从浑圆而至蛋壳碎裂，雏鸟问世，或者如何架构一间挡风遮雨，甚而避蛇驱鼠的小巢，在在皆是大世界里的小事物，却各有结晶于里的含义。

抵达大甲溪旅行是十二月初，再去日月潭已过年底，记录又增添了二十余种。接着一连串两天一宿的旅次，春节以前赶完，走毕中部的主要溪流。那时单独旅行的缺点，也频频显露。在观察时，遇见素不相识的鸟种，还须一边翻查鸟书，随时赶路，备觉吃力。来不及了，只好素描图案，抄记鸟声、羽色、习性及人事时地等要项。回家后再多方打听，以证其名。在纵走山林时，落寞感与为何而来的目的，也经常浮现，困袭脑海。到这时，平常涉足水田郊野不算，已走过十一条大小溪流，八座山头。但认识只有百余种，台湾有四百多种，尚差一段距离。

春节前，从向阳书房中，获开明书店出版《鸟与文学》一书。读其内容，摒除文学诗词，有关鸟知识一面，距今二三十年，已有出入，只能作为参考佐证，无法当工具书。但因此书媒介才会涉猎《本草纲目》。《本草纲目》里鸟禽部，水、原、山、林四类七十七种，与今差距颇大。然古人观鸟，有其独特心得，趣味与今迥异，有些应可为现世之参考。而当时观鸟无望远镜，能够大略窥知其羽翼色别，熟悉习性生态，实属难得了。

春节后，我的旅行次数锐减，转而搜集近六年各地的鸟类通讯。最多旅行大肚溪南岸至鹿港一带。我开始登记每一种发现的鸟，书桌上，鸟类资料渐渐取代文学史籍。到最后，屋子里只剩鸟书。有一阵子入眠后，更是屡次梦里遇鸟，如果照弗洛伊德梦的解析法，当然颇堪玩味。我也将单筒望远镜摆置床头右木柱，双筒悬挂左方，以便记取所处的生活。这时骑单车外出或上班，眼睛经常朝上，撞车事件自是频频发生，幸无大碍，也就不改习性。较担心的，还是报社工作的责任加重，旅行次数由此锐减，进至一出发赏鸟，便感觉疲倦。

·

同样从海上出发的孤独旅行者，我也发现一位，一九五〇年，台湾省博物馆英文季刊曾介绍此人。有许多鸟名冠上其姓，因为这些鸟是他发现的，他叫郇和。

有两位日本鸟类学家称，在东北亚的鸟史上，郇和将是最伟大的鸟类学家之一。郇和是英国人，一八五四年，十八岁时抵达中国，在广州当翻译官。当时正逢太平天国之乱，鸦片战争后十四年。郇氏居留中国二十载，这期间曾来台四次。从我的角度衡量，四次都是孤独之旅。

一八五六年，台湾未开港以前，二十岁的郇和只懂得一些广东方言，便搭乘中国帆船横渡海峡，抵达讲闽南话的凤山，沿海旅行一周后回到厦门。这是首次记录，有人到岛上来调查鸟类。

一八五八年（清咸丰八年）《天津条约》签订，打狗港（高雄）、鸡笼（基隆）相继辟为商港。台湾史记载，是年英国第一位领事搭军舰抵打狗，此时郇氏身为领事馆官员，我分析可能他也随之过来。因为鸟史说，这年九月六日，郇氏离开厦门，并从高雄出发，可能搭乘军舰，环岛一周，然后又回到厦门。搭乘军舰的猜测，来自郇氏曾在苏澳东北角峭壁发现玄燕鸥，以当时发现的旅行方式，不外乘船。同一时期，台湾史便记载，英人郇和搭船沿海岸旅行，著有《台湾岛视察录》，因而我确定自己的猜测是正确的。

一八六〇年，英法联军破天津，进逼北京，签《北京条约》，淡水、安平两港已开岸通商，郇氏被指派为台南副领事，十二月二十二日抵台南，这是他第三次来台，因身体不适，留府城一年，便回厦门调养。

一八六六年十二月，郇氏第四次抵台湾，这是最后的旅行，接着郇氏得了一种属于中风的病，逐日加深，不得不在一八七三年离开中国，返伦敦。郇氏临走时，也将三万七千余件东北亚的鸟类标本携回。目前东海大学的鸟类标本不过百余种。

郇氏最有名的旅行经验，我零星统计如下：在台湾海峡发现黑脚信天翁，入淡水河捕获白腹鲣鸟，下高雄遇见反嘴鸻，抵中部捉取白眉黄鹟，回台南府城看到喜鹊，可知郇和的旅行路径，已游遍岛上。而其鸟类报告里，也提及当时无任何鸟书，只凭一副望远镜旅行，数据亲手处理，可见辛苦，寂寞亦能想象。



·

我旅行的最后一站，是从合欢山南下，途经翠峰，走过针叶林海，这时已经疲惫异常。下山后，再也不曾远行。时为三月，望远镜为尘灰积封，鸟书散乱满桌。猜想疲惫的主因来自孤独的压力。人间世事也不断干扰旅行的过程，自己又是容易灰心的人，疲惫终于成疾。以至每每取出望远镜擦拭时，总感觉是要抹掉往昔的旅行经验。每擦拭一次，就磨灭一处山陵溪谷。这种压力与日俱增，尤其持镜审视时，当其正视，世态明明显显扩大。持反，过去已远至渺茫地方。

我的望远镜十分笨重，购自台中港，漂洋过海的水手携上岸的，并不适合赏鸟。喜欢它，因为自己是海军，习惯粗重的镜身挂垂在颈背，更爱其具有传统的身架。但离开海岸入山后，才发觉挂于颈背，登山实在吃力。时间一久，总有血痕遗留。小小一条背条，浸染了年余的血汗。再仔细瞧镜身，每一处转折，仍遗存着海滩细砂，山莽穗籽。整具望远镜的灰斑就是旅行经验的浓缩，景观由此进来，也由此再辗转折射进我的脑子。

旅行除了望远镜携身外，我还有一本小簿子，记录每次上山下海发现的鸟类，与时温地理。如今也不知小簿子遗失在哪里。从翠峰回来后，就失踪了。记得当时在柴车上，正填写灰鹡鸰的事，缺睡又累，不觉间打盹，可能那时丢掉。两年来的旅行，也随着小簿子消失，宣告结束。

后来又去海边时，虽然仍携带望远镜，但已非观察岸鸟。岸鸟正换羽中，纷纷北返。这一次我走漫长的路，从大肚溪北岸散步到台中港，我想写些军舰上的故事。从一九八〇年开始的逸闻，那时有许多奇异的故事发生，从海上飘来。

# 荖浓溪畔的六龟

冬初时，前往六龟旅行，是要去圆梦的，因为在台湾自然志的光谱中，六龟是最亮的一颗。

我随身携带了两个背包。小背包挂在肩上，里面摆置着地图、衣物、望远镜和鸟类图鉴，轻盈而无负担。大背包却扛在心上，存藏着百年来各类有关六龟地区的自然人文，沉重得难以负荷。

凌晨，我和同事小曾从台北南下，抵达六龟时，正逢清晨的雾雨，这是欣赏六龟的好时机。阴雨的六龟曾被誉为“台湾的桂林”。一百年前，英国摄影家汤姆逊（J. Thomson）扛着笨重的摄影器材，抵达荖浓溪西岸，仰望十八罗汉山时，就如此赞叹：“二百米高的连续险崖耸然壁立，俯瞰着干河床，成为笔墨难以形容的迷人风景。”“世界上已难有一地，能指望比台湾的自然环境更好了。”但汤姆逊并没有跨过荖浓溪，进入更美丽的中央山脉，因为一个月前，有两个汉人试图到对岸，结果被出草[①]的布农人袭杀。

荖浓溪源自北边的玉山，穿越我们岛上最晚探勘的南玉山区，流经这里时，将大地划分成两个世界。百年前，东岸仍是布农人的领地，西岸到月世界的恶地形才散居着平埔人，与客家人混居。但百年后，走在六龟的街上，谁是平埔人的后裔已难辨识。温驯、诚实的平埔人早被汉人同化，对岸的布农人也迁移了，部落旧址杳然无存。

不同的时代，不同的旅行方式。我们搭乘这世纪对自然最具威胁性的交通工具——汽车，带着透过车窗所拥有的、了无意义的地理印象，轻易渡桥。然后，换搭林试所[②]的吉普车，前往十五万分之一地图仍然没有登记的南凤山。地图上虽然没有姓名，南凤山可是“小巨人”，海拔高达一千七百米。顶峰旁的小屋，像只赤腹山雀般，小巧地偎在它的肩上。今晚，我们准备在那里与森林过夜，明晨再翻山去扇平。

鸟画家何华仁，戴着野鸟学会的迷彩帽，站在一座小桥上，等候我们。瘦小的他，才在六龟蛰居一年，如今却是最熟悉这里动物地理分布的人。过了桥，吉普车吃力地爬上陡坡，颠簸地穿过浓雾中的林间小道。

车上，除了司机，我们三位旅行人，还载着两天的口粮：粗面、面筋、瓜子肉罐头。台湾的山上已有太多垃圾，随身只带这些吃的东西，够了。

① 出草：旧时台湾部分少数民族对集体狩猎或猎取人头献祭的一种称呼（参考高文德《中国少数民族史大辞典》，吉林教育出版社 1995 年 12 月，第 1 版，第 568 页）。

② 林试所：台湾省林业试验所的简称。

吉普车穿过山黄麻的山麓，进入台湾杉的世界；我们正经过典型的台湾中海拔。日子入秋，柠檬桉正要哗然落叶，仍有其他草木勇健地迎向寒冬的天空。每处山坡都有里白葱木傲然盛开的金圆椎花丛、山芙蓉热烈绽放的粉红花蕊。它们使入冬的山充满朝气蓬勃的感觉。南部的森林大抵是这样，总觉得少了一个冬天。

车前一对雨刷，不停地挥拭着结成水滴的雨雾。这种天气要做自然旅行，很难丰收的。猕猴不肯露面，猛禽科也不会盘飞，只能奢盼蓝腹鹇。但我们经过的林间小道，不过走出几只小竹鸡，沿着小山沟找甲虫。较空旷的旱地，也只孤立着鹟科候鸟。

第一位发现蓝腹鹇的人，是英国首位驻台领事郇和。一八六六年，郇和在台的最后一次旅行，就是上溯荖浓溪，在这附近遇见猎人围捕水鹿。他原本计划由此攀登玉山，前往东海岸一个叫乌石鼻的小台地。可惜，半路被召回中国大陆。郇和这趟旅行有许多自然志的意义。放诸早期交通史亦然。在那个殖民主义当道的年代，六龟一直被汉人认定是上玉山的主道，外国探险者不断。同年冬初，《老台湾》的作者必麒麟（W.A.Pickering）也由此出发，在一名高山族老妇与两名罗汉脚[①]的引导下攀上玉山。这项传奇，他都写在书中。只是后来的人均抱持怀疑。冬天上玉山，皓皓白雪只字未提，谁相信呢？

上述是六龟探险的黄金年代。又过十年，日军侵台，牡丹社事件爆发，沈葆祯下令开凿八通关中路后，六龟的地位才陡然下降，

---

① 罗汉脚：单身汉；流浪汉，游手好闲之徒。（参考黄丽丽等编著《港台语词词典》，黄山书社 1990 年 10 月，第 1 版，第 374 页。）

一路滑跌至今。现在，想上玉山的人，大半选择东埔、水里一线，或从阿里山越岭而去。历史上的荖浓溪早被遗忘了。

中午，抵达南凤山的小屋，巡山员和司机离去后，整座南凤山剩下我们三人，还有传说中的日本兵鬼魂。午后，雾雨更加湿重。套上雨靴，进入长满紫花蕾香蓟的伐木小道，花海两旁尽是砍伐后的二次杂木林，三四十年左右，充满苍翠盎然的生嫩，殊少蓊郁老成的林气。它们还要一百年，也就是二○八八年吧？才会长成原始阔叶林的相貌，那时，它才会恢复成一八八八年清末的林相。

一只蓝矶鸫站在伐后草生地的枯枝上，锈色满身，胆小而惊惧，大概才从北方飞来不久吧！这是今天看得最清楚的鸟类。林内传来的鸣啼都是常听见的山音。近几年，疏于入山，我的听力锐减，常把松鼠和昆虫的叫声混淆，误为鸟鸣。六年前，旅行关渡，我教何华仁沿淡水河认鸟，现在反要靠他点醒。每年十一月，他都要在此做系放工作。晚间挂网，清晨取鸟；测量它们的尺寸，磅秤重量后放回。

我问他："为什么不画鸟了？"

他说："不急于这一时，观察久一点，画得较准确。"

他比较乐于跟我讨论羽毛和鸟巢的问题。

在这里住久了，他的脑海似乎存有一张无形的地图。哪里会有什么生物，大致都能判断出来。我腼腆地尾随于后，最后回到屋前的蓄水池，寻找如雷鸣的蛙声。池中有只墨绿的树蛙，眉线金黄，后趾蹼带红。莫氏树蛙？台湾的树蛙不及十种，我们竟辨识不出，只好照相记录，或者是新种也说不定。

我们试走明天要翻越的御油山小道。面向东方的山坡有一处伐后的草原，台湾杉不过是二三米高的幼童期。这儿是大群斑纹鹪莺与蜘蛛的家园。每只鹪莺都藏在草丛，凭声音传递讯息。等了约莫半小时，只闻满山莺啼，竟不见一只。蜘蛛则在杉树到处张网，结成立体状的大迷宫，有的状若灯笼，牢固得足以捕捉大它们百倍的鹪莺。

回途，遇上一只鼬獾，踽踽独行，暴躁地向我们发出咕噜声。我们似乎挡住它的去路。对峙十几秒后，它才不情愿地放弃，钻入草丛里。通常，在潮湿的原始林或次生林下，鼬獾的足迹最容易辨认，亲眼看到却不容易。每回上山，遇见哺乳类，我总会心惊，悲悯地心惊。我害怕自己看到的，都有可能是最后的几只。

五点，山上的夜来得快；费了一阵时间转动柴油发电机，这才带动小屋的日光灯发亮。屋内略有山上惯常的阴湿霉味，但比我经验中的其他高山小屋干燥。房间内除了木床和桌椅外，还有一具时钟与电视。电视是这儿唯一能和山下单向沟通的工具。看守小屋的，通常是一位巡山员，他得独对森林与电视。按何华仁的经验，假如一个月不下山，只看电视新闻，足够知道山下发生何事了。但一个人整天和电视做伴，是什么样的日子呢？有些自然科学家还希望电视也不要，让自己更专注于野外工作。他们多半不喜欢与人、与都市接触，更遑论沟通。

三年前，圣诞夜后一天，灵长类学者戴安·弗西（Dian Fossey）之死就是一例，与其说她是被非洲土著谋害，还不若说是早被整个文明世界隔离。弗西生前最后几个月，未跟人说过一句话，虽然她的同僚只住在百米外的另一营地。

一只白耳画眉飞到屋前的台湾杉，啄食寄生于上的爱玉子，这是它今天的晚餐。我们也开始进食，瓜子肉、面筋拌入粗面。饭后，何华仁提手电筒，出门找猫头鹰。我取出赏鸟记事本，花半小时，记录今天发现的鸟种与动物。这本手掌大的记事本，沾满汗泥与草迹，封面也磨损多处，破旧不堪。十年来，我用了三本，写的尽是鸟事，除了何月何时何地，加上各类鸟名和植物学名，还有一大堆数目字。最近许是年纪大了，渐渐对数目字感到寒心，害怕某种疏离感的侵噬——虽然数目字透露许多生态的讯息。我比往常花费更多时间，添加有生活想法的文字叙述。文字叙述让我感到厚实的温暖，好像对童年以后继续活着的生命有了交代。

八点，天空露出几颗小星，还未及辨识，又隐没云层。有只领角鸮却被吸引，发出“雾”声；也只短嘘一声，森林又静寂下来，只剩蓄水池的那只树蛙，继续大鸣。五厘米不到的身子，它已从中午叫到现在。不知道吸引到同伴去否，或者，那是它的领域，正警告同类不准进来？白天的林间小道，布满了雨后的小水滩，成千的蝌蚪猬集在那小小的空间里，争取生存的权利，等待着变成成蛙。它们是森林中最善于利用雨水的脊椎动物。

星子隐逝后，又有连续的吱吱声，穿透暗昧阒然的夜幕。一只白面鼯鼠像流星般划空而来，亮着一对发光的金眼珠，倏忽掠过屋顶。它开始上班了。对大部分动物而言，整个森林这时才开始热闹起来。森林是属于夜生活的。白昼不过是鸟类、蝴蝶，还有我们这些山中过客在活动。当森林的夜市开锣，我们却懵然窝入发霉的被褥，蜷缩着自己，酣然入梦。

隔日清晨，西南的窗口陈列着淡黄的曙光和清远的淡云。从窗口的景色分析，何华仁起身的第一句话就是：“太阳出来，猛禽科也该现身了。”太阳一出，山谷会有蒸腾而上的热气流，猛禽科知道如何利用热气流的对流原理。借它的运送，不断地盘飞、滑行，升至顶空，鸟瞰下面的森林。

我们走出门，满山尽是迎接阳光的鸟语。果然，一只硕大的林雕，从御油山的棱线赫然浮升，发出婴孩起床似的哭啼。它是台湾最大的猛禽，传说中会抓掠小孩的老鹰。远远望去，一身乌亮，只尾羽露出淡灰的细横斑与黄爪。探鸟十年，第一次见到林雕。不知台湾还剩下几只？看到这食物链最高级的庞然巨物浮出，对这座森林、对台湾的高山，我有着强烈而冲动的感谢。林雕跟我们一样饿了，一连几天的阴雨，它大概也蛰伏一段时间，趁这时出来觅食。我们回到屋内吃昨晚的剩物。它仍在屋顶上空徘徊，直到我们再出发，依旧滞留在附近的山头。

上抵御油山的棱线后，要到扇平，必须穿入浓密的桧木林。这里有日据时期的旧碉堡与古道。古道大致沿棱线的起伏筑成。清末与日据时期，横越中央山脉，都靠这种筑路方法，艰难地跋山涉水。布农人可不兴这一套，在他们眼里，只要是大地，到处皆有路。他们也常常恶作剧，四处破坏当时的山道。日本人在开拓横贯道时，遂遇着清末开山抚番的同样困境，更不时传出探勘队遇难的消息。

一九〇九年，“台湾总督府”派出的探勘队，首度进入此地山区，企图找出屏东与台东间交通的横贯道。其中一支由最北一条——六龟至台东，采直线式横越。结果，两名探查的警察遭到袭杀，无功而返。时隔一年，又为布农人阻挠。一直拖到二十世纪二十年代才测定，完工。这条横贯道的打通，为何困难重重，除了布农人不愿受到入侵，踩定的路线不当也是主因。日本人一直想从六龟直接横越出云山，然后下鹿野溪抵台东。出云山就站在南凤山右侧，海拔二千七百米，是中央山脉主轴。南凤山和它比，只及腰肩。

这条路开通后寿命也不长，和清末的中路一样，鸟道一线，旋开旋塞。二十世纪三十年代，连台湾山岳会的登山人都对此路缺乏兴趣，宁可绕远道，从六龟继续上溯荖浓溪，到北边的关山去翻岭，再南下台东。日后，这条关山路遂大致成为南横公路。御油山棱线是否为二十世纪二十年代的遗址？我对此问题充满兴趣。近年来，有些史学家也热衷古道研究，因为中央山脉仍有许多未为人探出的古道，掩埋在莽莽荒草中。

一路下坡，穿过参天的红桧、墨绿的孟宗竹后，进入肖楠的原始阔叶林。这条林间小道有两三个月没有人迹，路面覆满姑婆芋和其他草本植物。我们持木条不断拨探、劈砍，仍然迷失在林心。幸好未起山雾，蚂蟥与蛇类也未活动，否则势必要延误下山的计划。十一月了，大部分蛇已冬眠，这时若遇到，八成是有毒的青竹丝。

走了四小时，中午才接近扇平林区。一只蓝腹鹇从顶空的林枝上窜入草丛，疾走遁失。我只看到一团大黑影，懊恼不已。去冬，一个起浓雾的清晨，何华仁曾带着两名探鸟人，尾随五只蓝腹鹇，走在南凤山的林间小道。他们保持二十米的间距，陪蓝腹鹇家族走了两百米左右的路，时间约十分钟。这是我听过观察蓝腹鹇最不可思议的记录！

午后，我们到水塘拜访有名的拉图许氏蛙。拉图许（La Touche）是英国人，和发现熊猫的戴维神父一样，都是早期探查中国内陆动物的重要人物。一八九三年时，他从台南府穿过恶地形，试图来六龟探查，结果走到楠梓仙溪的杉林就放弃了。因为瑞典的探险家霍斯特（A. P. Holst）已捷足先登，他不想重复调查，于是去了大武山山脚。昨天，在南凤山时，我曾看到一只孤独的黄山雀，落脚在大雾中的枯树上。霍斯特是最早采集黄山雀的人，第二年离台即病死。我们因黄山雀，知道他来过六龟，也去了阿里山，但来台一年中，他还去过哪里呢？早年的文献并未透露更多的消息，留下一团迷雾给我们。

早期自然志，前来六龟的博物学者中，拉图许、霍斯特都是满清末年的人物。日据时期，六龟成了京都帝国大学附设台湾演习林事务所。聚集此地工作的学者，人才辈出，毋庸赘述。但其中有位值得一提，他是著名的蝶类专家江崎悌三。一九三二年，江崎氏第二次来台采集，从台东纵走关山一线，南下六龟，有一夜搭宿事务所，在发电所的电灯下，采集迄今仍未被重视的甲虫与蛾类。六龟山水是否可比桂林，见仁见智，甲虫与蛇类确是冠于全台。

令人惊叹的是，这几年，日本昆虫学界仍有人悄悄来台，直抵六龟，默默从事类似的基础工作。台湾目前最好的蝶类图鉴，还是由二十世纪八十年代的日本学者编纂而成。

先不管日本学者了，一和他们比较，就会令人汗颜羞愧。六龟也是现时岛内自然学者从事中海拔动植物调查的圣地。例如李玲玲在做猕猴生态研究，徐仁修在拍摄哺乳类动物，刘燕明在制作十六厘米自然志的纪录片……荖浓溪以东，象征着我们最后的希望。没有六龟，台湾自然志势必失色不少，占台湾最广的中海拔森林也无多少重要事迹了。

黄昏时，走过金鸡纳处理场，一只亚成鸟的朱鹂站在白匏子上，旁边有傲骨瘦立的柠檬桉。这里是台湾最容易见到朱鹂的所在。它也是东亚第一位赏鸟人郇和笔下，台湾最美丽的鸟种。

何华仁跟我说：“你很幸运，才来两天，林雕、蓝腹鹇、朱鹂都看到了。”

是吗？我透过望远镜远眺，无奈地苦笑。朱鹂正在阳光下整理羽毛，右肩、左翼、尾羽。摊开、收拢，再逐一摊开，亮着透明的翡翠红。啊！我宁可全台湾的人都看到它们，认识这些一起生活在岛上的稀世鸟种。

# 松萝湖之旅

一本过时的旅游指南，简单地描述着松萝湖的位置：位于南势溪源头，又因为湖面终年云雾迷蒙，被称为“十七岁之湖”。最近的旅游指南继续抄袭着这份过时的资料，里面还有两个错别字。

“松萝到底意味着什么呢？”

搭着车沿中横支线上山，经过松萝村，继续前往玉兰途中，我们兴致勃勃地讨论着。自然观察作家陈健一根据采访的资料分析，“松萝”即当地人口中的“红桧”之意。

“难道不是苔藓、地衣之类的近亲？因为松萝地方潮湿，故而取名？”我试着提出不同的见解，结果随车的队员多附和我的意见。

陈健一被我问倒了。但是宜兰的地方文史工作者吴永华出来解围。他补充道，宜兰文献早年即有“松萝”的名字，而且清楚注明是泰雅人早年居住的“番社”。日后有空，我再查资料，发现松萝之地名来源的确是起自多红桧之林，而“松萝”即“桧木”之意。

但是，我们搭车由玉兰村前的本觉路上山，一路上都是开垦的茶园梯田，几无林子的样貌存在。玉兰过去即以产茶著名，难以想象桧木成群的样子，或是早年森林的形容。

根据文献记载，松萝湖位于南势溪下游，最早发现与取名者，是台大登山社的成员。那是一九七七年左右的事。其中一名成员，我认得，绰号“阿广”，现在在玉山公园任职。他的登山经验与丰富度，在台大登山社是有名的—当然包括生吃昆虫之类的野外求生能力。

他们最初想发现松萝湖的方向，是从乌来的南势溪进去，而非现今玉兰上棱线的山路，也非过去沿松萝溪的旧路。跟我一道前往松萝湖的吴永华，十年前却是溯溪而上。这是当时最盛行的走法。当时行程颇为辛苦，出发前一天，睡在松萝国小。早上五点，着轻装，趁检查哨还未起床，溜了过去。再沿松萝溪赶六小时的山路，遇湖折返。一天来回，十个小时。

现在已经有公路，从玉兰旁边的本觉路一路顺畅上山，抵达一座写着“停车场”的圆形水塔。最近的登山报告说，由这儿走三个半小时即可抵达，但我们疏忽了，这份报告提到的可能是轻装纵走，不像我们重装上山的。结果，我们走了六个小时，接近要上拳头母山的位置，才透过林隙的光线，勉强看到山谷下的那一片绿草如茵的松萝湖。

就在圆形水塔后面的草地，我遇见一只大型、褐色翅膀的勾蜓科蜻蜓。它像一架重型B29轰炸机，在草原上轻快地来回梭巡，追捕着草尖上活动的飞虫。它到底是哪一种呢？在我要离去之前，又有一只翅膀全部透明的蜻蜓低飞而过，它的腹尾略隆起。我已经被它们搞混了。这种勾蜓的翅膀变化多端，雄的翅膀透明，雌的变化多。我分析是山区常见的褐翼勾蜓了。

进入林子里，都是暮蝉悲凉的声音，偶尔也夹着熊蝉和骚蝉的聒噪鸣叫，叫得登山者的心情愈加沉重。

山路两旁尽是冷清草，与开紫色花的倒地蜈蚣、水鸭脚秋海棠。林务部门栽种的柳杉也四处可见。鸟叫声十分稀落，潮湿的林心，只有绣眼画眉，或者大弯嘴。

隔天早晨，在湖畔，我也只记录了薮鸟、橿鸟、白耳画眉、棕面莺、褐色丛树莺、大冠鹫、乌鸦等少数鸟种。

但我还记录了如下一些事物，或许一些自然观察者会有兴趣：蚂蟥不多，湖边有台湾猕猴的声音，偶尔也有条纹松鼠的鸣叫。

松萝湖是一个历史还未累积出丰硕人文意义的高山湖泊。除了近代登山人的形容与描述，难以找到更多历史现场的有趣叙述。

我们抵达时，松萝湖正处于低水位，整个缩小成带状，犹若静寂的小河，两岸生满丰盈的水草。

据说十月以后到翌年四月满水位时，像是在童话里看到的湖泊。以前还有平地的人，费心搬小艇前来，趁着雾起，让模特儿坐上小艇，划到湖心拍照。

岸边的森林，红桧林立，亮着鲜明的白灰枯木干，异常醒目。这儿海拔不过一千四百米左右，为何就有红桧生长呢？后来，一位宜兰的植物学者告知，原来北部多湿气，加上较冷之故，红桧生存的条件不如南方严苛。

我站在湖水干枯的山路边估量，分析水满时，约有两个足球场大。水枯了，湖岸尽是蓼科的水蓼，还有一种开红花的野草，可能是睫穗蓼的近亲。远一点的草地上才有水韭。然后是花期已过、结了红果的山茶。暗自庆幸自己穿着雨鞋上山，非常适合在这些浸在水泽的水草上观察和拍摄昆虫。

黄昏时，我和吴永华沿着湖边寻视，突然惊起一只暗褐色的鸟类。它飞了一段随即又没入另一端的湖里。它的脖子拉长，飞行快速，形状明显的是一只雁鸭科。我们再试着走到那儿去，结果又惊起它。

这回看清楚了。虽然未带望远镜，但我们的经验告知，它的体形大小类似小水鸭，却有一些差异。何况，现在也不是雁鸭科南下的季节，这只又没有跛脚或受伤的情形。

那么会是什么种呢？只有一个可能了：留鸟鸳鸯。这是早年来松萝湖的人也常记录的鸟种。我们沿着蓼科密布的湖边巡视，发现不少长椭圆的粪便和零乱的羽毛，猜想都是鸳鸯遗留的。从粪便的分量分析，它们的只数显然不少。这时，一只鸳鸯的羽色竟是暗褐，而且单只，若不是雌鸟，八成是亚成鸟了。

湖边多蝌蚪和喜欢仰泳的松藻虫，想来都是鸳鸯的食物。

一到晚上，湖边尽是腹斑蛙的鸣叫。这种喜欢集聚大池的蛙类，显然是目前活动最热烈的一种。除了腹斑蛙，还有一些泽蛙的鸣叫。但是，我始终未看到它们的身影，不免感到奇怪。其他的蛙类也未记录，更未听到声音。

晚饭时，腹斑蛙不断出没营地旁，参与我们的晚宴，形成有趣的干扰。它们的丰富数量亦可想象。

蛙类丰富，沼泽的飞虫自然也多。相对的，它们的天敌——蛇类的数量，也会不少吧？不过一个晚上和一个早上的时间，我在湖边就记录了五条水蛇。有些两栖类的图鉴提到，水蛇目前数量并不容易发现。松萝湖显然是个例外，而且不止现在。过去一些来过的登山人便提到过了，“这儿蛇类很多”，猜想说的就是水蛇吧！

晚上看到一条水蛇露出头来，瞭望四周。隔天早晨，一条水蛇继续像一条眼镜蛇般，竖立着脖子，像一条垂直的绳子，静止于水里。这个季节，它们的主食便是蛙鸣满湖的腹斑蛙。

清晨，阳光还未照射到湖边时，一只灰白带淡蓝的蜻蜓开始活动于湖边。它的体形略大于在平地时经常遇见的鼎脉蜻蜓。但色泽较亮丽一些，而且腹部更加宽大。猜想就是过去在北部尚未见过的白刃蜻蜓吧！

等阳光出现，我再到湖边取水，一对雌雄皆有的白刃蜻蜓，正在执行护卫与产卵的工作。雄蜓的头明显呈绿色，腹部灰白，但尾部七、八、九节部分都是黑色的。雌蜓和一般灰蜻属的雌蜓一样，展现棕黄色泽，由于腹部相当宽阔，黑斑也变得明显。

雄蜓一如其他灰蜻属蜻蜓，飞在雌蜓上方咫尺处，监护着雌蜓产卵。不远处，有一只雄蜓偶尔飞来干扰、缠斗。但大部分时间，它们独自共享这个时间。我离它们约一米之遥，雌蜓由于体形硕大，拍翅时发出了嗡翳之声。这声音相当强力，让我兴奋地感受到，一种自然生命的律动，清楚而有节奏地传来。

等天色更亮时，白刃蜻蜓愈来愈多。到处都有交配、产卵和缠斗的情景在发生。也有个别蜻蜓停在旁边的水蓼植物上休息，将其锁定为领地范围。一只刚刚羽化的豆娘，还闪着粼粼的亮光，准备慢慢地飞上天空时，就被一只突地掠出的白刃蜻蜓，攫走了小生命。

豆娘里，黄腹细蟌的数量最多。但在平地的池沼，这种漂亮的豆娘，数量零星而有限。光是小绿山三年，我也只记录了两次而已。它们闪现着鲜黄带黑的色泽，像溯溪水而上的细长锦鲤，不止在池边，旁边的水蓼也四处可见。我怀疑许多褐色的豆娘可能都是未成熟的雄蟌。天气愈热，雄雌相互交配的情形更多。

除了白刃蜻蜓、黄腹细蟌，至少还有四种蜻蜓目，一种是大型的蓝色豆娘，可能是丝蟌科。另一种全身鲜红的蜻蜓，是这儿仅次于白刃蜻蜓的优势蜻蜓。它们的产卵方式一如薄翅蜻蜓，而且在山区，我分析是赤蜻类，这一属台湾约有五种。

清晨时，湖边的草丛挂了许多平行或略为倾斜的圆网。一些接近水边的网，都未看到主人。但靠山区的，我立即发现了平行背位的主人。原来是以银腹出名的中形银腹蜘蛛，步脚呈绿色。这种蜘蛛最大的不会超过两厘米，在平地也经常可见，就不知是否为同种。

湖边最多的蝶类无疑是黑端豹斑蝶。开白花的水蓼，便吸引了这种蝶大量前往吸食，甚至有幼虫在地面爬行。机警而美丽的雌蝶，以及行径较大胆的雄蝶，比例相当平均。

雄蝶们还飞到营帐边，和台湾单带蛱蝶、小单带蛱蝶、琉璃蛱蝶一起活动，忘情地吸食带汗味的水分。它们成群停在背包、垃圾、营帐以及登山鞋袜上，徘徊不去。

美丽的斑粉蝶，最吸引我，因为在台北平地时，这种蝶类并不易遇见。

这时节湖边的森林边缘只有一种植物开花：狭瓣华八仙。它们也吸引了一些蝴蝶到来。狭瓣华八仙这时才开花，颇让我不解。六月在阳明山时，那儿的狭瓣华八仙花期都已结束。

离去前，在湖边的草丛捡拾了许多废弃的塑料袋、玻璃瓶、烤肉架和空罐头。堆积起来竟有三个小山丘。回家时，每个人的背包都装了一袋垃圾。这是每位登山者应该履行的义务。再观察那些垃圾的成分，都是近十几年来才留下的，可见我们这一代的破坏能力远超过许多登山前辈。

下山时，背包的重量比上山时还重。

难得在大雷雨时，疾走于森林里的山路。

豪雨急速落下，从树干、树尖、树叶……流到地表。路旁的土壤积着落叶层，雨水随即被落叶和腐土尽情吸纳，没有走失的机会。

但是落到山路的雨水，夹着裸露的黄色污泥，在陡急而狭窄的山路形成急速的小溪流，还来不及停留，便滚滚而下。

我若非行走于山路上，实在难以想象这种冲刷的可怕情景。我可以揣想这些挟带山上黄泥的雨水，浩浩荡荡地下流，将快速地汇入松萝溪，紧接着再流入兰阳平原的乡镇城市与水田沼泽，最后冲入大海。

雨水虽为森林带来丰富的生机，但在人类过度开发下，相对的，也造成难以想象的破坏。这样的老话！唉，很抱歉，我必须在此赘述。

# 路过植物园

冬末时，从和平西路的大门进入植物园，总会先仰望右边园区的榄仁树，瞧瞧那看似肥胖而宽阔的叶片。在它的身上，晚冬似乎只剩下一些暗红的色泽，残存在它的枯叶上。

正盘算着要往哪个方向观察时，五色鸟嘴里像含了一枚橄榄般，发出“咕噜”的叫声，从远方的林冠上层传来。这么早就在宣示领地，不免让人感到讶异。上星期，在台北近郊的森林，我尚未听到它们的声音呢！

早上前往小区的游泳池，发现紫红蜻蜓羽化了。这种小型蜻蜓总是最早羽化的，相信植物园也有这种蜻蜓吧？向竹林区右侧的大水塘前去，搜寻岸边和水生植物的秆茎。可惜，半点水虿（蜻蜓幼虫）的踪影都未寻获。

倒是遇见了三只小白鹭，正在为地盘而争吵。当第一只不小心飞抵一处高枝时，第二只似乎被冒犯了，发出粗哑的叫声，将第一只驱赶得无处可逃。但第三只似乎也不满第二只的行为，强行飞出，发出威吓之声，将第二只赶走。第二只无可奈何，又将怨气发之于第一只。

一个不过百来平方米的水塘，竟出现了一幅“螳螂捕蝉，黄雀在后，适者生存”的生态画面。这一连串动作告诉我，三只小白鹭共生于这个小地方，有着鲜明而紧张的栖息等级。

我喜欢把城市的绿地当作沙漠里的绿洲、海洋中的岛屿。植物园正是这样的“城中岛”，而且是台北城里生物资源最为丰富的自然生态岛屿。每次到植物园观察，我总会因不同的需要，而有不同的收获，却不需要花费很多的时间在车程的浪费上。

今天是来探访一些中低海拔不易发现的树种。有很多野外不易发现的，在这儿都能轻易找到踪影，譬如象牙树、乌心石、台湾海桐等。当然更多的是具有指标意义的树种，诸如红楠、灯称花、软毛柿、台湾红窄槭、森氏红淡比和穗花棋盘脚。我也想建议，喜欢观赏树木的人，不妨注意植物园的乌桕和相思树，看看这两种低海拔常见树种，七八十岁时，年纪垂老的模样。在北部近郊山区，我们看到的相思树和乌桕总是太年轻，察觉不出历史和人文的风味。

能集中低海拔之代表性树种于城市一隅，种类自然繁多，但难免有眼花缭乱之虞。所幸，管理植物园的林试所，依树种类别，划分了好几个园区。同时，在每个园区都设有白色的大小木牌，告知大部分树种的名字、学名、产地和用途。在这里，没有解说员，我们也能认识许多树种。

一边按“树”索骥时，我看到至少有两群幼儿园的小朋友，由老师引领到植物园远足。老师会带小朋友来这儿旅行，大概这儿是最亲近自然，而且较安全的公园吧！我那五岁大的孩子，在木栅的一所幼儿园就读，便来过两回了。

看到这种情形，难免让人有错觉，这儿好像变成只适合幼儿园远足、旅行的地方，小学以上的孩子就可以到更远的地点。我们似乎都忘了植物园存在的意义，全然忽略了它在教学上的功能。

其实，纵使到我这个中年男子的岁数，它依旧是个值得一去再去，学习、观赏台湾树木的最佳所在。

一只红尾伯劳在最边角的台湾红窄槭上，发出“咔、咔”的响亮叫声。它点醒我，应该注意到其他冬候鸟的存在。我随即想到赤腹鸫，在一些林木蓊郁的园区内，它们经常和珠颈鸠在草地上啄食。

十几年前，在这儿开始赏鸟时，我对植物园的鸟况特别注意。这儿也常有特殊的怪鸟出现，什么黑冠麻鹭、蜡嘴雀、小桑鸤、领角鸮、灰斑鹟等都可能出现。连台湾高山的特有种薮鸟、白耳画眉都被记录过——猜想大概是被人释放的。

我也听到，黑枕蓝鹟的“辉、辉、辉”之领域声了。据说，春天时，这儿也有一对，在隐秘的林冠上层繁殖，还遭到红嘴黑鹎干扰过。

面对最大的荷花池，我坐在一张铁椅上遥望。荷花都已枯萎，只剩零星的秆茎。远方某处，有鱼狗的声音传来，却迟迟未看到这“飞行的宝石”掠过池面。

一块池里的大石头上，爬满二十来只斑龟和外来种红耳龟。红耳龟大概是游客放生的，一如全省各地的湖泊和池塘。有许多专家一直担心，红耳龟会抢夺本土种斑龟的栖息环境，对这种有着红斑的乌龟也特别关心。用望远镜仔细瞧着，斑龟数量比较多。我怀疑，还有一只大型黄褐的棺材龟在那儿。

中午时，舍不得离去，就在一个靠着隐秘小岛的池子吃便当。为何会选择这个位置呢？因为想看看，那十年前曾经在岛上遇见的白腹秧鸡小波，不知它安然无恙否？或者，它的后代子孙依旧在岛上生活。

可是，迟迟未看到它出现。不远处却看到一只黄色的母野狗，带着三只灰褐色、可能尚未断奶的小狗，从园区跨过浅水沟走出来。这样的小狗都有两个多月大。在市区里，要看到一只野狗带着三只小狗出来溜达，并不是很容易的事，尤其是不靠人类的帮助、饲养，而能自力更生的野狗。

一些游客看到小狗，兴奋地围上去逗弄。母狗单独走到一角，让人们和小狗一起。没多久，小狗本能地溜入园区内。等游客走了，母狗又回来带小狗出去。

看在眼里，我有一种对野狗行为了然于胸的了解。这种母狗带小狗的行径，几年来看了还不少，可以逐一合理解释。我后来到它们出没的位置观察，这些尚需要母狗奶水的小狗们，总会钻入一处庞大而隐秘的刺棕榈里。可以断定，母狗就是把这群小狗生在那儿。但这里会安全吗？想到整个植物园的大环境，不免悲哀。

吃完便当，准备离开时，赫然发现，杜鹃花丛里，竟钻出了一只全身像套着连襟白衣的大鸟，从脸颊到腹部都白澄澄的。是一只白腹秧鸡！时间仿若十年前初次来此，遇到的情况一模一样。

它会是十年前那只小波吗？还是小波的后代？它悄悄地走下水池，慢慢地游回小岛的草丛。然后，站在一根草秆上，蘸水梳理身子，再进去休息。整个动作悠闲如在林径上安静运动的阿公、阿婆们。我呢？时间仿佛也在这时迅速逆流而回，回到十多年前。我继续躲在池边的草丛，被它悄然撞见。

# 刘公岛记游

这是一位臃肿的泰雅人战士，和退化的海军少尉的感伤之旅。

我们的目的地是威海外海的刘公岛。威海就是以前在历史课本里读到的“威海卫”。刘公岛是甲午战争时，北洋舰队最初诞生与最后沦亡之地。台湾割让一百零一年后，瓦历斯·诺干和我，跟随大陆作家参观团队，怀着另一种复杂的感情航向刘公岛。

固定由威海来回刘公岛的客轮，接近这座孤悬于海湾之口的重要基地时，北洋舰队著名的铁码头黑而瘦长的身影，最先映入眼帘。这座停泊过“镇远”“定远”等铁甲舰的码头，依然笔直地伸向外海。它也一如失去船只连接的断桥，一八九五年冬末以后，就未再等到任何北洋舰队的战船回来。

客轮绕过铁码头。紧接着，朱红为底的北洋海军提督署出现了。坐北朝南，瓦青檐飞、柱圆楼敞，再搭配画栋雕梁的典型中国传统建筑风格，犹保持着战争前夕，李鸿章搭船前来阅兵时的模样。大门并树旗杆一对，黄龙旗高高，迎风摇曳，还当年历史之面貌。

提督署旁边是当地渔民常年进香膜拜的龙王庙。再过去，还有海军提督丁汝昌典雅、素净的寓所。其次是毁于战火的水师学堂。提督署右边，后来英国租借时的建筑也完整存在，教堂、监狱，以及一些军官俱乐部的寓所，展现着另一段中国郁闷而悲苦的近代史。

未来之前，这些都是我研究甲午海战，或者英国人旅行东北亚历史时，早已知悉的事迹。等重返历史现场，更有一股难以排开之族群的感情压力。

过去的数据里漏列了两座建筑，它们是新近兴建完成的。远远的旗顶山山顶，北洋海军忠魂纪念碑，如宝剑之高举，坐落在黑松林的山峦里。沿海边往东行不远，还有新近落成的甲午战争纪念馆。入口处，伫立着丁汝昌提督持着望远镜望海之大石像。它已成为刘公岛的新地标。

还没踏上陆地，我们已经充分感觉整座岛依然笼罩在民族主义的情绪中。它被刻意地经营着，继续活在百年前，那场决定近代中国受到屈辱与苦难命运之氛围里。不知瓦历斯感受如何？

我原本以为，一百年已经过去了，连日本观光客也常来此游览时，应该能够出现较为冷静而远距离的观察，但环顾周遭，还是觉得尽欠允当。

游客们跟随着解说员，不断地进出提督署厅堂，聆听这场战争的种种事迹。我独自寻找着几艘重要军舰的遗物和历史图片。当我在一间厅堂看到致远军舰的模型时，整个人就被牢牢地吸住，无法再随解说队伍往前行了。

我暗自细想，这大概是一个当过海军的人较为莫名的特殊情感吧？就像在离开威海到刘公岛的海途上，我会特别注意到停泊在港湾的海军军舰一样。那一对停泊在威海湾内的军舰，外形便颇像当年的“靖远”和“致远”军舰。这两艘姊妹舰在战争前七年，才从英国接回，由于速度快，随即成为“定远”和“镇远”两艘主力装甲舰以下，名气最为响亮的两艘。

我之所以对“致远”“靖远”军舰的感情特别深，倒不是自己曾在军舰服役，反而是因为和瓦历斯有些渊源。

瓦历斯孩子的母亲是排湾人，两艘快速战舰和排湾人曾经有过不愉快的接触。那是一八八八年，清朝派员从英国接舰回来后翌年，她们来过台湾的东海岸，为中国打了第一场海对陆的现代战争。史称为“台东之役”。

军舰的对手就是卑南平原的排湾人。由于当地满清官员欺压住民，激起排湾人的抗暴运动。当地的清朝守军抵挡不住排湾人的攻击，上电告急。北洋海军提督丁汝昌奉命，亲自率领这对姊妹舰南下支援，甲午战争时，两位著名的舰长邓世昌、叶祖珪也在场。

“致远”“靖远”抵达台东外海后，炮口朝陆地，瞄准卑南平原的排湾部落，发射当时世界射程最准最远的炮弹。每颗炸弹的长度多少呢？我在提督署遗物上的展示台终于看到，炮身直径二十四厘米，长度达六十八厘米，一名水手勉强只能抱动一颗。

排湾人的祖先们第一次看到这种外海飞来的炸弹掉进部落，轰然爆炸时，还以为是神派来的恶灵，全部落吓得躲入山里号啕大哭。这次清政府全靠着船坚炮利，打赢了排湾人。

打赢这场小规模的战役后，这对姊妹舰开始随着北洋舰队南北来回，像一群座头鲸的洄游。夏天时在威海，冬天时南巡到东南沿海驻守。可是，它们并非唯一的一群，不管北上或南下，总有另一支充满敌意的族群，在东海的另一边监视着，甚至在“靖远”和

"致远"南下台东时，都虎视眈眈。它们就是七年后与之决战的日本联合舰队。

假如你用现代电动玩具的玩法，在计算机里将当年北洋舰队和日本联合舰队的兵力部署、武器性能、战斗士气等条件罗列，北洋舰队的战斗力并不输给后者，但纵使一个十二岁小孩现在也知道，即使是计算机里列出的战争游戏，不会只是要求这些第一线的东西。这还牵涉到后勤补给、平时训练等繁复的问题。电动玩具的结论和多年来许多篇探讨甲午战争的学术报告一样，北洋舰队并不是败给联合舰队，而是败在清政府颟顸、官员无能等国家结构的问题上。

那年，甲午海战开打后，两艘快速舰果不负盛名。"致远"军舰在邓世昌带领下，悲壮地撞向吉野，不幸触雷沉没。"靖远"则在战争末期成为丁汝昌之旗舰，当"靖远"中弹，战沉于威海内海时，丁汝昌原本有"舰亡人亡"之企图，后来虽获救，未几，依然服药自尽于提督署。

当一名游客参观时间有限时，当地的向导多半不会带游客观赏水师学堂、炮台或者丁汝昌住所。他往往会建议游客，走进新近成立的甲午战争纪念馆，了解这场战争的模拟实况以及前因后果。纪念馆大厅，一开始便是一排黄铜色的肖像，矗立于昏暗之灯光下。那是海战之前夕，几位著名清朝海军将领集聚于舵房，准备决战的场面，气势慑人而悲壮。从一开始，游客的心情便随着馆方设计的场景，随着雄壮而悲凉的音乐、光影和解说内容，将自己的民族情感提升到高点，情绪感伤者，再想到中国的大苦大难，难免当场激动落泪。

我参加的作家参观团结束观光后，这种极度感伤的情绪依旧持续，随着我们的渡轮回到威海。翌日开环境文学讨论会时，仍有大陆作家在会议里提出对这场战争的看法。最激情，也最令人动容的，或许是二十世纪三十年代著名作家老舍之子——舒乙的讲话。舒乙后来曾以另一位作家冰心先生为例，形容这场战争对中国人的影响。目前长年卧病在北京医院的冰心先生，生前最大的心愿，便是以甲午战争做题材，好好写一篇文章。可是，每每提笔，尚未伏案，心情就涌动不停，终而号啕大哭，直骂道："日本人太可恶了！"会后，我翻开北洋海军将领后裔，赫然发现，冰心先生竟是甲午战争名将谢宝璋的女儿。

还记得，那天和瓦历斯走出来，一路默然无语，坐在旁边的餐厅休息。有一位大陆作家过来聊天，他特别问道瓦历斯："瓦先生感觉如何？"

瓦历斯讲话一如平常之山地腔的语法："看完后，我很心痛的。"

"是不是因为台湾后来割让给日本？"那位作家颇表同情地追问。

"不是。因为这场战争结束，后来，日本人到台湾来，和我们泰雅人打了大大小小，一百五十几场战争。"

瓦历斯的谈话，让我想起了最初的太鲁阁大战，还有一个部落几乎全部灭亡的雾社事件。

那天晚上，我们沿着威海湾散步。我问他："孩子快出生了吧？"

他回答说："我还没做梦？应该还没。"

泰雅人是子承父姓的，我遂问他："打算帮儿子取什么名字？"

他远眺着刘公岛，微笑道："就叫威海·瓦历斯吧！"

# 北寿山与南寿山

## 北寿山

每次到高雄，都会去爬寿山（柴山）。这回也不例外。为了爬山，还特别选择靠近山脚的旅社下榻。

很不凑巧，前往攀爬的日子正好是周日。平时寿山的登山客就络绎不绝，假日时更像闹区之街道般拥挤。

大清晨，北寿山入口的龙皇寺，集聚了比平时更多的摊贩，沿着狭窄的巷道，排列到山腰去。原本打算半途时，静静地坐下来休息，但是小径上人来人往，始终找不到适当的休息空间。

长住南部的自然生态作家王家祥跟我说过，自从山区开放以后，这条山路不只像中正路一样热闹，时日一久，山路被踩宽，更被糟蹋得秃裸、溜滑，有些山上的珊瑚礁石都已磨损殆尽。不过几年光阴，游客在北寿山就留下了许多条像巨大疤痕般的小径。长此以往，这个山的生态都会受到严重影响。

半路上，遇见了好几只台湾猕猴。它们肆无忌惮地在半路上向游客要东西吃，或者干脆用抓了就跑的方式。登山的民众也以喂食猕猴为乐。结果，造成猕猴在行径上背离常情。

我自己在半路上寻找植物绘图时，就遇到两次。当我打开背包时，一只公猴还跳到我休息的桌前搜寻，以为我要取出东西来吃。

野生的台湾猕猴里，大概就是北寿山的这一群最亲近人了。但也因为不惧人，它们的食物来源已经相当仰赖登山者的提供。甚至于，养成奢华的习惯。如果游客给的食物不好吃，诸如西红柿、面包之类，往往咬了一口便弃置一旁。唯独花生、香蕉是最爱，总吃得一干二净。我在休息时，也听到一些登山人在抱怨，他们很不喜欢黄昏时，仍单独在寿山逗留，免得被索取食物的猕猴干扰。

这种索讨食物的行为长期下去，对猕猴在自然环境的生存并不见得好。民众们其实应该反省，减低这种喂食的乐趣。

前年来时，北寿山的步道只有一些地方铺了木板栈道，架空于地面，让动物爬行而过，植物能较自由地生长，减少被登山者伤害的机会，对当地的珊瑚礁环境也更能减低冲击。这回来时，木板栈道又扩充了。在台北大仑尾山的自然步道，我见过类似的设计。最新的枕木步道，不仅和地面契合，还铺洒了鹅卵石。至于，到底哪一种步道适合，恐怕还得视个别的环境去判断，如果把台北象山自然步道的石阶小径移到寿山，恐怕就是对珊瑚礁环境的大破坏了。但是它在台北的近郊出现时，对环境的冲击，似乎就减弱许多。

天气颇为炎热，梅雨季节好像还在南洋旅行，还未回来。但我已经开始巴望，一如蒟蒻渴望雨水。优势的构树族群已经结出累累的青色果实。我隐隐感觉，特有的台湾鹿角金龟即将从地面羽化出来，快乐地飞上这些甜美的果实。五月时，不仅鹿角金龟，朽木蟋蟀、大青叩头虫，还有一种橙红色，至今我尚未鉴定出真正属种的红叩头虫，想必都会出来凑热闹。接着是雄蝉大鸣。

但寿山的时序和季节，可不是我这种过客的旅行者所能一眼望穿的。套一句流行的广告，一九九七年，我在巴黎的左岸咖啡馆，但不见得我认识了巴黎。我只是借由咖啡屋，感觉巴黎的具体存在，自然观察亦是。当感觉对时，每一种昆虫鸟兽都可能带来这种情感。

在步道上旅行时，我选择了乌桕、咬人狗、龙船花和虫屎等此时较为常见的代表植物，作为绘图的主要素材。这些北部不常见的植物，传递着多样的热带气息，在我现阶段的自然观察旅行里，有着亲切的疏离之感。它们不止是一种植物这样单纯的符号而已，当它青绿盎然地站在那里时，背后的内容，还潜藏着相当复杂的人文和历史意义。我如是这般思索着，且自信而愉悦地面对每一种植物，小心地绘入笔记本里。

相信长尾南蜥知道这种心境。这种有着长手臂，肥胖而巨大的蜥蜴，如巨蛇般吐露舌信，到处钻探。每当我久坐时，都会自草丛里，或珊瑚礁上，露出滑溜的头，暧昧地凝视，仿佛在质疑我对这个热带山区的情愫。

## 南寿山

在寿山旅行了两天。前一天，在北寿山自然步道观察，隔天便到更接近海岸的南寿山去。

我沿着中山大学校园后面一条隐秘的步道，随意信步而行。这条路直通百年前英国的打狗领事馆。一边走路时，不免想起博物学者郇和（R.Swinhoe）在此任领事一职时，攀爬寿山的旅行，还有西方旅行家沿路走访的景观叙述。

我经过的范围主要在靠领事馆面海的山区。原来希望看到此地特有的山毛柿，但一路上，多半是血桐、棱果榕和构树为多。猜想山毛柿喜欢栖息的环境可能更靠近隐秘的森林吧?

构树无疑是这儿最为众多的优势族群。宽叶的成熟树种多半已长出青绿的浆果。偶尔进入隐秘的林子时，还有盘龙木长出红鲜的果实。接近领事馆时，长着漂亮紫花的蝶豆和紫红花朵的珊瑚藤也出现了。不知当年郇和走的路线是否就是这一条？甚而，其他外国人也循此路到密林里去?

我再度于驻英领事馆前徘徊，回想当年的自然景观。这个地方是台湾自然观察和采集最早的发源地之一，往昔采集者的叙述，经常让我充满历史情感和困惑。

譬如说最早记录的蝶道吧，郇和当年在此看到的会不会是玉带凤蝶呢？这种凤蝶依赖的食草乌柑，正是林子里相当优势的植物。还有，为什么郇和常记录的老鹰，现在几乎难得一见，二十世纪八十年代，我在左营军港服役，老鹰仍常低空盘旋。百年来经常活动于此的鸟种，为何在这短短十年就难以记录了？再者，大家都熟悉的台湾猕猴，一直局限在柴山这个地区活动，无法和其他山区的族群交往，会不会发展出不同的个体，或者延伸出某种变化?

海风从海峡徐徐灌进，我远望着，仿佛看到百年前西方自然探查队的船只，继续在入港、卸货。同时，领事馆这边，也有一些在内地采集到的珍稀物品，以及重要的自然科学文件，正在打包准备运到欧洲。

但我的烦恼和疑惑从那时起就未被运走，它继续附生在这块土地上，一如耐海风和盐蚀的山猪枷，常绿且蓬勃地爬上了岩礁。

## 两种鸟人

“台北和高雄赏鸟人之间最大的差异是什么？”有一回，在高雄鸟会演讲，一位鸟友如此问我。

我略为迟疑一阵，随即回答这个去年来此旅行时就思考过的问题。

我将这种差异归因于地形环境的不同。

高雄市只有一个寿山（柴山），台北市周遭却有很多类型的山峦。山少环境自然单调，高雄看鸟的环境便不如台北的多样而丰富。

可是，寿山的珊瑚礁地理，让高雄的南方特色相当明显，因而两边的鸟友也发展出不同的自然观察特色。

譬如以整体展现的自然书籍来看，高雄鸟会编出《北寿山自然步道解说手册》，台北鸟会就不可能编出类似性质的书籍，因为它本身设定的功能仍在赏鸟为主的主体上，其他方面自然资源的人才较难整合。

也因为赏鸟人才济济，台北鸟会拥有足够的鸟类信息，编辑出精致的《冠羽杂志》月刊，以及各类以鸟类为主的宣传书册，这又是人力和经费资源较缺乏的高雄鸟会所难以望其项背的。

可是，在《北寿山自然步道解说手册》里，我们看到了鸟友对寿山的了如指掌，对里面的各种动物植物和人文历史都相当清楚。这种博物学的认识自然方式，就远非台北鸟友所能体认的。

在台北，因为资源丰富，鸟友很容易进入一个单独的个体世界——以鸟为主，深入地研究，或者全然被鸟的主题所吸引。但是在高雄，情况便截然不同，最近而唯一的山头只有寿山时，他们的感情和认同也只有去朝这里发展。但寿山本身鸟种不多，鸟友自然而然会往另外的自然生物发展出多元的兴趣。

所以，一般来说，高雄的鸟友往往比台北的鸟友对自然环境的全面认知来得清楚。但相对的，台北鸟友在个别鸟种的知识方面却较为深入，常有率台湾赏鸟风气之先的能力。

第二辑

# 动物观察

# 溪涧的旅次

迩来入山赏鸟时，逐渐地脱离森林的核心地带，转而喜爱沿溪跋涉了。

可能是年近三十了吧！我想自己已变得容易感受孤独。而溪涧似乎存藏着一股山中最旺盛的生命力，能够赋予我强烈的安全感。连带的因为溪涧向下流出，最后势必汇入平野的河川，便莫名地依赖这种源起的亲密关系，进而支持自己到山里继续活动的欲望。几经思虑，为求观察的方便，调适这种情绪，最后，我抵临的所在直指山谷，位于八百米上下的溪涧。那里是溪鸟永远的家乡。

我所逗留的溪涧世界，不是坐落于浓荫密林里的瀑布地带，也非切穿两座高耸山峡下的急流。而是横陈两岸的较平坦、开阔的森林，同时短距离即微有起伏的溪道。

这种溪道长则一两千米，短则一两百米时便形成一个独立的小天地，每一个山回溪转以后，就出现另一个类似的溪涧王国。一个王国衔接着另一个，沿着溪道的上逆下溯，在平地与高山之间，从海拔三四百米起到一两千米内，一条溪的上游就是无数个溪涧王国的大串联。

在溪涧里，我所关注的溪鸟们是最高统治者。它们是寡头的君父，控制着一个小而近乎封闭的独立世界。大如鱼虾、青蛙，小至蚊蚋、蜉蝣等昆虫都是觅食的对象。在自然环境竞争激烈的生活下，一如其他地区的动物，它们也时有争执，时有互助的情形出现。相较于其他地区如沼泽、森林，溪鸟们显然生活于一个简单的食物网里，也如同长期定居于小型小区的公民，位于食物链最高点的枢纽上。它们必须相互依赖，借以获得下层食物的平稳与充裕。

跟水鸟的习性相比，溪鸟的活动趋于静态，只觅食在固定的领域里。水鸟的栖息比较不安定，春秋两季的南北奔波几乎横跨南北半球。调查水鸟时，光只一个过境的驿站，我就必须尾随，四处旅行。而观察溪鸟时，只要找到适当的地形坐下来枯坐就成了。

依着它们的习性，我总是选择较复杂的溪道，躲入视线良好又可以隐蔽自己的巨岩后。我认为复杂的溪道，主要包括了急湍、回流、飞瀑、水潭与岩石累累错综交叠的水域。拥有如此特色的溪道却不容易寻找。有些溪涧受了地形与地质的局限，经常只剩急湍、回流。不然等构成复杂的条件时，已经流入平野城郊，只有两三种溪鸟会幸临，或者让水鸟沿溪上溯所占据。

偶尔随朋友去露营的南势溪却不乏这种复杂性，遂变成我的定点旅行区。每回坐在岸边守候，待上个两天一宿的旅次，或者仅止于一个下午的瞭望。徘徊于这类溪道时，总能够在急湍听见紫啸鸫尖啸，在飞瀑找到小剪尾跳跃，在回流看见河乌潜伏，在水潭发现鱼狗飞掠，在岩石滩邂逅孤独伫立的小白鹭与铅色水鸫。这六种溪鸟加上秋末冬初滞留的灰、白鹡鸰，组成了溪涧王国最上层的主宰。

河乌

为了观察溪鸟，连续两三个钟头枯坐在岩石后，我已习以为常，溪鸟们多半没有这种镇静功夫。在这个王国里，枯坐等于毁灭。食物不会自己送上门来的。每隔一段时间，溪鸟们都靠着不停地移动位置，巡行于自己认定的领地里寻找食物。

小白鹭也许是较特殊的例子。当它静寂伫立时，凭借着硕大的躯体几乎可以睥睨周遭的一切，也没有多少动物敢于上前侵扰。

铅色水鸫的行为最具代表性。它常守候在溪面浮凸不动的岩石上，然后沿着岩石群逐一跳跃，捉捕溪岸附近肉眼难见的蜉蝣与蚊蚋科小虫。溪涧的天地小，溪鸟的领地感自然十分强烈，铅色水鸫更是如此。它的体形约莫麻雀大，攻击性却勇猛凶悍。它们不仅追赶同类，大它半倍的白鹡鸰也遭到驱逐，落荒而飞。在溪涧王国里，这种场面算是最激烈的争斗。日后，我也发现，在溪鸟里，只有白鹡鸰独独会遭受铅色水鸫的排斥。究其原因，原来它的习性类似于铅色水鸫。不但觅寻的主食来源一样，体积也相似，而且活动的地区都是岩石滩。一山不容二鸟，两者之间势必起冲突。我却未看见白鹡鸰驱赶打赢过铅色水鸫。

鱼狗的活动领域虽然与铅色水鸫接近，由于主食小鱼，两方近距离对峙时，并不会发生争执。但鱼狗十分在意同类的入侵。时常遇见这种场面后，我猜想，鱼狗和铅色水鸫可能有相互合作觅食的一种默契吧？这种容忍食物来源不同的朋友进入自己地盘的情形，有点近似人类社会的某些生活特征。当我看到同样模式出现在人与人的交往中，反而带来某种利益时，我相信，溪鸟也应该深谙此道。

河乌、紫啸鸫，与前三者也没有摩擦的现象。河乌的主食是溪里的水中生物。紫啸鸫体形大它们三四倍，加上惯于栖息隐蔽之

紫啸鸫

处，都不可能有相互冲突的理由。

孤独生活也是溪涧错综地理下的一大栖息特色。对溪鸟而言，溪涧的空间狭窄，视界又不开阔，除了繁殖期，它们自然易于独自觅食以求生存。不像大部分的山鸟或者水鸟，依赖着团体生活，借以保持个体的安全。当然造成孤独生活的还有其他因素。依生物进化的原则，地理环境的影响却是最大的。

最符合这种推论的当数小白鹭。在平野、沼泽时，它们经常群集觅食。入山以后，刚好相反，我看到的多半是单只伫立的小白鹭，真怀疑是不同种鹭鸶。较特殊的仍是铅色水鸫，有时我会遇见雌雄一对的铅色水鸫，保持一段距离，相互警戒四周。或是三四只成群，可能是家族成员，来往于溪岸。此外，白鹡鸰进入秋末的溪谷以后，也时而成对飞行。

随着溪涧位置不一，溪鸟的分布数量也颇有起伏。例如，屏东的枫港水质清澈，溪鱼群集，鱼狗的数量也特别多。南投的杉林溪处处是急湍深壑，人工开发不多，小剪尾活动的频率便最高。南势溪的环境属于复杂型，卵石累累，溪面又较开阔，铅色水鸫的只数就高居榜首。

溪鸟种类虽少，觅食的花招却百出，各有各的特色。有一次，我尾随一只河乌，观察它的觅食方法，觉得那是生平所见最奇特的鸟类。它不像山鸟一样逐林而居，或者像水鸟沿着岩礁、沙丘海岸栖息。只是固定选择一段水流汹涌的溪道，顺水而下，时而浮游，时而没入水中。每游完一小段后，便跳上岩石小憩，瞬间又没入水中。游了百来米后，才折回，飞到原先的地点，再度潜入溪里。我无法想象，只有手掌大的河乌如何克服溪水的强劲冲力。它在水中的速度犹如人在疾走。当地溪道的岩石密集起

翠鸟

伏，我必须边走边藏连爬带跑，才能赶上。等它再飞回起点时，又得快速奔回去寻找。追踪一个小时下来，我已累得四肢发软，连举脚走路的气力也没有了。

鱼狗的捕鱼方法也是独一无二。虽然是体形最小的溪鸟，它却最聪明慧黠。同样的有着长嘴，也是善于等待的捕鱼者。它不像小白鹭逮到鱼顺口便吞进去。鱼狗发现猎物时，总是巧妙地利用垂直降落的重力加速度，从空中俯冲而下，潜入水中戳捕而上。然后，衔至附近的岩石，大快朵颐地吞入肚腹。

铅色水鸫却像直升机的起落。当它立足于岩石时，会经常不断地往空中跳飞，再落回原地。就在这个短暂迅速的上下时间里，它已完成捕食蚊蚋、蜉蝣等小虫的任务。至于紫啸鸫、小剪尾与灰、白鹡鸰一如常鸟，以一般跳跃前进的捕食方法沿着溪岸活动。

从它们的觅食行为，我们可以发现，为了生存，它们也各自发展出顺应环境的特有体形。例如，鱼狗与小白鹭都有一副适合戳捕小鱼的长嘴，而河乌有一高翘的尾羽，帮助它在水中保持平衡与操纵方向。铅色水鸫也拥有在半空快速回旋、拍击的短翅，便利于捕食飞行的小虫。

当整段溪道的觅食活动热络时，如果用卡通影片描述，我仿佛进入一个圣诞大餐的会场。鱼狗像饕餮的小猪，猛地吞掉比它大的苹果。小白鹭一如盆口大开的牝猪，张嘴就是一块完整的蛋糕送进，毫不溜嘴。铅色水鸫正是专挑一粒粒朱红樱桃啄食的小鸡们，镇日吱叫不停。至于河乌，像极了钻入蛋糕里囫囵吞枣的小老鼠，东奔西窜，永远是忙碌的。

这就是溪涧王国君父们的生活方式了！溪鸟们一如其他动物，顺着自然环境的变迁，早已学会调整自己去配合。溪鸟能生

小剪尾

存下来，也是基于此因。这种改变是经年累月的结果，非一朝一夕所能形成。若是人为的突然破坏，情形就迥异了。虽然人为破坏也有可能会衍发另一种进化，只是大部分的结局都是绝种，不然就是消失。

在这种觅食与憩息的循环过程里，鸟类的叫声也执行着十分重要的功能。截至现今，我们仍无法全盘了解各种鸣叫的意义。多样性的山鸟、水鸟如此，简单生活的溪鸟也在它们的小天地里布满了诡谲的声音。以多数时候只会发出类似刹车声的紫啸鸫来说，有人认为，这是在警告别种鸟类不得侵入它的地盘。最近，一位鸟人却发现刹车声竟有冬夏之分。冬天时，紫啸鸫的叫声显得较为短促、无力。为什么呢？是否夏季鸣啼清亮中夹杂着求偶或其他的讯息？这种台湾特有的鸫科有一个非常好听的别名：琉璃鸟。如今，它单纯的声音已难倒所有鸟类专家。

鸣声复杂的铅色水鸫更加叫人困惑。它时而尖啼向四周警戒，也时而以声音相互联络。地形与晨昏改变时，似乎又有不同的音调。仅止鸟类的语言一项，我们对自然的认识到底下了多少功夫，就该有数了。

鸟人们通常也知道，紫啸鸫与铅色水鸫多半在伫立时鸣叫。河乌，鱼狗与灰、白鹡鸰却截然相反。它们飞行前进时，像救火车叮当作响地疾驶，边飞边叫。这不是暴露自己的行踪吗？难道在宣示领地？一如所有鸟人，我仍然不甚清楚。

研究鸟类的巢穴也是门大学问，长期逗留在溪涧里，我也强求自己寻找每种溪鸟的巢穴。虽然没有受过找鸟巢的训练，以自己的经验与花费的时间，我想应该不难找到。结果，迄今只找到一个。能掩饰得十分隐秘，让其他动物难以发现，仅凭此点，我

白鹡鸰

认为溪鸟们也是一流的建筑家。

唯一被我找到的巢穴，还是偶然发现的。第一次看到时，根本无法想象那是个鸟巢，倒像是个蛇洞。它建造得异常灵巧，除非蹲下来仰视，不然毫无发现的概率。那是一个鱼狗的家。它坐落在溪边的沙壁里，洞口前方悬垂着蕨草，必须拨开才能看清。洞形是倒立的高脚杯状，里面铺陈着青苔、蕨草，还没有鸟蛋。洞口位置约莫离溪面三十厘米，这是否已避离溪水暴涨时的最高水位？我想鱼狗比我更清楚。

旅行溪涧也有一段时日，只找到一处鸟巢，我并不觉得丢脸，因为河鸟的巢穴也是去年才首次被人发现。

最近，传闻有人学到专门找鸟巢的技术，也听说十分灵验。我颇担心此事，这跟学会开门锁一样，专家知道了当然方便研究，捕鸟的人懂得这门技术，溪鸟可就惨了。

溪涧王国如何掌握各种溪鸟的数量，维持它的稳定平衡呢？在台湾的溪流里，溪鸟的天敌甚少，蛇鼠的出没仍无法构成严重的威胁。我想，天然的灾变因是主要控制因素。当溪鸟的数量达到饱和时，夏季固定来袭的暴雨往往会造成山洪，摧毁了溪涧原有的生存环境，大量的溪岸生物消失了，溪鸟的食物来源相对减少。终于迫使它们被迫选择两条路：面临死亡，或者远走高飞。这种俗成的生态模式也可印证到人类的历史。当人口膨胀到一定程度时，战争、瘟疫等灾难固定会带来严重的破坏。人口大量锐减后，再整个缓慢地复苏。

整个说来，我以严肃心情观察的时间不算长，大约是冬末至春初间的冷雨期。不像观察水鸟曾经耗费冗长的四季。近来，我也宁可坐守这个小而完整的天地。它不像水鸟的世界幅员广袤，跨

灰鹡鸰

洋又跨国，随便一个过往的驿站遭到破坏，连带的整条迁徙线都受影响。溪涧的天地是固定不变的，溪鸟们也不须具备长途跋涉的能力，一道河段便自成一个王国。在非人为的破坏下，也能从自然的一时失衡中迅速矫正过来。纵使最严重、常见的山洪暴发，经过一段时日的自我疗伤，蚊蚋、蜉蝣等小虫又会出现，溪哥、石斑等小鱼也溯游而上，溪鸟们自然跟着回来，继续原先的主宰生活。

前些时，有位专家担心立雾溪上游建筑火力发电厂，将导致水位落差改变，喜欢在含氧量高的水域活动的蚊蚋小虫也随之消失，间接影响溪鸟的存亡。这种推论十分正确。影响有多大呢？长期演变下，是否因为发电厂的出现，真会造成下游溪涧王国的毁灭？没有人全面调查过，也无人能提供肯定、有力的答案。我认为伤害是必然的，但或许还会出现令人意想不到的反效果。据闻大甲溪的达见水库筑成后就有如下的例子：原本活动频繁的铅色水鸫与河乌顿时消失，因为喜欢急湍的蚊蚋小虫绝迹了。日后，水库蓄满，繁富的鱼族反而吸引鱼狗进来递补它们的遗缺。不过，言归正传，还是回归自然的好，意外的环境突变，难免带来不确定的因子，影响生态的长远性。

往昔，水鸟神秘的迁徙行为以及按时南北漂泊的生活一直使我着迷。但完成长期观察后，看到原本要设立保育区的沼泽继续遭受破坏，我好像是做错了事一样，再也不愿去涉足。幸好还有溪涧可以慰藉，只是它又能维持多久？我的同胞们最懂得利用自然的一草一木了，总有一天他们也会完全开发这里。与鸟一样，我将被赶得无处可去。

# 沙　岸

## 沙岸之冬

断断续续进入这块沙岸旅行也有两年了。有时一周来个三四遭，有时一季才抵临六七趟。陌生的心情却永远如第一回抵达。它好像自己的背部，从未仔细地注意过，一直疏忽着……近来停止淡水河的赏鸟活动后，缅怀这段时日，翻读日志，竟觉得或许是三十岁以前最重要的旅行。

沙岸位于淡水河河口北岸的沙仑。外貌景观直竖着想象，仿佛火山口的顶端，光秃地裸露着，矗立于蓝天。它正是如此呈不等边的三角形，突出横亘于北海岸。因为矿物质的含量不一，这里的沙色橙黄，截然与南岸的八里海滩不同，八里的沙色灰黑，属于台湾西海岸的沙种。它也与东海岸有异，只类似于同是北海岸的金山、万里、白沙湾等地特有的地质。简单地形容，它的颜色近乎我的皮肤。

与沙岸接触的陆地衔接得非常缓和，不像一般北海岸突然耸起的丘陵山地，与海面之间几无缓冲之区。沙岸后面就是淡水河冲积的小平原。平原中坐落着淡水镇，以及卫星群集的水田、农舍与村落。然后才是北部山峦的起点，从大屯山、七星山起一路相互缠绵，直奔到台湾南部的垦丁去。

围绕在沙岸周围与陆地边缘的草木，多半是定沙型植物。林投最多，密生群集如一道长墙，阻止了沙岸向内陆扩大的运动。林投内才有黄槿、木麻黄、夹竹桃这类郊野的木本植物。沙丘上最常见的海滨植物是白茅、海埔姜、马鞍藤、滨刺草与苋齿科灌木。

退潮时，沙岸会附属一大块石砾湿地，淡水当地人围成石沪。海水落降时，石砾区便露出，大约有沙岸的一半大。由于石砾的显现，表面看来仿佛单调的沙岸世界便显得有生机了。生活在石砾水滩里的幼鱼（如鲷科、鲭科）、小虾、螃蟹与酒螺、寄居蟹等海岸生物构成了一个岩岸形态的食物网，与沙岸的全然不一样。沙岸上最常见的幽灵蟹、海蝇与沙层里的跳虫、沙蚕等潮汐区生物又自成另一个复杂的生物链。这两个食物网的相互共存与并联结合成一个丰富的自然食物场。加上沙岸的位置与对岸的八里、上游关渡沼泽区紧邻，是候鸟迁徙过程中的“驿站”，所以成了一个观察鸟类栖息的最佳所在。

从外围任何相等水平的位置远眺沙丘，往往只能看清它外围沙脊起伏的轮廓，无法探见沙丘内部世界如波浪起伏的变化。当然以游客的心情赏玩，纵使走遍整个沙岸，没有长期细心的观察，除了乍一发现时觉得奇特外，久了也会索然无味，认定它是一处景色荒芜、单调的地方。除了附近偶尔来捡拾酒螺、海瓜子的农妇与孩童外，没有人会再三幸临的。

冬初霜降的时候，东北季风渐渐地歇缓下来，沙丘只剩下风蚀过后残存的面貌。所有海滨植物的枝叶都朝向西南方位弯伸，面对北方的迎风坡多半已无苋齿科灌木，不然就是剩下稀疏枯褐的枝干。只有背风处稍有绿意群集的草丛。沙丘经过两三个月来的连续风蚀，益形陡峭险峻。一道道季风刮掠过，留下了间隔宽阔的沙纹，沙丘也因为沙层的松弛经常自动崩落、变形。

这时海浪掺杂着千岛寒流，自北方挟带着另一种海味与各种蜉蝣物抵临。随着海浪一波波地涌起，时而巨吼着冲上沙滩，又缓缓地缩回深黯的海里。沙丘寂寂，正准备迎接寒流的入侵。水鸟经过秋末的迁徙完成后，开始忙碌起来。有些也已趁着东北季风的末流追随南去，留下来的则学习着适应避冬的海岸生活。

寒流抵临时，经常夹杂着冷雨的到来。冷雨落进沙丘反而使海岸不再飞沙走草。气温陡降下，水鸟泰半会飞进内陆避寒。这是四季里最严酷的时节。在海边举步都须顺风而行，无法逆风前进。瘦小的水鸟自不用说。我只发现十来只东方环颈鸻，弓缩着身子，静静驻足于潮汐区。沙丘上只有海风不断奔向西南的厉声叫鸣。

除了春秋两季过境外，东方环颈鸻憩息驻足时多半是单独的。接近它时，它仍机警如常，迅速地跑步离去，实在逼不得已才顺风起飞，闪躲到另一处沙脊后。它也无法逆风飞行，我也未听见它们平常日子的啁啾。

沙岸的冬天并非全属寒流的，无风的暖和天气仍间隔展露。这时各类水鸟们的活动频率便增高了。近千只的金斑鸻会扮演主要的角色，披戴着金黄的羽衣，大胆而旁若无物地占据了退潮后的石砾区，以它作为冬天的觅食场所。冬天的石砾区是它们的天下，十有六七的水鸟是它们，与沙丘上的东方环颈鸻遥遥相互对峙。水鸟间尽管科别种类不一，却甚少出现打架、斗殴的情形，反而组成团体生活的情形屡屡出现。尤其是最危险的春秋迁徙期，这可能是它们的觅食对象不同，领地宽阔，较不易争执。同时危险性高，自然会群集相互保护。

但迄今我仍然无法全盘明白金斑鸻栖息海岸的情形。退潮时，它们会全数抵临石砾区，满潮时呢？我偶尔在沙丘里也发现，有时却半只也未见到。最近我曾猜想是否随着潮水上溯，去了关渡，或者到对岸的八里。对照是时别人的记录却有出入，会不会还有其他的觅食区？以淡水河下游为中心，方圆能让水鸟栖息的地方也不过以上几处。也许它们仍运用天赋的飞行能力，飞抵更远的南方所在，再迢迢回来。另一种可能是：鸟友们仍未发现满潮的主要内陆憩息区。

与秋末时相似，强劲的风力下，金斑鸻与其他水鸟群集憩息的场面较容易发现，单独活动的情形多半是无风的时日。

最壮观的场面是在潮水甫退之际，金斑鸻突然地全部出现于海面上空。我惊讶于它们如何知道准确的退潮时刻，按着渔民的农历潮汐表对照，书本所记载与事实的时差至少有半个钟头左右。金斑鸻却掌握得异常准确，石砾刚重新露出海面时，近千只的金斑鸻已经飞临，迫不及待地落脚于石尖上。不只金斑鸻，其他水鸟对潮的起落时分也有如此惊人的判断能力。

一般来说，水鸟的警觉性甚高，金斑鸻就显得迟钝。我往往可以偷偷爬行，俯近离它们十来米处。不过金斑鸻仍保持水鸟特有的习性，未在石砾区翻找食物时，它总是站立于高处的砾石上，保持看清四方的视界。

不管哪一种水鸟，单独时被我惊起飞离是可以理解的。而团体活动因为我的接近同时共同拍翅寂然而去，我却非常讶异。不知道它们是以什么方法联络，知道一个不明的危险物出现。是否有人类所遐想的，“心有灵犀一点通”的某种神经组织天生存藏于它们体内，不须经由声音的传送即可瞬间一起感受。

常见于这块沙岸的水鸟里，鹟鸻与三趾鹬比金斑鸻抵临的时节晚来两个多月。而黄足鹬、中杓鹬、金斑鸻与东方环颈鸻都在秋初时抵临。鹟鸻与三趾鹬的数量也不多，与中杓鹬一样，最多十来只。

鹟鸻是这里羽色最鲜艳的水鸟。黑白对比的胸肩夹杂着黄棕的羽翼，加上嘴爪肉红，极易辨认。鸟人又叫鹟鸻为“翻石鹬”，顾名思义，鹟鸻啄食时习惯于翻拨石子。我自己尚未发现这种情形。三趾鹬是这里体形最小的水鸟，冬天时它像一团雪花，驻足时像黏附在灰黑砾石的大型蚵仔，十分抢眼。晚来与早到都相似，水鸟一起随着退潮起落而居。这两种水鸟晚来的原因，我猜有几点：一则栖息的位置偏南，二则承继了祖先的某种遗传。另外也有可能，是时北方仍有食物，它们不急着启程南下。

这时岩鹭出现的频率也增高了，时时结伴飞掠海岸，或穿梭于石砾间。最叫我百思不解的，每回岩鹭都是从对岸的八里飞来。八里多半是沙滩，岩鹭习惯吗？如果从鼻头角出现倒是能合理判断，因为北海岸岬角、岩礁处处横陈，那里才是岩鹭聚集的最好地带。

东方环颈鸻一如往昔地栖息。石砾与沙丘都有它们的踪影，它们是最善于步行的水鸟。沙面表层常布满它们交错往来的足迹。我每踏上一块沙丘，总会遇见一两只徘徊着，“wi wi”地鸣叫示警。依据秋末时它们的结集，目前大约有一百只留下过冬。这时它们仅次于金斑鸻，成为第二大族群。

一次满潮时，我在潮汐区，首次看见它们于天空连成一线如彩虹形状，迅速飞向八里。这种奇景我曾在鸟书的图片见过，满脑子却是问号：为什么这时呈现如此的队形，平常成群飞行却毫无秩序可言，莫非远行？当时我马上进入沙丘，果然不见一只东方环颈鸻的踪影，但隔天我又看见相同数量的东方环颈鸻出现。

除了水鸟与岩鹭外，麻雀偶尔会在枯褐的苋齿科灌木停栖。沙丘边缘的林投常有台湾鹪莺的行踪，锦鸲、灰鹡鸰也点缀掠过。大致说来，不管任何一季，沙丘仍是以水鸟为主的世界。

整个冬天，我躲入这里零星坐落的“碉堡”内观察的时间颇长，主要也是为了躲避风寒。我不太喜欢观察水鸟时将它们刻意地拟人化，或者极力联想到人类的某些相似行为。然而不知觉地，我还是会比较，尤其在栖息时的群体行为与个别活动。大半的时日里，我也能从气候、潮汐的状况盘算，它们现在正处于什么样的生活。在沙丘上时，水鸟憩息倾向于群集的习性，觅食才单独往来。憩息主要是为了安全，觅食则忙于填肚，自然不易团体活动。任何动物都避免不了这种潜在的私利心理，何况处于沙丘这种生存条件险恶的地域。活下去绝对是第一要件。试想，它们千里迢迢历尽万苦所为何来。更不难体会，面对死亡的威胁，它们所付出的战斗代价是如何巨大。

这时它们的脂肪、体能殆半已用尽于秋日的旅行，没有能力修饰羽色，无法像春天时炫耀自己，借以达成求偶繁殖的条件。冬残是它们外表最丑的时候，也是觅食最艰苦的一段日子。它们只求维持不至于受冻挨饿，也不急于储备体力，或者装扮自己的容貌。我甚至感觉它们的眼神不若春天的炯炯有光，只透露一种渴求生存的意志。

冬天时进入这里，我也身同水鸟的期盼，仿佛一切都是为了春

麻雀

天的抵临，忍受风寒沙吹的种种考验。台湾城市的冬天除了冷寒以外，没有什么冬天的景象，万物枯寂、了无生趣的气息，必须在这种无人抵临的所在才能深入体会。也因此，我终于嗅到春天即将随浪而来的味道。

## 沙岸之春

冷雨过后，沙丘依旧是冬残的景色。除了连绵的雨水造成沙丘的坡面不再陡峭、崩落外，经过雨水长期不停地掺杂、渗透，海岸继续以灰褐的色泽铺陈着。

一个不同季节即将抵临的气氛逐渐酝酿成形。它来自海风时，不若从前的大寒，转而是淡凉的冷意。它来自浪潮时，水面也不似从前的灰褐滚滚，已经呈现一种深蓝的色调。

沙丘的色泽逐次明朗了。黏附于沙堆里的冷雨缓慢地蒸发、消失。长期处在海风、日温抚触下，它恢复过去的橙黄外表。经由冷雨的润饰，沙丘渐渐形成浑圆有致的山脊，优柔地起伏，展现一种自然美而和谐的地形运动结果。

位于低洼的沙丘盆地也突然萌起生机。冷雨走后，盆地积聚的雨水形成了大小不一的零星潟湖，一些肉眼难视的海岸生物孳息于里边。滨刺草像雨后春笋一样的迅速爆满湖岸。每一个盆地都有了一两处稀疏的小草原。盘踞在各个背风坡的海埔姜、马鞍藤与苋齿科灌木，开始伸展枝茎，蜿蜒地溜下山坡来。它们在每个盆地与滨刺草相会。

我沿着沙丘濒临南侧河口的潮汐区步行，计划从这个不等边三角形的一角出发，径自穿过沙丘内部，直抵北边的沙仑海水浴场。

这也是我四季的观察方式，避免漏掉任何一处的动静。

河口的北岸最近在辟建一个小渔港。两年来一条瘦长灰白的码头长堤，日复一日地铺展拓伸，最后笔直地跨入河心。大约两百米吧！颇为壮观。近来长堤已变成河口最突兀的风景。长堤接合陆地的码头仍堆置累累的石桩，足足两层楼高，面积有一百平方米，俨然是一座现代化的大厦。从沙丘环视，码头的石桩仿佛是一个未来都市矗立着，我站在郊区的蛮荒世界正不知所措地发愣。

码头与沙丘南侧相互并行成为凵形。退潮时，许多渔船便搁浅于沙滩上。满潮时，总有近百名垂钓者，围聚长堤，放线守候。现在是沙梭鱼洄游海岸的季节，纵使气候恶劣，长堤仍有络绎于途的人群。沙丘南侧仍少有人涉足。在凵形的海湾里，有两三排整齐有致的木桩，以渔网相互联结着。退潮时许多小鱼因为渔网的阻隔困顿于浅滩上，无力地等待渔人来捕捉。这些木桩也帮了矶鹬的大忙。好几次满潮时，每一只木桩都停栖着一只矶鹬静静地憩息。

冷雨过后，岩鹭只剩一两只会抵临，在凵形的海湾与小白鹭竞相追捕小鱼。偶尔也有几只东方环颈鸻出现，但大部分的水鸟还是在沙丘等候返乡。

梅雨尚未来到时，两百多只夏羽的蒙古铁嘴鸻与小燕鸥、东方环颈鸻的族群，群集于满潮时的沙脊上。冬残时，我未遇见过蒙古铁嘴鸻。这时它们已披戴着肉红的胸羽准备北返。另外有一族群是二三十只的金斑鸻，落脚于不远的潮汐区。

这两群水鸟势必有不少是从南方启程的，最近才登陆沙丘，必须在此一阵，补充体力后，方能与避冬于这里的水鸟一起北上。脂肪是水鸟南来北往赖以维持体力的首要条件。往昔依一些鸟学专家的研究，称量水鸟的体重时，他们发现大部分水鸟在南方时体重远比飞行中途或甫临北方家乡时重，因为刚从南方飞抵的水鸟都在中途消耗掉不少体力。它们还要在此继续寻食补充能量，积蓄脂肪，休息一两个星期，甚至一个月后再启程。依沙岸的地理位置与鸟道迁徙线。它再往前就是汪洋大海，这里自然是旅途中甚为重要的过境区。

这时接近它们也最为容易，水鸟群往往被我惊起后，飞行一段便随地落脚，不再远飞。不像往昔十分挑剔驻足的位置，它们似乎正在把握任何维持体力的机会。

这时小燕鸥总有六七只从八里飞抵，仿佛是要赶来送行。在八里时，据悉常有千只小燕鸥起落的场面。而它们最爱进入沙丘的时节是这时以迄夏末。最叫人困惑的是，为何秋冬两季反而不易发现，别的海岸却容易记录。

隔不到一周，我又看到不少落单的水鸟独自觅食于盆地的潟湖区。稚鹬、浒鹬、反嘴鹬这些原本习惯栖息内陆沼泽的水鸟竟然出现。去年此时，我却未记录。我想这些与潟湖的形成必定有关联。去年没有潟湖时，就没有上述水鸟的栖息记录。

潟湖的产生端赖雨量的多寡。冬残冷雨后与夏末暴雨，往往是造湖的最佳日子。平常无雨时，盆地也比周遭的沙丘潮湿，呈现较为灰黑的色泽。加之海风的搜刮，地表显得坚硬而缺少沙层，雨水自然也不易渗透地表，甚至长了稀疏的不知名野草。

满潮时，除了憩息于沙丘的水鸟，有不少的水鸟便散聚到每一处潟湖的四周。一个潟湖总有四五只水鸟在湖边觅食。这种场面一直会维持到五月底左右的梅雨时节。到那时，避冬留守的，或北上过境的水鸟又储蓄好体力，羽色也变得光彩鲜艳。与秋天南下时一样，它们体内将有一种本能的冲动，慢慢地刺激发酵，配合着体外

反嘴鹬

的各种举止。

这是什么样的返乡心情呢？每年固定往返一次，是否与人类的感受相似，或者更加沉重、严肃，同时带有某种使命与生存的含义。我想是的，而且更令人感佩。在这种返乡过程中，它必须面对迷途、失踪、死亡等未知危险的压力。没有一只水鸟能够知道，当它这回再出发是否必能安然抵达目的。但它们还是毅然地、本能地选择了这种旅行，将生命交付大自然去判生死，将命运托与未来去决定。只等梅雨时节到来，勇敢地展翅拍扑，奋力升空，向茫然的大海投去。

水鸟只靠硕长的羽翼翱翔返乡？不然。假如你和我一起长期滞留沙丘，势必察觉因素与条件十分复杂。梅雨抵临后，有一天我突然发现海风掉头了，风向已明显地在改变，浪潮也随着转弯。风与波浪一并从西南来了，流沙再度滚起，不停翻搅。沙丘也顺势改变它原有的面貌，冬初的背风坡如今已变迎风坡。原本的迎风坡遂成为背风坡，一切颠倒。幸好西南季风的风力不及东北季风，它侵蚀沙坡时较为从容，甚少造成括掠、崩落的情形，只让沙丘表面出现西南走向的沙纹。风力弱，沙纹间的宽度自然较窄。好像换季一样，沙丘一如发型的改变，所有发根整齐有秩地倾向另一边。只是这回用的梳子是不同的一只，沙沟有别。

是的，起风了。这时的季风与太阳、星辰、极光、磁场决定了水鸟离开的时日与方向。当它们开始启程，顺着季风，白日依着太阳，夜间望着星辰，再注视地平线的极光，同时靠着体内本能相对北极磁场的吸力。这些相互交杂错综的条件，将完整地指引它们返乡的路线。能否安全回去，跟鲑鱼上溯河头一样，已经生死不计。它们只是不断地朝北飞、飞，飞到去年秋末离开的所在。

梅雨期间，我在沙丘日日观察，送水鸟一一北返。六月初时，沙丘上的水鸟终于走光，只剩下六七只东方环颈鸻，以及开花的马鞍藤、青绿的苋齿科灌木、丰饶的白茅、妖娆的滨刺草平原。天气渐渐酷热起来，潟湖逐渐地干涸、消失。沙岸上对流的热气逐渐密集，仿佛垂直的水流，模糊地阻挡了远方的风景。

每回抵临时，走上半个时辰，就要躲入废弃的碉堡里休息、避热。现在只能听到东方环颈鸻衰弱的清鸣，自沙岸遥远传来。然后不时发现它走过的足迹，如虚线排列划过沙丘。我偶尔也看到它孤独的身影静立在沙脊上，与我寂寞对望。我知道，夏日时，这里将只剩我们留守。

## 沙岸之夏

六月是马鞍藤花开最繁盛的时节。橙黄的沙丘上，一丛丛绿叶黄茎的马鞍藤自各个沙顶辐射开来，淡紫的花在海风下柔弱地摇曳。荒寂而热气滚滚的海岸仿佛因此才有点生机。偶然有几只淡黄的白蝶翩然飘至，迅即又离去，此处似乎不宜久留。

满潮时，我从码头沿着沙岸绕行，抵达海水浴场再穿过沙丘内部，爬上坐落中央的碉堡里，用望远镜瞭望方圆。这个碉堡我叫它“灯塔”。我概略计算，只剩下六七只东方环颈鸻留下来，其他的已随水鸟飞回北方。六月底以后，滞留下来的东方环颈鸻自然是留鸟。它们是否会在北岸的沙丘筑巢呢？寻找它们的蛋是夏日的主要工作。

这时水鸟伴随着初期的西南季风离去，大概抵达了北方的故乡繁殖。西南季风仍持续不断，比起寒流所卷起的风力速度虽然远逊，然而天气是干燥的，流沙依旧满天飞舞，每天的地形仍有大起伏、大变化。一个空铝罐遗弃在迎风坡，经过一夜的风沙吹埋，明天再抵临，必须拂开三四厘米厚的细沙才能找到。

风沙滚滚与热气腾腾下，我只能以“灯塔”为定点，决定前去的位置，算计一下路程是否合算。夏天时，我不敢再贸然地奔驰于沙丘上了。“灯塔”已成为别墅。它分四层，最下层是沙石地面的地下室，阴凉而潮湿。第二层是炮口，容积十分窄小。第三层较大，可容两人并排躺下。我经常将照相器材与衣物书籍堆置那里，有时甚至小睡一会儿，再起来工作。第四层是瞭望台，毫无遮盖物。“灯塔”是这里最高的建筑，又属于沙丘中心，日后我每日经过必然进去憩息。

从“灯塔”顶楼远眺沙仑海水浴场，每逢假日时至少有一万人聚集。整个沙岸密密麻麻的，几无黄沙突露的空隙。半里外的这里，整个夏日就只有我独自徘徊。每次看到这种强烈对比的场面，孤独无力之感不由从心中泛起。几十年来，同胞们对自然的态度一直未改，无法将感官的游乐方式转变得有益于教化，形成知性旅行的风尚。这种恶习继续不变，再过一代将会付出巨大生态破坏的痛苦。

调查东方环颈鸻夏日的栖息行为并不容易。它们仍旧是个别生活，喜欢沿着潮汐区奔走觅食，甚少飞行，或者在沙丘上憩息驻足。这时仔细看它们的生活非常有趣。它们往往会小跑一段，观察一阵，再跑。一直重复这种动作。我曾看见一只东方环颈鸻只以单脚快跑，另一只脚始终缩于小腹。不知是否受伤了，或是有其他原因。飞行时它的鸣叫方式又与驻足不同。飞行时它习惯发出“gr gr”的声音，驻足时却是“ca wi”或是“wi wi”。这几种叫声都有示警之意。“gr gr”系向敌人的侵入叫嚷，后两种叫声，还包含了联系其他同伴的功能。

我观察鸟类的写作方式，一些鸟人常有疑虑。他们较坚持形容文字的正确与记录的严肃态度。但在台湾现时极度缺乏鸟类观察知识与数据的环境下，对一个从事生态写作的人而言，若不作大胆的假设、判定甚至立论，根本无从撰稿。我也认为赎罪感的代入才有可能使目前的赏鸟活动提升，进入另一个比现阶段更有生气的领域。经由长期观察，东方环颈鸻的叫声使我作了这种大胆的立论。

东方环颈鸻的蛋在一九八〇年才在大肚溪口首次发现。这次寻获，证实水鸟里的东方环颈鸻有部分是留鸟，也是少数于繁殖期待在台湾的水鸟。自此以后，鸟人们沿着台湾西海岸又陆续发现了它们的巢与蛋。纬度较低的大肚溪都有记录，我想淡水河北岸自然也有可能。

夏天时，东方环颈鸻经常蹲伏于沙丘上。我经常以它们蹲伏的位置判断筑巢的地带，或者在小石粒较多的地区搜索。尤其后者是它们筑巢时主要的必备巢材。最初的一个多月里，我便镇日逗留于这些地带，疯狂地搜遍沙岸，却忽略了沙脊上筑巢的可能性。

六月底一天正午，遍寻不着鸟巢要离开时，蓦然看见一只小燕鸥叫着掠过上空，我抬头注视时，它已从八里的方向飞入沙丘。我一直注视着，它迂回半圈后才回头，转而逆风上升，试图越过沙丘。结果它与海风在沙脊上僵持不下，像只风筝半停空中。我用望远镜看得眼酸了，它仍处居原位。正要放弃观察时，忽地发现一个黑色物体横陈沙脊上。它的位置离“灯塔”不过十来米，我记得当地不曾有这种东西，于是好奇地回头朝那里走去。

接近时，它迅即站起，我仔细看原来是东方环颈鸻。前些时，我和它们遭遇时，它们一站起来便小跑离去，这一只却不然。为此我信心大增，即忙大步走去，此时它才跑开，但是跑不到一米便跌倒在沙地，跛着脚展开翅，拖拉行走。这是拟伤行为，终于发现了！我未再瞧它表演，径自走到它曾经蹲伏的位置。果然，三颗近乎全埋的鸟蛋在沙堆里，只露出三分之一的蛋壳。我急忙拍照留下证据。然后，再注意刚刚离去的东方环颈鸻。它仍在附近徘徊不去，不断地鸣啼。我也不便过度打扰，马上离开。

隔日清晨四点，又从台北赶抵，开始观察它的孵育行为。我仍以“灯塔”为工作室，躲入二楼的炮口进行瞭望。

鸟巢位置的天时地利完全超乎判断之外，东方环颈鸻筑巢的季节通常在五六月之交。这个巢却在六月底出现。它只是个小沙坑，周遭有一根巨大、干枯的残木。东方环颈鸻的鸟巢位置一般是在小石粒附近的沙堆。它却位于沙脊上，并且高居于棱线顶峰。后来猜想，可能是盆地区有淹水之虞，它才选择这里。另外这里是海风最强的入口，是否也因此才促使它选定，让其他动物判断错误，一如我先前的设想鸟巢位置。

这处海风必经的地区，每天的流沙量可堆积十来厘米厚。鸟蛋不过拇指大，势必需要东方环颈鸻不断地清理沙子，但又要保持掩饰得宜，微微露出。壮哉！它们居然挑上这种严苛的环境，进行传宗接代的使命。

为了接近鸟巢，拍摄孵育的情形，我只好携带照相机匍匐于沙丘上。这是一桩非常艰辛的工作，必须面对三个不利的障碍。第一个障碍是风沙，湿黏的风沙随时会将眼镜打糊，遮住观察的视线，不管我是背风或迎风而卧。另外沙子也不停地灌进衣裤、鞋子。我又必须保护镜头，爬在沙面时，便觉得别扭而寸步难“爬”。第二个障碍是沙地的温度。这时赤足在沙上绝对站不到十秒钟，躺卧着更无法静趴不动，必须不停地移扭身体，避免烫伤。第三个障碍是要避开东方环颈鸻的视线。我必须从二十米外的坡脚慢慢爬上。当然它还是会发现，只是爬行的方式比较不易惊动它，如果站着走去，它一定迅即远离。

好几次，接近至两米左右的地方时，公鸟与母鸟都在场。两只保持一米的距离，向我鸣叫警告。警告当然毫无作用，我若再接近，它们只好远离。我也分辨不清哪一只是母鸟。离巢较远的胸羽淡黄，站在巢边的腹部则有几点黑斑，可能是母鸟为了孵蛋自然形成这种羽色。我曾问过一些鸟友，他们也如此猜测。

隔一日，我再去时只剩有黑斑的母鸟了。它似乎已不堪我的侵扰。我仿照前几日的方式接近时，它不再徘徊鸟巢附近。只要我一爬行而上，它便远去，毫不在意鸟巢的安危。我只好放弃这种方法，躲回“灯塔”观察。

这时它的孵育方式也改变。通常是飞临沙脊下的盆地，在滨刺草间迂回小跑、驻足、瞭望，然后偷偷地潜近鸟巢，坐上去孵育。六七分钟后又起身离去，隔了半刻再以刚才的方式从盆地回来。

熟悉它这种习性后，每次它一落足盆地时，我便跑到沙脊反方向的坡脚，迅速爬至鸟巢的位置，先它抵达鸟巢位置附近守候拍照。我想等它跑上来时，也许会忍受这个寂然不动的怪物吧。结果试了几次也未成功，它还未抵达沙脊就吓走了。于是我又放弃了，当时自己也害怕它会自此舍掉鸟巢不顾。后来看它又回到鸟巢时，我知道只要自己不出现，它断然不会割舍的。我也识相地远离，日后仅止于“灯塔”里窥望，视那块沙脊为它的“保育区”，不再跨越。

一个礼拜后，台风从东北角过境，携来一阵豪雨。我很担心鸟巢的安危，豪雨甫停便慌忙进入沙丘寻找。这时沙丘的地形已大为改观，所有的低洼区已变成潟湖。我暗自为它们将鸟巢筑在沙丘上庆幸。到了“保育区”才愣住。棱线竟被刮成平地，小枝干也被风吹走了。鸟巢自不用说，已经荡然无存。有没有孵出来呢？东方环颈鸻的蛋通常要孵三个礼拜左右，幼鸟出世时已有初长的羽翼，一两个小时内就如成鸟一样，能在沙丘上跑动，靠成鸟喂食。一个星期后，也能短暂飞行，自力更生了。后来，我走遍海岸调查东方环颈鸻的全部数量，比以前多了三四只，就不知是否有它们在里面。

除了东方环颈鸻外，小燕鸥再度成为过客。七月中旬，我曾看见十来只停憩于退潮后的潮汐区。整个夏日，这是我记录小燕鸥最多的时候，平常不过三两只飞掠沙岸。如果不是东方环颈鸻的留守，对我而言，夏天的沙丘实无生趣。其他平地鸟类跟人一样，也不想抵临这里，小白鹭与牛背鹭从不跨越林投外的沙丘。

七月以后，西南季风停止了。浪波又渐渐转向。八月初时，我发现一对黄足鹬沿着潮汐区觅食。水鸟又从北方来了。它们是尖兵，是前哨部队，一看到我便惊慌飞走。隔两三日，又看到一只矶鹬，沙脊上也有两三只蒙古铁嘴鸻。东方环颈鸻终于有伴。天气渐渐清凉，我再度嗅到一种不同于夏日的海味。马鞍藤的花已凋萎，枝茎渐渐缩回背风坡，滨刺草也比以往稀疏。我离开了避暑的“灯塔”碉堡。

## 沙岸之秋

天刚破晓时，流云轻快地远走天际，浪波一阵阵点燃水花，潮汐区交集着雷声似的水鸣，不停地震撼着整条沙岸。一只黑色的岩鹭沿着海面飞来。它不再像往昔一样必须努力拍翅，只要张开羽翼随风而行，紧贴着水面滑翔，免得被急走的东北季风卷走。如果控制不好可能就被吹至八里去，届时，再展翅回来就相当困难了。

它小心地落脚石沪区后，背对着东北风，努力使自己站稳步伐，守候在礁石附近，等鲷鱼群随潮水游至岸边。它可以在此度过一个饱餐的早晨。然后，再顺风回到南岸去。

九月初时，东北季风向来就比亲潮提早抵达。这是四季风势最强的时候，沙丘已无雨水黏附。流沙经常翻滚得满天暗黄，海岸视野一片混沌。靠近海水浴场的沙岸已无沙丘地形，大部分坡面堆积于内陆的林投区。现在端赖密集的林投和木麻黄将风沙阻隔于海岸地带，不让它们渗透、越位。

这块海岸的沙丘每年就依靠内陆的林投挡风、定沙，同时借着东北与西南两期季风相互地调和，稳定沙岸的面积。春末时，西南季风将沙子吹送到东北的角落去，现在东北季风又将沙子运回西南方。而林投的横陈外围下，沙子正如池塘里的鱼群，鱼群怎么游动都是在池塘中生活，它们也只能移动于海岸。

东北季风搜刮的猛烈却远非西南季风可比拟。它造出了比春末时更高的沙脊，风犁出更宽广的沙纹。风力又使沙坡的细沙大量流失，背风坡沙子的叠积也造成沙丘崩落，再重新塑造。

沙丘上滚动的沙子与潮汐区的又不同，虽然都是石英石构成，并经由岩石风化运动而来。沙丘上的流沙受到风力与沙子间的摩擦后，与潮汐区的沙子对照便显得较为浑圆。而沙丘里层的沙子也比坡面的沙粒粗大。因为沙丘表面的沙子时时随风流浪，日积月累的滚动自然较小。于是，从一粒沙子的形体，我们多少能看出它的历史。

这时马鞍藤禁锢于沙脊，偶尔顺风向东北微微伸展。滨刺草也在盆地缩小生存的范围，零星地在风中无力地摇曳。也不知有多少苋齿科灌木的枯枝垂倒沙里，流沙正靠着风力的运送，到处收复它夏日失去的地盘。

东北风起时，我又回到“灯塔”碉堡躲避风沙了。矶鹬、黄足鹬、蒙古铁嘴鸻陆续出现后，隔了一个礼拜，我进入沙丘，水鸟已赫然群集于背风坡下的盆地。跟去年比较，它们抵临的种类大致不变。中杓鹬鸻、金斑鸻、蒙古铁嘴鸻与东方环颈鸻又回来了。不是蹲伏着，便是单脚伫立，逆风憩息。东方环颈鸻有百来只，冬羽体色近似它们的蒙古铁嘴鸻，也有相等的数量。大型长嘴的水鸟中杓鹬仍然是六七只，只有金斑鸻不及去年避冬的十分之一，不知是否尚未全部抵临，或者中途遇到劫难。

刚刚抵临的这群水鸟，活动时显得陌生而又畏惧，一看到突然出现于沙丘上，或者走动的任何物体都会惊飞。然而跟春末时一样，展翅升空后，迅即又落脚于不远处。长途跨海的旅行再度使它们消耗掉不少体力，每一只水鸟都疲惫而衰弱，冬羽也不若春天的光彩夺目，仿佛带着一点历尽沧桑的形容，举止像逃难的人群闯入异域。人生地不熟，行动异常小心。这种情形必须过一段时日才会渐渐消弭，重新另一回傍水而居的海岸生活。

等寒流来袭，鵟鸻与三趾鹬又尾随跟至，它们重新组成沙岸的冬天王国，站在整个海岸食物网的最高点。最叫我困恼、无法解释的仍是它们的旅行。它们返乡时势必回到原先离开的旧地，至于南下时是否也有固定区？还有新生的一代会不会也掺杂于里面，假如这些疑点的答案都无误，为什么数量不变，甚至逐年减少？这是大自然淘汰的平衡方法，或者工业文明介入的关系？

平实而论，观察水鸟的栖息，像我仅从这个沙丘的环境去揣测思考，再如何准确的判断也是管窥，不足全盘征信。按理，我们必须在它的每一个过站，派人长期观察记录。这又牵涉到每一个国家对自然环境的态度。这些水鸟的南北旅行横跨了苏联、日本、朝鲜、韩国、中国、菲律宾与澳大利亚。这几个国家之间的鸟类观察者必须相互交换调查的数据，才能较完整了解水鸟的迁徙过程。这是一桩壮举！有一个二十三岁的澳洲鸟类专家最近正在尝试。早些年前，我也有如此构想。前些时也将这个企图心写信告知诗人杨牧，因为他曾送我一本日本的野鸟图鉴。我的构想是秋天时随水鸟从堪察加半岛一路南下，横跨赤道去。春天时再随它们北上。以我现在的处境，这个梦自然是幻想，也不敢奢望。也许下一代会有人克服这种困难吧！

我只能整年守候在这块沙丘海岸，像一个驿站的职员，零星地记录一些车子过往的时刻、情形。整条鸟道的大事，绝非一个坐守小角的人能了解的。不知各国合作调查水鸟的年代是什么时代？为了那常人根本不认识，并且觉得毫无价值的水鸟做研究，这时的世界又是什么样的地球呢？

旅行这里的两年中，每次黄昏时倚在“灯塔”碉堡俯视四周，总会陷入一种古代的苍凉意境。年年南北过境，避冬的水鸟一如中世纪大草原的游牧民族，果敢坚毅地面对着恶质的生存环境，一代代地传宗接代后，进而也承袭着一种抗寒的精神。在整个地球进化的过程里，沙岸所展现的地理是从容悠闲的，它是经过数百万年逐渐运作而成，这个风景也不知慰藉了多少人抑郁的心境。水鸟与沙丘在淡水河北岸所构成的海岸世界，或许不是我们必须了解的，但百万年前我们的始祖是从那里走出来，有一日我们也将回到那里。这是一个和谐、冲突和变化不息的所在，一如人类某种形式的社会。我们曾花过大部分的时间在非自然地进行各种工作对待它，现在是反省的时候了。我们有必要去了解。自然的深入研究将是生活环境和平的基础。

在长期的水鸟观察日子里，我也眼睁睁地看着关渡沼泽区毁灭，虽然撰述了不少文章竭力呼吁，依旧无效。有一群鸟友已在关渡立起一块告示牌："关渡水鸟保育区旧址"。如今水鸟能够栖息的地区，剩下这块沙岸与八里的海边。沙岸未被滥垦并非人们没有注意到，只是不知如何利用。以后它主要的威胁将来自海面污染。船舶经过遗下的油污与淡水河上游台北城市的污物随浪冲击上岸，海岸生物将首先遭殃，水鸟食之继而受害。去年十月，这里已随关渡沼泽区后建立保护区。结果，保育区都无法阻止破坏了，保护区又能如何？前些日子，我还想十年后去关渡重新调查，比较十年后的水鸟数量，未料一年不到，水鸟已剩无几。

这里能维持十年吗？我怀疑。现行体制所制定的自然保育方案面对它时下的社会结构，往往脆弱不堪，毫无具体落实的保护网，除非体制的基础有所全盘改革，我将一直怀疑下去。沙岸如是，各个山林郊野也是。

（观察期：一九八二年六月至一九八四年六月）

# 大甲溪下游

这里是三月的大甲溪海口。

清晨六点，我和赏鸟队在第一座沙洲分手。他们扛着两架单筒望远镜，走进南岸的防风林，准备观察鸭群北返。前几天，提早抵临的一位队员，曾经发现数百只琵琶鸭过境。如此多的琵琶鸭飞临还是首次。赏鸟队来的目的是为此。

我和他们分手后，涉溪抵达北岸，沿河堤走半里路，再下去沙洲。春天以后，又再度与赏鸟队碰面了。在海口，我们只遇见一群冬羽的田鹬，缩集沙洲西角。广邈水滩无任何动静。抵达南岸，赏鸟队可能已轻易寻获琵琶鸭。三月冬残，正是鸭群忙着北返时，我的任务却艰辛了。去年八月，大肚溪鱼塭地带，我曾经发现东方环颈鸻的蛋巢，但这不稀奇，更早几年，我的朋友吴森雄已有记录，如果能在大甲溪发现便珍贵了。这是我朝溪上行的理由。在海口，我只发现两三种鹬科鸟类，几次跋涉这里的经验后，知道要见鹬科鸟类必须上行，至于走多少里就靠运气了。

有关大甲溪的鸟类调查记录相当缺少，比起隔邻大肚溪，乏人问津。年初的冬天，赏鸟队一直在大肚溪活动，忙着找池塘、稻田附近的水雉，没有人提及大甲溪。我第一次到大甲溪是去年年底，与诗人苦苓偕伴，沿着乡村产业道路，循着北岸河堤，进入大甲鹭鸶保护区，接着再度抵临的几次也是，单独旅行活动只限于北岸。当时只忙着搜寻鸟巢，观察夜鹭的夜出早归。现在我离那里还有六七里路程。而这里是三月的大甲溪海口，仍然未发现鹬科鸟类，更遑论东方环颈鸻了。

面对这条宽达三四里的溪，一六九七年，不知道当年清朝人郁永河抵达南岸时作何感想。郁永河也是从下游涉水过岸。他要北上，到北投采硫黄，搭乘的工具是牛车，而且下水鞭笞引牛前进。当年，郁永河渡过的大甲溪河床，水分三道，各是河床宽度的十分之一，细水涓涓。一九八二年，我行走在河床中，却遇见四道。其实这毫不足奇，大甲溪变幻莫测，虽非诡谲，然而一次暴雨洪流下来，聚细水成大川。水退后，河道往往已易径，床位也变更。或许，下回又恢复二三道简单分歧的景观。但《诸罗县志》卷十二“杂记”对大甲溪却特别感冒，在各大河中，唯独称它“溪阔流急，水底皆圆石，大若车轮，苔蒙其上，足不可驻。至时人各自保，不能相救。又海口甚近，虽善泅如番，亦对之色变，秋涨尤险”。幸好郁永河渡溪时已四月春初，细水涓涓，这时正与我的旅行时刻接近。而是否“水底皆圆石”，我不敢下溪尝试，不过观察裸露于沙壁的累累卵石，多半不超出半米，单手可举，猜想古人是过分形容了。

走在沙洲时，周遭能观察的事物相当缺乏。我多半困在灌木丛中，拨荆撩棘前进，除了加拿大蓬、甜根子草，其余就是灰白的枯枝。这些枯枝仍然是有生命的，仔细瞧，可以发现它的枝节已在冒芽。只要大水不来，三两个月，自会蓊郁一片。当然大水是必定抵达的，迟至六月，总有三两回的洪水淹没沙洲。灌木经此一溺，多半凋敝枯萎，或随波入海，了无生机。幸存的，久久才能绽露新芽，继续重新生长。这是沙洲上所有小植物的生存方式，到了这样安全可虞的土地，生存方式只有一种——听天由命。任你摧残折辱，根茎不去，我便永远存在。野草就不行，扎根基础薄弱，只得寄望两岸，风来风去的传递、飘送，延续下一代。

近中午时，已可远望到大甲鹭鸶保护区，对岸的沙洲上，我终于发现几只小环颈鸻。一边观察，顺便趴近溪边洗脸。中部各溪流下游，也唯有大甲溪，我勉强敢于捧水洗脸。近邻大肚溪已污浊得不能想象。家鸭、野鸭及各科鸟类经常漂尸水面，从中游有猫猡溪来汇合后，水面的颜色就非常难看了。大肚溪如此糟糕，自有缘由，两岸村里城镇密集的工业污水，到头来都群集下游，导致两岸混浊恶臭，若非海口风强，驱散一些，岸边无法住人的。

至于大肚溪为何水鸟杂多，想是沿海分布着废弃鱼塭田的关系。没有这些鱼塭田，水鸟缺乏抵临的兴致，但也因为污染，死亡相对提高。这两项，大甲溪都较缺乏。没有丰富的觅食环境，但危险性相对地减低甚多。以前写《旅次札记》，我较缺乏思索这样严肃而矛盾的问题。事实上，在单纯的比对过程里，人的境遇多半与此相仿。我所知道的大甲溪，沿岸工厂设立四五家而已，有的也只是采砂工厂，影响甚小。而两岸峭壁山林，对此地的水鸟或者山鸟，多少应该都有裨益。除了无丰富的觅食环境，大甲溪也不如大肚溪，适合水鸟过境。水鸟也喜欢走快捷方式的，大肚溪以下，就是广阔百里无任何天险的嘉南平原了。

前个礼拜，我已发现几只牛背鹭归来，憩息相思林。今天瞭望，却未见踪影。溪域还是小白鹭的天下，它们时常拍翅起飞溪边，随即展翼入空。观察小白鹭的栖食行为是种享受。听它的叫声却不然。好几次，它们从草丛中蹿出，发出类似鹅声更低沉的叫法。虽是原始粗粝，听多了鸟鸣，比上比下，总觉得小白鹭的音质失色多矣。

从小白鹭身上，不知为何我又联想到白鹡鸰，适才也遇见一对，可能是在北返路上。冬季以来，总观察到它们是一对孤独者，站在突兀的矶石、屋顶上，如同蓝矶鸫，凝视八方。

从保护区朝溪东行，还是首回。河床已逐渐缩小，溪流中分为二，这里应该是极致。东方环颈鸻不可能再溯溪而上。如果海口无踪影，在此发现也是矛盾。我开始折返，走入最为熟悉的一座沙洲，此处灌木丛的密度浓于其他。去年年底要进去时，刚好碰上老鹰由此升空。还有大群棕沙燕盘旋上空。老鹰躲在灌木丛做什么？实在猜不透，我也未在起飞之地找获猎物，或其他物品。当时曾误以为它是鱼鹰，因为向阳刺眼，根本无法辨识。后来发现两端羽翼褐黄，才确定是老鹰。这只老鹰飞往海口，正是我要踅回的地方。

英国著名的鸟类学家James Fisher说："观鸟可以是个迷信，一种传说、艺术，一类科学，一项娱乐、嗜好，或是一件无聊的事，这完全依观鸟者的性格而定。"对我而言，皆非。行走大甲溪或攀登马那邦山，都是逃避而已。逃避整个缺乏正常休闲的社会生活。至于其他鸟友的目的为何，我就无法分析。然而每次旅行，路途遇见陌生人，他也携着一副双筒望远镜时，我们往往容易信任而且接近，基于一种对大自然的喜好，大家是陌生的好朋友。自己的旅行经验，或是别人的皆同。只是到了大甲溪，情况便迥然不同，人烟稀少，要遇见走兽已属不易，何况是观鸟者。行走大甲溪，孤独的压力特别庞大。赏鸟队可能已离开大甲溪南岸。中午时分，鸟类已减少活动。今天，我的小记录本，只记载不到十种鸟类。对赏鸟者，算是一趟失败的旅行了。虽然自己也失望，心里还是愉快，愉悦得近午时三点才想起尚未进食呢。

回到了海口北岸，瞭望南边的防风林，果然未见到赏鸟队。海风已增强，两只小白鹭正在仓皇过溪。假如英人郇和（Swinhoe）活在现今，来往走一段大甲溪，一定感慨悲痛。这位我最熟悉的鸟类学家，一百年前来台时，不知有否抵此。读到他的传记，唯缺乏行走各地的资料，以发现各种鸟类的地点分析、判断，身体羸弱、多病的郇和可能到过大肚溪，而大甲溪或许只在地图上目睹过。

黄昏时，北岸边有琵琶鸭飞掠，赏鸟队似乎走得过早了。不过他们也有苦衷，一周难得一次礼拜天。社会生活有各种人事必须面对，哪来时间镇日赏鸟，关心在这类事上。多半是业余兴趣，无法穷尽一生钻研于此。我也避免不了，三月底为了生活，也须赶赴北上。届时旅行中止，要再付出时间精力，奔走山岭溪涧，恐怕已身不由己。这回离开大甲溪，心情最为复杂，竟不知何去何从。

# 黑鲸之死

元月十七日清晨，当所有专家、记者与群众围集于台中港，寻找一只困在港内贮水池的“黑鲸”，准备抢救出海时，它却一摇一摆在港外北方的大安海滩搁浅，等待着死神的眷顾。

黄昏、夕阳与沙滩，加上海鸥盘旋天空，几名军人与渔夫徘徊不去，围观着黑鲸的挣扎，然后不断地试图抬它出海，它又努力游回陆地垂死。这五天（从十三日发现迄十七日），有关黑鲸的新闻好像一场电影，高潮迭起。沙滩一景，正是最后一幕高潮，而且是悲剧的闭幕。比起去年年底，美国人组织船队，使用声呐，将一只误入加利福尼亚州萨克拉门托河，浪荡了二十四天的座头鲸引出，我们的“运气”似乎差多了。

从整个抢救的过程看，假若不是这只“黑鲸”搁浅死亡，在自然生态保育的路上，我们显然又正确地向前踏出了一步。过去只要鲸科动物近岸，几乎都难逃一死的命运，如果按台中港务部门的抢救，这条“黑鲸”将是最幸运的一只，它会在众目睽睽下，安然无恙地出海。这也将是岛内保护动物记录的另一个转折点。

然而，整个救鲸的过程却暴露一个极严重的问题。在一连几天的新闻报道中，我们只知道一条不知名的黑鲸游进台中港，许多人想设法帮助它出海，它却“离奇”地自己游走，又“离奇”地在别处搁浅死亡。我们却不了解最初步的鲸鱼身世、背景，也不懂得它为何会搁浅？同时，都是海中的“鱼类”，为何有的可以捕食，这条“鱼”反而要特别保护、宣传？

从事件爆发起，我们也只看到专家说了许多的“可能”。从它“可能”是迷途进港，“可能”找不到游回大海的路，“可能”到它临死之际，还不知它的身份，只“可能”它是因为鼻纹受伤，失去辨识方向的能力，所以迷路上岸。

其实关于这些“可能”的谜底，纵使请国外的鲸鱼专家，或从有关资料寻找，恐怕也没有确切的答案。所以也无法责怪现场的专家，但他们说了太多的“可能”，总令人意犹未尽，只好试着找出相关的资料再加以佐证。

去年十一月的美国《奥杜邦（Audubon）》生态杂志，有位研究鲸鱼的专家艾利斯（Richard Eillis）曾发表一篇专论鲸鱼的文章，《大海兽的转运》（A Sea Change for Leviathan）里面有些内容提到“搁浅”（strandings）的问题，或许可以解释这条“黑鲸”死亡的原因：

关于鲸鱼搁浅，已有一段长时间的观察，尽管人类的知识不断增进，比起一千年前对鲸鱼的知识，现今仍未更进一步，明白这个神秘现象的原因。

一九七八年，一位叫伍德（F. G. Wood）的生物学家，曾提出一个假设：鲸鱼仍保持它们祖先的本能，当它们受到严重的压力时，会有一种“盲目”的反应，本能地寻求安全地登上岸边。

假如一只鲸鱼生病了，或受到压力，不管外在环境发生任何其他的事，它会尽可能保持自己的喷孔完全暴露于水面，避免沉溺。而那些想把它拖回海里的善心人士，或许是在做一件自以为是的错事。这也可以解释，被人们拉回海岸的鲸鱼，为何又不改方向，继续游回岸边。

我无法解释，为什么有大量鲸鱼或海豚集体搁浅的原因。这种“自杀”行为，数量最多的一次，发生于一九四六年，阿根廷的海岸。那时，有八百多只拟虎鲸（False Killer Whale）自动游向海滩等死。

一九八四年年底，一些加利福尼亚州的科学家，在研究鲸鱼搁浅的记录中，提出一个新理论，鲸鱼跟候鸟或某些鱼类相似，有一个类似磁场的东西，在它们的身体组织中。这种磁场反应的本能，或许与它们的搁浅行为有关。

在这次有关黑鲸被困与搁浅的新闻中，我们仿佛也被“困住”，被“搁浅”了，无法从这次的救鲸行动中，获得更多的启发与知识。而弄清楚这只鲸鱼的真相与说明护鲸的重要性，应该是整个事件的重心，但在救鲸的过程里，始终没有人深谈。

就我所知，在人类与鲸鱼关系的历史里，自十九世纪五十年代，美国加利福尼亚州鲸鱼大屠杀后，鲸鱼应否被视为人类消费需要加以捕捉，以及从人道的立场来面对，许多国家仍争执不休，捕鲸的行动迄今也仍在持续。十年前，每年仍有三万多只各类鲸鱼被射杀，以日本、苏联为首的国家仍坚持反对全面停止捕鲸。不过，保护鲸鱼的行动已露出曙光，国际捕鲸委员会（International

Whaling Commission）仍不断在开会协商，准备签订法案，绿色和平组织或其他先进国家的保护动物团体也处在一片护鲸热浪中，护鲸的国际法案，可望在一九八七年做出决定。这也是岛内兴起对鲸鱼保护意识的外在因由。

为什么鲸鱼会变得如此重要，除了人道主义的理由外，从科学研究的立场，要弄清楚鲸鱼本身的习性，也是保护的理由之一。

因为鲸科的智商远超出我们想象。我们所知道的关于它们的事，都是在它们搁浅或饲养于水族馆里时，它们在深海的本能仍然不清楚。我们也知道人类源起于水中，它们的远祖也是我们的远祖。我们仍保有近水的本能，仍然靠水为生存媒介的关系。鲸类还保有以空气呼吸、喂乳的习性。除了抹香鲸外，所有鲸鱼胎儿都有一些毛——而毛正是哺乳动物的特征。另外它们的社群组织相当复杂，不同种类有不同的栖息方式，特别是它们借歌唱互相沟通的行为，迄今也未被研究清楚。

鲸鱼身上仍存有这样一大堆未揭的谜题，难怪一名鲸鱼专家会有这样的建议："我们花大量金钱和时间，试图和外层空间有智慧的生物建立关系，实在是浪费。所谓地球以外的'外星人'，对我们的意义，现在应该是这里其他高智商的动物——那些和我们在地球上相伴为生的鲸鱼。目前，它们相互发出歌唱、呻吟、吹哨、喃念等各种复杂声音的'语言'进行沟通时，我们尚未知道它们在说些什么。"

当我伫立在大安海滩，隔着一百米外的海潮，用望远镜面对这只"黑鲸"时，想起它们和我们共同的哺乳动物的远祖们，几百万年前已踏上各自不同的道路时，前面的距离好像一条历史绵长的鸿沟，无法跨越。然而看着它临死的挣扎景象，纵使过去有几百万年的时间，将我们隔成两种生存环境不同的动物，临死时毕竟是殊途同归。这样远望时，它又仿若近在眼前，与我自己的命运似乎有些关联。

我告诉自己，一定要设法——最少弄清楚它到底是专家分类中的哪一种，它的习性到底如何，还有，最重要的是，它喜欢唱什么样的歌。

后记：

“黑鲸”死后，曾运抵野柳鉴定，两天后，才确认是一只老病的拟虎鲸。

# 海东青

海东青，古时中国人称呼某种猛禽类的鸟名。然而，它到底是现在的哪一种鹰隼呢？

前几日打电话，请教几位观鸟多年的朋友。结果，没有人敢给予肯定的答案。有的怀疑是展翅如鹏的海雕，也有的猜想是飞行迅速的隼科，莫衷一是。雕者，鸷鹰中最大型的猛禽；隼科体形反而最小。两者差异如此极端，一时间，我竟有点茫然。中国历代自然科学的分类又不发达，只会徒然增加更多类别，但求助无门下，只得去翻查《辞源》。

果然未出所料，《辞源》上说：

海东青，鸷鸟名。雕的一种，也叫海青。产于黑龙江下游及附近海岛。唐人称决云儿。辽金元皆极重海东青，金代特置鹰坊，掌调鹰鹘海东青之类……又庄季裕《鸡肋篇》下："鸷来自海东，唯青鸡最嘉，故号海东青。"

虽说没有明确证据，不过，它至少提供了海东青取名的缘由与地点等线索。接着，我又到图书馆搜集资料。幸运地，从清初乾隆时代《热河志》找到下列叙述，我遂缩小了鉴定的范围：

海青，雕之最俊者，身小而捷，俊异绝伦，一飞千里。

《热河志》中还登载有乾隆这位十全老人吟咏“白海青”的七言长句：

东海翻飞下海西，
变青为白斯更奇；
东木西金五行配，
各从其色非人为……

“身小而捷”，我直接联想到隼科，断然放弃了体形硕大的海雕。但“变青为白”似乎另有古人未知的科学知识。求索现代生物知识，今人可不能昧于迷信或传说，摒弃科学查证之必要。我个人猜想，这种情形恐怕与基因变种有所关联。心中虽有狐疑，还是迫不及待地翻查东北亚鸟类图鉴。未料到，栖息在“黑龙江下游及附近海岛”的隼科，竟然高达七种！

毫无头绪下，整个下午，我只好沮丧地躺在床上，反复咀嚼古人记录的“海东青”词句。也不知为何，突然灵机一动，想起清初大画家郎世宁。

郎世宁是意大利人，二十七岁（一七一五年）时由欧洲耶稣教会派来中国。因擅长绘画，迅即成为宫廷画家，创作了许多以当时重大事件为题材的历史画，还有人物、肖像、花卉与鸟兽的写实画流传后世。最有名的代表作，就是以马为题材的《百骏图》。

印象中，我记得他也画过好几种鹰隼。乾隆既然吟咏过“白海青”，郎世宁又颇受乾隆喜爱，想必应该也画过这种珍禽吧？于是，我借调出郎世宁的画册，果然顺利找到两张“白海青图”。

最吸引我的一幅，绘有一座独角兽、伏狮木架。架上有织锦挂饰。一只停栖在架上足系绦缰的白海青，回首反顾，雄姿英发，盛气凌人。

这幅画上留有御题行书《白海青歌》：

鸷鸟飞来自海东，以青得名青率同……双睛火齐悬为珠，一身梨花飞作雪。鹰房板柙付饲养，支粟支肉有职掌……

有了郎世宁“白海青”的写实图，与今日鸟类图鉴一比对，海东青的身世遂真相大白。

原来，它就是现今称呼的矛隼（Gyrfalcon），拉丁学名Falco rosticolous，是隼科中最大型的一种，栖息范围在极圈冻土草原，冬天时才南下西伯利亚、中国东北或日本北海道。日本人也喜爱这种珍禽，特别在鸟书说明，它是昔时王侯贵族狩猎时最喜欢用的猎隼。矛隼也不止在亚洲栖息，阿拉斯加、格陵兰、北欧等地都能发现，算是相当普遍的世界性猛禽。

然而，是何原因使它特别受到垂爱呢？我想，除了它是最大的隼科外，可能因为有一种矛隼全身都是白羽，分布偏北的缘故吧！白色或白变种的动物原本就较为稀奇，加上在极圈之外的地区又不易被人发现，它们遂变得弥足珍贵。而放眼今日世界各地鸟类，也很少有鸟种像它们一样幸运，受到近代好几位鸟绘大师的青睐，成为这些巨匠画笔下的主角。前几日，我随便翻查、统计，就找到下面几位：奥杜邦（J. Audubon）、古尔德（J. Gould）、福提斯（L. Foertes）、沃尔夫（J. Wolf）与彼得森（R. T. Peterson）。

矛隼除白色一种，尚有灰、暗、黑等羽色种类。并非如古人揣想，误以为有些海东青会“变青为白”。矛隼有如此多种羽色，为何都属于同一鸟种？鸟类学家们研究到今天，也仍未找到合理满意的解释。基因变种问题是相当繁复的，我们何妨留给生物学者伤脑筋，还是进入大家有兴趣的习性范畴来了解吧！

一般人提及隼科的特性，最让人着迷的一幕，大概是它们极少拍翅，而能够轻易地在高空翱翔，或停留在高空中快速地原位鼓翼。甚而，更常像风筝般，寂然不动地借着风力飘浮。但一寻获猎物，随即快速俯冲而下。

我们因而也能想象，昔时王公贵族劲装骑马，雄姿焕发行猎于大草原的场景。而其中一位，从挂笼中请出训练有素的海东青，取下头巾，往空中扬手。海东青顺势掠出，振翅高飞，鼓羽翚翚然。然后，从高空中用视野宽阔而锐利之鹰眼鸟瞰。发现猎物时，随即锁定目标，杀气腾腾地急扑而下，准确地搏噬、攫取猎物。

矛隼追捕的主食猎物多半栖息在空旷的地区，如极地松鸡、旅鼠、雪兔、野兔、貂、鼬鼠与水禽。可是，矛隼并非如一般人想象中的英勇无敌，或拥有燕子般的快速与高超的攫捕技巧。不少人都见证过，它的速度可能还不及一只鸽子。更令人惊异的，矛隼不像其他隼科，具备燕子似的飞行。矛隼如果狩猎成功，绝不是靠敏捷的飞行，而是更端赖于自己本身“坚忍执着”的习性。

十九世纪四十年代，美国绘鸟大师奥杜邦，对矛隼的飞行与猎

海东青

捕就有非常准确而生动的形容：

它们的飞行类似花梨隼（注：中国北地常见），却更加高尚、威严、迅快。往不同方向飞行时，它们很少轻快地翱翔、滑行，而是不断拍翅。当接近善知鸟（Puffin）时，它们会全然无声地盘旋在高空，似乎在等候适当的时机到来。然后，收起双翼，近乎垂直地降下，扑攫那些未料到的牺牲者。

它们的叫声也类似花梨隼，高昂、尖锐又刺耳。在海岸，一如沿海岸航行的渔夫，必须借助灯塔的指引，它们随时会站在高大且可以鸟瞰的位置，驻足好几分钟。但它们的立姿不像其他鹰一般竖直挺立，而是像燕鸥一般斜倾着身子。

驻足观察一段时间后，它们马上恢复娱乐，扑向其中的一只善知鸟。通常，这些可怜的善知鸟都正站在洞穴入口旁的石子地面上，显然完全没有察觉矛隼的迫近。面对矛隼的攻击，善知鸟也毫无招架之力。

矛隼捉起它们飞上天空，只轻提几下，仿佛是在整理自己的羽毛。整个过程轻易如鱼鹰用爪从水中捉起鱼一般。

隼科的头在身体比例上，向来比其他鹰鹫科大许多。有人即以此为由，认为隼科智商最高，当然这完全没有科学根据。不过，我们可以确信，矛隼有时候捕捉猎物，并不是为了吃，而是它的一种“休闲娱乐”。

二十世纪三十年代，有一位鸟类学家就查证到这种“觅食”行为：

我正驾车经过一条小而草丛茂密的小溪，小溪两岸是开阔的乡野。这时，有人开枪显然失败了，惊起一只雌野鸭，仓皇飞出，奔向前方的大湖。一只大型的隼（注：即矛隼、海东青）突然冒出，在此野鸭之后，保持同样的高度，迅速追上。就在那一刹那，野鸭突地脱离原本合理的直线飞行，这只大隼快速掠空。野鸭盘旋，下降到一座冰层覆盖的小池塘上驻足。

这只大隼又轻巧地飞来，接近野鸭。接着几分钟内，它一再地飞下来突袭，每一次飞扑，至少都用一只脚爪朝野鸭身上掠过一回。飞扑结束后，它也飞降水面，离野鸭约一米远。持续几分钟，寂然不动。野鸭嘎嘎大叫，但未移动位置。大隼趁机再一次飞起，由上往下攻击。

这时，我和同伴走近池塘，各自站在一端。当我们接近时，野鸭迅速飞起，又朝大湖飞去。这只大隼也跟着飞出，却被我的朋友射中。

在大隼的嗉囊中，约有五十克的胸肉，是一只雄野鸭，因为这些肉残留有栗色的胸羽。

这位鸟类学者判断，很可能，这只矛隼正在诱使雌野鸭飞行，因为大型的隼倾向于在空中将猎物击倒，而不选择在地面。不过，从嗉囊中的食物分析，它的肚子已经填饱，此外，大型隼每天猎食很少超过一次。极有可能，它只是在戏弄那只野鸭。

矛隼虽然是隼科中最硕大者，但也非没有天敌，很多情况下，比它小型的鸟类也会反击，如果同伴多了，更会欺侮势单力薄的矛隼。

有位鸟类观察者就有以下精彩的亲身经历：

一只矛隼被两只乌鸦猛烈地攻击。这群互斗的鸟群，在高空飞行一阵后，彼此发出高昂生气叫喊。紧接着，两只乌鸦飞降地面，在一块岩石上挨肩并坐，岩石下显然有洞穴，附近栖息着许多旅鼠。矛隼则停降于五十米外，在另一块岩石上凝视。

我向它们接近。它们又飞上天空继续缠斗。未几，矛隼摆出要飞走的姿势，准备逃避乌鸦的粗暴攻击。

这场战斗正巧在我头顶上空，为了让它们公平竞争，我射中一只乌鸦。

结果，不远之处，有两只矛隼也被惊起，与原先的矛隼和乌鸦在海岸方向不期而遇。原先的矛隼获得这两只矛隼的帮助，这回换乌鸦困窘地落荒而逃了。三只矛隼回到岩石顶上驻足。

我也见过贼鸥追逐矛隼。八月末，幼小的贼鸥初次站在岩石上徜徉，仍然由双亲照顾、守卫，预防矛隼的攻击。贼鸥的飞行能力远胜过矛隼，矛隼往往要避开贼鸥的追逐。每次发生这种战争，都有三四只贼鸥加入战斗，往往在非常高的天空一决胜负。

这位鸟类观察者并未告诉我们，最后到底谁赢了。若按我过去获知的信息判断，鹰隼科最怕被善飞的小型鸟类围攻，往往在不堪其扰下，自行狼狈飞离。我自己就在台湾的大甲溪亲眼看见红隼被乌鹙追逐过。

但矛隼毕竟不同凡响，这种被中国人称为“海东青”的猛禽，拥有鹰隼科最顽强的意志，就像上述被乌鸦欺负了，依然驻足在不远的石块上，坚持不肯离去。其个性所显现的态势，正如奥杜邦所云“高尚、威严”，仿佛早已拥有更大的决心要去完成既定的任务。

# 最后的黑面舞者

四年前，会馆坐落于台北市复兴南路一条幽静小巷内的台湾野鸟学会，意外地收到一封中国香港寄来的信。寄信者是香港观鸟会负责人之一，彼得·肯纳尼（Peter R. Kennerley）。他诚挚地希望台湾的野鸟观察者惠予协助，提供有关黑面琵鹭近来在台湾栖息的情况。

黑面琵鹭（Black-faced Spoonbill），是一种生存区域仅限于亚洲东部海岸的稀有大型涉禽。长嘴、长脚、长颈，类似鹭鸶，但属于朱鹭科。如果用白居易《琵琶行》“千呼万唤始出来，犹抱琵琶半遮面”一诗做比喻，也挺适巧地显现其难得一见，以及脸部和嘴的特有形态。

过去，由于发现数量有限，鸟类图鉴多半写得模棱两可，只约略提到，它们繁殖于中国东北地区与朝鲜半岛一带，冬季时移栖至中国华南地区、越南、中国台湾等地，在开阔的沼泽或潮间带活动。

当时负责这方面台湾鸟类栖息资料的鸟友，是外号“鸟痴”的曹美华。这位病理医师素来以博学的鸟类知识而闻名于鸟界。接获信函后，他从计算机里查询近年来各地鸟友提供回来所建立的鸟种记录档案时，关于这种稀有鸟种，他只能获得一些零星的记录。

所幸，未几他就获得一个如获至宝的消息：台南方面的鸟友提供了发现一群黑面琵鹭，约一百五十只的记录。他立即兴奋地将这个天大的重要记录转告给香港的肯纳尼。

同年，曹美华又收到一份肯纳尼发表的有关黑面琵鹭数量的调查报告。这份报告搜集近两年来全世界有关黑面琵鹭的记录状况、分布情形与面临的危险。同时，把台湾发现这一群黑面琵鹭的情况列进去。

在中国台湾，从近年来的讯息或野外观察的经验，大家都以为这种大鸟分布十分广泛，完全疏忽它们的数量。最近，中国大陆方面做了重要湿地的水鸟大规模普查。结果，大家关心的鹤科与东方白鹳仍维持一定数量，反而是黑面琵鹭稀少得可怜。

目前，黑面琵鹭总共还有几只呢？肯纳尼的报告统计令人触目心惊：中国香港五十只，越南六十二只，韩国六只，日本约五只（属迷鸟）；另外，整个中国（湿地与鄱阳湖）可能只有十五只。这些总数，加上中国台湾曾文溪口的一百五十只，全世界的黑面琵鹭就仅剩下这两百八十八只。纵使数目有所误差，大概也脱离不出这个统计的范围。而如果不是上述的数据，也绝没有人会想到，中国台湾竟占有这个世界稀有族群的一半！

更令人骇然的是下面的叙述。

截至目前，鸟类学者们只发现它们的四个繁殖区。这四个繁殖区都位于朝鲜西海岸的四个小岛（目前均已列为保护区），大约有三十只在那里筑巢。其他黑面琵鹭北返后的下落，仍是个非常不清楚的谜。它们面对的恶劣情况与著名的近亲朱鹭相似。目前，全世界的朱鹭，仅知在山西的一处树林繁殖。

最早发现这一百多只黑面琵鹭的人，是一位常年住在台南，热衷野外观察的医事检验师——郭忠诚。他早在一九八四年就来到偏僻的曾文溪口。那一年，台南县正委托水利部门设计，试图在此造就大面积的海埔新生地，他就从那儿远远望见一大群黑面琵鹭。唯当时他的观鸟经验仍不足，所以始终未敢确认。两年后他偕同鸟类摄影家郭东辉前往，才确切地肯定这种每年都准时来到他家乡的稀有大鸟就是黑面琵鹭。

同年，他们也看到，水利部门完工后的溪口北岸，一块面积高达六百五十公顷[①]的海埔新生地，无中生有地从河口北岸冒出。这一块新生地西边，大约有一半是浮覆地。随着潮水涨落，时而淹没于海水中，时而裸露出来，整个沙滩非常适合机警的大型水鸟栖息。黑面琵鹭目前就栖息在这块广袤无垠的潮间带，和其他高达两千多只的雁鸭科鸟类（主要是赤颈凫）一起度冬。赏鸟人在此平时可以观察到数十种的水鸟，显见这儿也是一个重要的候鸟驿站，并不亚于最近甫于淡水河设立的华江桥雁鸭保护区。

黑面琵鹭每年什么时候来呢?

根据郭忠诚的观察，堤防工程完工后，每年十月至次年四月，总有一群一百余只飞到这儿过冬。去年八月，台南昆山工专两位热爱自

---

① 1公顷=10 000平方米。

然的老师，丁文辉和翁义聪也义务地带领环工科的学生到此，展开为期半年的调查，希望对这个世界稀有的族群做更深入的了解。

他们和郭忠诚的记录大致如下：

十月二十日：31只

十月三十一日：83只

十一月十日：143只

十二月十四日：191只

十二月三十一日：178只

上述调查里，十二月的数目似乎更明确地告诉我们，或许是先前鸟类学者的估计仍嫌保守。到了严冬时，很可能，目前已知的，全世界三分之二以上的黑面琵鹭都在曾文溪口过冬！

黑面琵鹭在曾文溪口如何过冬呢？

初来时，它们的觅食行为很少。严冬时，它们就以曾文溪口为中心，展翅远飞到附近的马沙沟、七股、四草等泥沼地寻找食物。三月接近北返时，为了摄食更多能源、补充体力，食量会更为增加。这也是它们觅食最忙碌的季节。每回觅食时，它们像一群芭蕾舞者，踩着曼妙的步伐，在潮间带的泥沼地，半跳跃似的追赶着小鱼或小虾。扁长的嘴巴像摸蛤蜊人的手，戳入泥水里，不断地划来划去，筛拣着食物。一逮着猎物，立刻毫不犹豫地吞入肚腹。

有一回，郭忠诚还看到一只黑面琵鹭咬到蛤贝。这只黑面琵鹭大嘴前端像是附有开罐器一样，动作利落而迅速地将蛤贝剥开，吞肉时一并将贝壳摔得远远的。

长久时日观察下来，郭忠诚分析，这群黑面琵鹭或许有两个集团，较早来的一群数量多，比较亲近。晚来的一群四五十只，对个体或对环境都显得十分生疏。初冬时，这两个集团明显地分开来，保持五六十米远的间隔。寒流来后，这两个集团才合并一块，一齐在潮间带避寒。

这个族群的成员，成鸟与亚成鸟数量相当。三月初时，有一群先行飞离的可能是成鸟。现在，溪口仅剩百只不到。通常到五月时，所有黑面琵鹭都会飞回北方。至于飞回哪里，正如前述，还没有人知道。

然而，过去的历史记录里，黑面琵鹭真的如此少？台南曾发现吗？我自己都相当讶异，竟有以下的两则历史资料可供佐证。

一八九三年十一月一日，专程来台搜集鸟种的英国鸟类学者拉图许（La Touche），在台南旅行。搭船远眺安平附近海岸时，他描述道："许多岸鸟在沼泽地，一群白鸟伫立更远处，好像是琵鹭，但离太远了，无法确定。"

琵鹭和黑面琵鹭远看近似，若以现今的角度判断，琵鹭在台的记录十分稀少，拉图许观察到后者的概率较大。这个问题也暂且不表。当时，拉图许在鸟类报告上曾发表，自己在福建海岸经年均可获得黑面琵鹭的标本。他认为这种大鸟在中国东南沿海岸并不难发现。可是自从他的报告之后，有关黑面琵鹭的记录，五十年间在大陆却绝无仅有。难道娴熟鸟类的拉图许观察有误？

一百年前的事物实在难以查证，就当它是一桩轶闻也罢！我们姑且把时间拉回到二十世纪二十年代，因为当时也发生了一件与黑面琵鹭相关的大事。

当时，有一位日本鸟类学者风野铁吉，任职于台南博物馆。风野是位热心的鸟类标本搜集与观察者，经常四处旅行。他曾经写过一封信给日本的鸟学泰斗山阶芳磨，描述自己在一九二五年至一九三八年间，每年都观察到安平港附近有五十余只黑面琵鹭在沙滩栖息。

这位后来在太平洋战争中，随台南博物馆焚没于美军空袭的鸟类学者，留下了这个或许是他生前在野外最重要的观察记录。

安平港离曾文溪口仍有十来千米，当年拉图许或风野铁吉伫立的海边，如今都已变为陆地。对善于飞行的水鸟来说，随着海岸地形的变化，有可能慢慢地转移到曾文溪口。

这段自然志也告诉我们，纵使不谈十九世纪的事，黑面琵鹭在台南附近海岸栖息显非一朝一夕之事，而是至少有一甲子以上的漫长岁月。

但现在，这群世界上仅存的、最大一支的黑面琵鹭群，将要在台湾面临什么命运呢？台南县政府似乎未重视这群韩国人视为国宝级的稀客，也未将它们视为台南的重要资产。过去，政府已在附近的海岸放弃了台江沼泽、曾文海埔、竹沪盐田；如今台南县政府还准备在这块它们每年度冬的河口，设置染整、电镀、石化及拆船等十八项高污染工业。这项工程虽还未动工，却无疑已宣告这群黑面琵鹭的死亡之日已近。

当然，有的人或许会提出，假如黑面琵鹭无法在这里生存，它们也可以前往别的地方啊？曹美华在研究后却特别警告，大型的水鸟往往有固定的度冬地。度冬地的重要性一如繁殖地。这是黑面琵鹭每年所以固定飞来曾文溪口，不肯轻易转移至其他地点的主因。如果，贸然破坏度冬地，它们将永无栖身之地。

有鉴于此，最近当地关心自然环境的人士不断奔走、呼吁，希望政府出面，规划并设立“黑面琵鹭过冬保护区”，挽救这些来台度冬的世界级稀有鸟种，进而保护其他水鸟的生存。不过，或许是过去争取自然保护区失败的例子太多。他们想替黑面琵鹭争取的生存权，变得非常非常得小，小得让人为之心酸。这一回却也不知为何，仍一直无法做到。

他们要为黑面琵鹭请命的内容是这样的：

它们要的不是精致的人工栖地，而是一片平坦开阔的潮间带，以及足够的警戒距离，增加心理上的安全感，因而留下来过冬。这样的规划所需经费不多，因为海水的涨退和澎湃，自然创造了丰盛的食物。它们只要一片保护区，再也不必日夜担心贪婪人类的无止境摧残，进而失去在台湾仅有的一片落脚处。

一九九二年二月，不远千里风闻而来的澳大利亚涉禽研究会会长马克·巴特（Mark Barter）在目睹之后也感慨地说："全世界任何稀有种鸟类，一个地区只要占有百分之二的数量（即一百只中有两只），那儿就应该被列为保护区，如果这里不能被列为保护区，实在……"。

实在，是的，写到这里实在不知该如何提笔了……最初，怕写了又像其他地方一样，反而让猎人知道。不写，却眼看它们即将灭绝。在野外观察自然生物十多年，从没有像现在的心情如此恐慌、矛盾。

各位读者请想想看！全世界仅有二百八十八只黑面琵鹭，其中最大的一支族群，一百多只每年固定在台南海岸出现。我们竟然还要眼睁睁看着它们从自己的土地上消失。还有什么事值得我们这样迫切去关心呢？

# 仁爱路上的鸟群

一个窄心形，加上一条长尾，长得像魟鱼的菩提树叶子，在寒风灌入街道时，随风起舞，扑簌簌地吹响。望着它们，像数万尾上溯的魟鱼，在黄昏的街道上竞相汹涌着。自己不禁竖起衣领，躲入大楼廊柱的凹角避风。

背后的餐厅叫Burger King，我还是第一次知道有这家和麦当劳、肯德基一样的快餐店。依着柱子的凹角，注视着十字路口。从早上到现在，这个光复南路和仁爱路的交会处，不管何时到来，都一直保持着车水马龙、人群熙攘往来的高频率噪声。

时间是下午五点二十分。我再取出望远镜，搜寻对街中视新娘世界大楼的顶楼，终于看到一只白面白鹡鸰停降在顶楼。半个小时前，搭公交车从延吉街口下车时，看到对面的红砖大楼，伫立着二三十只的鸟，街心上空也不时有三四只飞起，迅速来去。但它们都是胸腹暗黄的灰鹡鸰。

走到中视新娘世界前，探看路口的那几株菩提树，树枝上犹是空荡荡的。遥望对面Burger King的红砖大楼，还有光复南路对面的尚华仁爱大楼，一样没有鸟踪。再过街，回到对面的Burger King的廊柱凹角，躲避冬风。

现在，好不容易来了一只。但怎么会这么少呢？以前每年元月时，少说都还有近千只的数量，难道说今年会缺席？我怀疑有不少只躲在顶楼的露台活动，只是尚未出现。天色渐暗，有些车子已经开灯，路上不断有下班的市民和放学的学生匆促经过。白鹡鸰再不来，就要天黑，无法降栖菩提树了。

许久以前就知道，一年到头，这儿都有白鹡鸰集聚，尤其是冬天时，数量最多。曾经有高达一千多只的纪录。其中以留鸟白面白鹡鸰最多，也有不少冬候鸟过眼线白鹡鸰加入。此外，也有少数的灰鹡鸰群，在不远的延吉街口集聚。

这几天数次前来，倒不是心血来潮。而是在观察的辛亥国小地带，因为追踪一只白面白鹡鸰的行踪之谜，遂好奇来此走访。那只白面白鹡鸰雌鸟叫小污。春天时，在我观察地区的一栋二楼公寓顶楼筑巢。小污的孩子们离去后，它继续在当地活动，有时还会回到巢边探视。入秋以后，每天清晨，它便常在辛亥国小的操场觅食。寒流来袭以后，却消失了一阵。元月初，却意外地在小区的池边遇见它。它的再度现身，引发了我更深的好奇。以前便常想，非繁殖期的小污在哪里睡觉？有好几次黄昏时，都看它朝敦化南路飞去。当时即大胆分析，它可能和其他白面白鹡鸰一样，天黑之前，赶到这儿来，和其他同伴一起过夜。

正想着小污时，对面的大楼有了些许变化，那儿逐渐有二三十来只，一只间隔着一只，保持着距离。突然间，一阵大风吹刮起来，菩提树飕飕作响，一群流线型的鸟哗然飞出街心，形成众鸟缤纷于天空的奇景。少说有数百只鹡鸰科鸟类，如落叶翻飞，从我背后的大楼飞向对街去，落进了中视新娘世界的大楼顶楼。我听到了无数的“唧”声和“伊威”声。啊！是白鹡鸰的叫声，这回可不是灰鹡鸰的急促鸣啼了。

急忙朝对面的大楼望去。有了！果然有好几个小黑点，伫立成排，每一只都保持距离。时间是五点半。细数了一下，总共有五十多只。街心继续有白鹡鸰来去，继续在落下。白头黑胸，大概都是白面白鹡鸰。它们一落下来，便静静地伫立着。除了三两只，多半头朝着街上，似乎在等待着另一个号令，一起飞到菩提树过夜。

这样的都市情景，让我想起朱天文的小说《炎夏之都》，两排十几层的大楼矗立着，一如高大的峡谷，人类局促地在谷底两边的街道来去。白鹡鸰群却在这个城市谷顶的两边散步。若要离去，便跃入街心，一如车辆的急速往来。市民在下，它们在上。

又过了五分钟，再抬头搜寻。这回不止中视新娘世界大楼了，左右的尚华仁爱大楼、三普仁爱大楼也都停满了额头白亮、胸部有一块硕大黑斑的白面白鹡鸰。再计算了一次，已经有一百只出头。数了两三回，便觉得头晕眼花，放弃了精估细算，匆匆数过。

三年前，有一对著名的赏鸟夫妻——曹美华、余素芳和一群鸟友，在这儿做过一年的长期调查，统计出了白鹡鸰每月的栖息状况。元月时，是白鹡鸰数量最多的时候，高达一千四百多只。不知当时这对夫妇是如何计算的，恐怕要有三四个人合作，分别站在不同的位置，各自看守一栋大楼吧！

趁着它们尚未降落菩提树。我赶到对街去，想看看背后的大楼情景又如何。结果那儿只有二三十只而已。这时，我听到菩提树众鸟喧哗的啁啾声音。走近细看，靠近十字路口的两三棵菩提树上，已经有一大群白鹡鸰落降，集聚在树冠上层的枝叶里了，而不是较粗的枝茎。鸟声嘈杂，像麻雀集聚榕树一样。这种叫声，在白面白鹡鸰平常的集聚里是听不到的，如果不知道它们的来龙去脉，还以为是麻雀呢。

除了这几棵，其他菩提树上，白鹡鸰就相当稀少而安静。后来，检视安全岛上的地面，主要也是这几株树下的白色鸟粪特别多，其他树就见不着了。

时间紧迫，十字路口的红灯又特别长。趁绿灯亮了，再奔到凹角那儿观察。已经五点四十五分。中视新娘世界那栋大楼上只剩下十二只了，嘘！真快！我擦了额角的汗，再抬头注视，灰黯的天色下，有些鸟影再掠下。我再抬头，这栋大楼已经没有鸟影了，时间是五点五十分后，工作暂告一段落。被寒风吹得有点头疼，肚子也饿了。

六点整，进去买个汉堡，原本想坐下来，好好休息。想想，不放心，囫囵吞饱，再出来检视菩提树。适才喧闹的树上，竟安静无声了。树上像挂了无数个棉花球。平常甚少看到它们栖息在树枝上。大风吹来，那些白鹡鸰竟也停得安稳。好几只还未合眼，正在梳毛。里面也有几只灰背的过眼线白鹡鸰。

再走到延吉街口，一些灰鹡鸰也停在菩提树，露出灰黄的胸部。我知道，这些北方来的候鸟也睡着了。

真高兴，它们一如往年，继续在此集聚。我想象着，白天时，它们一如上班的公务员，各自在自己栖息的领域生活。永远着一身黑白的羽衣，像高贵的士绅。晚上呢？再赶到这个热闹的市中心，成为固定来此夜寝的鸟族，一点也不畏嘈杂的车声与拥挤的人群。若依生活习性选择台北市鸟，还有什么鸟比它们还适合呢？

# 大安森林公园的鸟类

大安森林公园开放以来，每隔一阵都会到那儿看看，把它当成老朋友般拜访。

秋末了，台湾栾树的花季已经过去，赭红的荚果从浓密的绿叶中窜出。它怒放如醒目的花丛，耸立于蔚蓝的天空，成为城里最抢眼的乔木。大花紫薇和洋紫荆虽支撑着，紫色的花丛则露出疲惫、焦萎之姿，似乎再过一阵大雨后，就会结束今年的盛会。

放眼过去，公园即将进入一个比较清冷的季节。有一棵雀榕的果实红熟了，仿佛想赶在冬天之前盛开，让动物们好好享受一顿。它吸引了许多昆虫和二三十只白头翁的集聚。我在树下呆立，好奇地观察有哪些昆虫。我注意到黄腰虎头蜂的存在。同时，思索着白头翁群体觅食的意义。

从鸟类观察者的角度而言，繁殖期已远去，家庭的教养期也结束了，这时白头翁在秋天的结集，理应充满快乐的符号。

假如里面有亚成鸟，它们是最幸运的一群，因为才安然度过死亡率最高的春末至秋初。经过这段严苛的考验，它们的心智和飞行经验都较过去成熟了。虽然时节愈冷，食物逐渐减少。但它们已经有丰富的阅历，足以面对即将到来的寒冬。

假如是成鸟，那更应该庆祝了。它们不仅又安然地度过一年，可能后代子孙也已长大，在野外独立生活，说不定都在这棵雀榕上呢！

它们叽里呱啦地边吃、边叫，三四分钟后才飞离。全部集中到水塘上的一棵桉树上，兴奋地鸣叫着。纵使最高明的鸟类学者也还不知，它们在谈什么内容。

以前来此，都在观察树木和园艺，今天主要是想记录鸟类的情况。前几日搭公交车经过时，看到树鹊从公园飞往新生南路，我对它们的兴趣大增。结果，早晨进入公园时，就听到它们金属般的响亮鸣叫。

远方也有一群麻雀，躲在草地寻找食物。清洁工人定期在此除草，很少让草长出六七厘米以上的高度。它们像非洲猫鼬般，露出一个机灵的暗褐之头，小心地观察四周。

我的注意力稍微被吸引一下，随即遭到另一个连续、响亮的粗犷鸣叫打断。那是红尾伯劳的声音，秋天以后，它们是这儿的常客。或者说是“冬天的主人”也不为过。红尾伯劳是典型的领地忠实者，就不知有几只会年年回到大安森林公园。

喜欢看它们一只只孤孤独独的灰褐色泽，突立于苍穹，凄凉得很。我转头，搜寻四周，马上就找到一只的踪影。它正飞落地面，从短草丛里咬出一只少说有两厘米的虫子。迅即飞上树枝，快乐地享受。每次看到红尾伯劳吃肥胖的虫子，都像瞧着孩子在贪婪地吃全鸡大餐般可爱。在城里，看到一只红尾伯劳，远比在乡野看见更加可贵。我总是会多看几眼，甚而因为它的存在，特别环顾四周，考虑得更多。

往唯一的水塘走去，天空传来细弱、断续的单鸣。斑文鸟吗？我有点讶异，仔细点算，果然有五只，从树冠上层飞出。

以前看到斑文鸟群，总是栖息在禾本科较多的草原上，或是菜畦。公园之草地，岂容禾本科生长？没什么好条件吸引下，它们又来做什么？我还找不出合理的解释。

去年来此两三回，水塘里总有一只小白鹭孤单地生活，今天亦然。偌大的水塘老是只有一只，不免让我有不好的揣测。去年就分析，这里可能没什么食物，才只够一只小白鹭容身。在植物园，一个比它小二分之一的老水塘就吸引了三只小白鹭，因为那儿食物丰盛的关系。去年如此，今年依旧没有改变，可见这个水塘情况依然不好。我从外观评估，也如此论断。它继续提供一群只会搞脏水塘的鹅群和鸭群生活。还有，水塘里面集聚着放生的斑龟、巴西龟，以及一群看来永远饥肠辘辘的锦鲤群。其他水中小生物和小型鱼类想要存活，自然困难了。

据朋友告诉我，晚上时，水塘常有一些夜鹭到来。果如是，这讯息是好的。就不知是否来捉鱼，或者是捕捉周遭的黑眶蟾蜍。

隔天黄昏，我带四五位小朋友到水池观察。小朋友把未吃完的面包丢给鸭群吃，结果，竟引来六七只红鸠，从岛上的桉树飞下来。背羽锈红的雄鸟和灰朴色的雌鸟都集聚到岸边，和鸭群争食着面包。好几只都离我不到两米。

以前，一直误以为，大安森林公园是珠颈鸠的地盘，没想到都市里也有红鸠群集聚，大大超出我的预期。而且，过去的经验里，红鸠少说都离我六七米远，这回的距离让我相当震惊、兴奋。很可能是这个公园的水塘设有栅栏的关系，人跟水塘保持了一段距离，让这些红鸠不再怕人。对一个城市的森林公园生态环境，或者对生态教育而言，都相当具启发的意义。

观察红鸠觅食时，池边的灌丛里，不时有老鼠钻出，偷吃面包屑。有的老鼠还跑出来梳理皮毛，完全不惧人。据说，台北中山纪念馆水池边的老鼠更加放肆，而且只只肥硕。这些生活在公园里的老鼠，将会带来什么样的问题呢？我好奇地思索着。

去年此时，我在草地上见过八哥活动，没有什么理由怀疑它们会在此出现，只是不常记录。乌秋倒是有，却不多。今天也记录一只。乌秋是乡间平野和丘陵常见的鸟种，公园里出现一只也不违常理。如今我最大的兴趣是夏天。当繁殖季到来时，到底会有哪些鸟在此首先筑巢？我急切地等待着。

# 野狗絮语

上个星期放学，孩子晚回了。我很好奇地问他原因，他说：“红砖道上有野狗站在那里，我不敢走过去。”

我安慰他：“傻瓜，野狗不会咬你的。”

“可是，它都不走啊？”孩子继续争辩道。

我只能再次强调：“你放心，只要像平常一样走过去，绝对没有问题的。”

孩子的事发生后不久，从报纸上，我看到阳明山上有野狗咬死小牛的消息，还有野狗惊吓路人的新闻。我到一些单位演讲，提到野狗的可怜，也有不少人持激烈的反应，他们都遭到野狗威吓过。

整体观之，大家对野狗始终有一个不良的印象。这个印象无疑是经由自己的经验，以及媒体长久以来的宣传所致。我却独以为，整个社会大众显然对野狗有着很大的误解。

一则，我始终怀疑，那些遭遇野狗威吓的人，他们所遇见的是否为真正的野狗，还是寄居于人篱下的半家狗状态——尤其是那些没有挂牌的“假野狗”。二则，一般人对野狗的真正习性并不是很清楚了解，很容易做出错误的行为，导致人狗交恶。

我们一直以为许多野狗很凶恶的，这种人人都有的恐惧症想象，是很本能而原始的。毕竟野狗是我们在城郊最常见到的非人类的大型哺乳类，而且常成群结聚，又脱离了人类的某个程度的掌控。如果单独走在荒野，随时会被一群野狗攻击，这样的阴影难免存在。

但是，我必须提醒你，其实，野狗多半很怕人的。很少有野狗是从小长大而幸存下来，多半是被遗弃在野外生活的。这类野狗先前都已经有过被亲挚的人遗弃的痛苦经验。狗的心智忠心而单纯，纵使大如秋田犬和狼狗，只要经过这种遗弃，身心所受到的打击，都和一个孩子感情受挫一样，长年充满惊惧。连那些幸运地能够在野外从小完全成长的野狗，也会受到其他野狗挫败心情的濡染。多数的野狗是没有信心和威严的狗。

如果不信，走在路上，不妨观察一只野狗，就会端倪出来这种气氛。它们多半是低垂着头和尾巴，眼神更是无精打采。很少野狗会不停地以挺胸的姿态，镇日不停地摇摆尾巴，像是被主人牵出来溜达的样子。它们在走路时，往往是靠边走，绝不会器宇轩昂地走在大马路中央。

多数的野狗看到人，往往避之唯恐不及，绝不会向来者挑衅。不管集聚再多，你只要表现得更为凶狠，它们往往很容易就怯场，毕竟身心都曾受过伤害。

家狗（包括住家附近的“假野狗”）就不一样了，看到陌生人接近，它会面露凶色，犬牙暴露，迎向前来。在近郊的地区，这样的家狗更为嚣张。更可怕的是，别墅区的家狗常是狼犬、秋田犬、圣伯纳之类的大型犬，或者是体形矫健的高砂犬、罗特韦尔犬，光是身形就足以让人望而却步。若被袭上，身上一定挂彩。

在自然教学时，我常告诉小朋友，走在巷内时，经过一楼门口大开的住家，反而要特别小心，说不定就有凶恶的家狗在里面，它们往往不分青红皂白，看到人经过，就狂吠咆哮，甚而冲出来吓人。被这样的家狗惊吓、咬伤的人，其实远比野狗伤人的事件多出几百倍。

上个星期连着两天，在台北郊区走动，就遇到两次野狗的事件，让我印象深刻。

第一天，我和朋友到平等里攀爬鹅尾山，沿着内厝溪的小巷前行。附近多别墅型大屋和三合院老房子。这种环境最适宜养狗，保护自己。过了内厝溪，我们就遇到三只秋田犬。当时是星期一，小路几无人影。三只高大的秋田犬看到我们，马上机警地起身，狂吠不已。一只秋田犬已经够吓人，何况是三只。所幸，它们都绑了铁链，想来主人也知道，它们若未绑带子，恐怕会惹大祸。

我们穿过窄巷时，旁边的别墅上，还有两只体形壮硕的罗威纳犬，露出犬齿，唾液乱飞，更加凶恶地向我们狂吠。如果不是铁栏围住，这两只大狗早就扑向我们。

走到登山口的三合院时，还有三只土狗型的家狗出来狂吠。它们的体形较小，我们自是不在乎。但等下山回来时，登山口还增加了一只未绑带子的秋田犬，体形看来比我这个七十五千克的人还魁梧。天啊！我们简直是在过五关，一路遭到无理的盘查和考验。

怎么办呢？所幸，朋友身上还有一些面包。我们就将这些面包当作示好的贿赂品，丢给它们吃。虽然不是每一只都有兴趣，但敌意减轻大半。至少，那只秋田犬没有再吭声。我们才得以安然通过。

第二天，我和朋友再到东湖内沟里探查。半途在一处桥边，遇到一只土黄色的野狗。我们向它示好。这只野狗大概是闲来无事，遂紧跟着我们。经过附近一处三合院时，里面的家狗冲出来吠叫。这些狗可能都相互熟悉，再者体形都比土黄色的小，彼此便相安无事。它也低着头，紧跟着我们。

进入山区后，土黄色野狗一直走在我们前面引导。大概是对山区极为熟悉，跑上跑下，时而钻入草丛，时而冲至前头探看，颇为自得其乐。我们爬上山顶时，它坐下来陪我们看山。我们在湖边歇息时，它也在湖畔散步。好像跟我们是已熟识许久的好友。

紧接着，我们继续往更隐秘的山区探查时，它就比较紧张了。最先，它想带我们走回绕湖的路。但是，我们想继续往前寻路，穿梭于隐秘的森林。结果，原本喜欢走在前头山路的它，现在却裹足不前了，经常还落到后头。

一个多小时后，好不容易穿出密林，进入一处柚子山坡时，它变得更加畏首畏尾。我正觉得好奇，突然看到一处农舍。此时，农舍里也传出狗吠声。我们不以为意，继续朝那儿前进。可是，土黄色野狗开始不自在，首次紧贴着我们。

随即我们看到一只黑色的高砂犬和一只白色家狗出现。高砂犬的矫健和勇猛虽让我心惊，但我仗恃着对家狗的经验，带头继续前行。这时，土黄色野狗，竟怕得趴着我的身子，似乎相当害怕我的举动，我从未看过野狗如此胆小。

正疑惑时，广场上又出现一只身子壮硕的黑色大狗，这下我终于明白土黄色野狗怕的是什么了。老天！最后出现的黑色大狗，壮若小熊。看来也混杂了秋田犬和高砂犬的血统。它也不吭声，像只老虎毫无忌惮地走了过来，冷冷地注视着我们，高砂犬也跟了上来。我不得不停下脚步，找根棍子和它对峙。土黄色野狗则退到后头，躲到朋友脚下去了。

这时，我分析，光是我和朋友两人通过就是一个麻烦。土黄色野狗可能会是另一个不稳定的炸弹。毕竟，它闯入了另一群家狗的领地。它们不可能放过它的。而这些家狗又是如此高大而凶恶。这些家狗和我对峙时，好像也摆明了，要它这只野狗留下来好好说明事情原委似的。

这时，我们陷入了两难。我们总不可能赶走野狗。让它留在荒郊，见死不救。但是如果强行过去，难保意外不会发生。于是，我们试着先撤退，走旁边的另一条山路。但是另一条山路是往山上去的，想到刚才的辛苦，我们宁可走回头。

怎么办呢？后来，我们只好硬着头皮，再往回去，去面对刚才的残忍现实。黑色大狗和高砂犬继续守在路口。朋友按过去的经验，掏出我们的午餐“孝敬”这些家狗。这两只看似桀骜不驯的家狗才耳朵放软，不再怒目瞪视。朋友喂食黑色大狗时，土黄狗也才能贴耳夹尾，低伏着身子通过。

可是，高砂犬并未放过它。看它如此畏首畏尾，继续跟了过去。土黄色野狗眼见一时间去路被挡，吓得全身尿湿，本能地将身子倒地，贴着芒草丛，表示完全地屈服。然后，再慢慢地，想从芒草丛的山坡滑下去。可是，它也未料到，滑下去后，竟是房舍的墙角，高砂犬从另一边下来，等候多时了。野狗的动作也引起了大狗的不快，赶来助兴。接下来，芒草丛里传出凄惨的哀嚎。我们知道，一定是土黄色野狗受到欺侮了，急忙大喊。幸亏，旁边有住家的人闻声出来帮忙，这才喝止住。

土黄色小野狗像一只被围捕追杀的狐狸，夹着尾巴，匆促地小跑离去。离开这个区域很远很远，才惊魂未定地静下来，在路口等我们。

# 第三辑

# 人文地理

# 天下第一驿

从来没有鸟种像它们一样，有一股魔力迫使我终年镇日去旅行观察，最后还决定一生以探究鸟类为职志。它们是典型的过客，每年固定拜访两次，一次从北极出发，另一次从赤道回来。我生长的地方是它们的驿站。它们叫风鸟。

风鸟（Wind bird），这是西方鸟类学家对鸻、鹬科水鸟颂赞时的别号。它的起因与习性有关，因为在鸟类遥远、漫长又极具危险性的迁徙过程中，鸻、鹬科水鸟始终展现出神秘的飞行与奇特的鸣叫。这种随风来去的诡异行为，一直引发西方人对自然产生无限的遐思与冥想。

风鸟是冬候鸟的主要族群之一，广泛分布于全球各地。它们像使用的英语，是共通性的鸟种。全世界的赏鸟人或许都熟稔自己家乡的鸟种，然而，在异地与其他国家的赏鸟人相遇时，风鸟便成为两个不同国度的鸟人沟通最的基本条件。

比起其他鸟种的好动性格，风鸟仿若是善于沉思的动物。它们在开阔大地上单脚伫足，寂然不动的形容，也是最教赏鸟人着迷的一幕。风鸟的羽色以灰褐为主。这种色彩总让人联想起流浪、冒险、漂泊等字眼。它也包含层层无法形容的果敢与毅力的象征。没有一种鸟科能如此普遍地给人这种感动，也没有其他鸟科具有这样世界性的分布，而成为全球的自然环境指标。

相对地，一些对现今自然环境感到无力、绝望的人，风鸟的习性可能会带来另一极端的联想。它们的羽色仿若是从世界各地垃圾场制造出来的，它们是未来硕果仅存的进化鸟种。风鸟的长相犹如魔鬼先派来人间的小无常。那怪异的鸣声与飞行，正是在向人类提出严重的警告，对地球做最后的嘶喊。

不管在亚北极圈的冻土带家乡，或是在驿站、避冬区，风鸟泰半以海陆交界的地方寻找食物为生。它们的旅行路线也以南北延伸的海岸线为主要的干道。然而在返乡或离家的迁徙中，风鸟无法只凭海岸线去认路，当海岸线中断或偏向时，它们就必须深入海上。每年至少有一半的风鸟便在茫茫大海中遭遇不幸。有些鸟类学家甚至估计为百分之八十。是以，海，显然是风鸟的戈壁沙漠，而它们是不带食物与水的旅人，要一口气地越过。它们办得到吗？现在已经知道除了少数风鸟如黑胸鸻外，都必须靠中途驿站的憩息与调养来支撑。这驿站就是大海中的岛屿。而每年经由台湾南下北上或滞留的风鸟大约有五十种，占世界风鸟种类的四分之一强，这使台湾成为一个相当重要的驿站。

在鸟类学家的眼里，地球是没有国家、国界的。他们眼中的世界只是六个区域的组合。分别是：古北区（欧亚大陆为主）、新北区（北美洲）、新热带区（拉丁美洲）、依索比亚区（撒哈拉沙漠以南的非洲世界）、东方区（南亚、印度半岛各国为主）与澳大利亚区。台湾的位置十分特殊，它属于东方区，却紧临古北区，又正好是二区的边陲地带，同时结集了两区的鸟种。加上，它位于太平洋西岸边缘系列岛屿的中心，大陆型气候与海洋气候又在附近交会，地形运动也使它形成高山层层耸峙的容貌，于是构成了一个特殊的岛屿环境。当美国全境只有六百多种鸟类时，弹丸之地的中国台湾岛内，竟拥有近五百种，地理位置的得天独厚自然是绝对的因素。

有些生态学者以此称台湾为一个驿站，主要即根据这种鸟类的迁徙路线为论点，但若放诸自然界各种植物的演变进化，或人类社会的交通，仍不失为准确的形容。当风鸟或其他候鸟开始春秋两季的大规模迁徙时。台湾，正像人体中进食时的一个主要消化器官。这个器官的健康就值得去注意与重视。它的健康包括自然与人文环境的搭配情形，尤其最近人类社会发展对地理环境的影响。

以此，我们必须将焦点放在台湾南北端与西海岸，风鸟过境最集中的区域。这些区域有构成驿站的岬角、河口、沼泽、沙岸、旱田、水田和潮汐区等地理，它们是风鸟常栖息的所在。

这些驿站的形成有一段比人类历史长远的故事。大致的故事如下：

当那些终年在云层上端的高山开始冰雪融化或落雨时，便挟带着溪涧的山泉汩汩流出，然后汇聚成小溪。无数的小溪又在山里回流、切湍，再汇合成几条大溪，奔腾出来。它们运送着大量的污泥、沙石一路快速地冲击而下。不管它们如何转、回旋，最后总是朝着海的方向流去。海拔愈低时速度愈缓，拖拉推展出来的两岸也愈开阔。在这种经年累月的地理运动下，三角洲、平原、沼泽、湖泊等环境也纷纷铺陈开来。这便是曾文溪、淡水河、大肚溪等地常见的景观。

随溪而下的沙石中，也有不少是抵达河口附近才淤沉、搁浅的。有的又随春秋的海潮南北散开，形成西海岸宽长达四五千米的沼泽潮间带，或是各地河口的沙岸。同时潮水也从海底盆地携卷起大量的砂石，随着潮汐起落，在各地与陆上来的砂石交会。有的更随浪潮上溯河口后才停止旅行，形成各种沼泽。而百万年前的地形运动，更使不少珊瑚礁山陵冒出海面，形成台湾南北两端鲜明的岩岸地带。

这些环境地理的变迁所形成的三角洲、河床、沼泽、沙岸与岩岸，是无脊椎动物最易生存的所在。由台湾北部一路下来的海岸线，各个河口附近都拥有这些区域。风鸟以无脊椎动物为主食，台湾是驿站，又有良好的觅食场，这一道海岸线便成为风鸟络绎于途的黄金航道。于是野柳的岬角、兰阳溪的河口、关渡的沼泽、大肚溪的潮间带与车城的沙岸等地便有风鸟群集过境或滞留的大场面。

这些风鸟的栖息区也都位于人类以都市生活为重心的外围。在工商业为主导的台湾社会下，百分之九十以上的当地居民以务农或打鱼为业。不管在物质利益或精神知识方面的提供，他们皆在边陲、低下阶层的生活领域中体验，所有的精力都专注在为衣食劳碌。风鸟在这种环境下栖息或往来，对当地百姓而言几乎是不存在的。风鸟的生死灭绝也与他们的生活全然无关。相对于风鸟却利弊皆有。以利来说，当地居民无法成为风鸟的主要天敌。在弊方面，他们不懂得珍视。就现实利益来说，他们连利用风鸟成为观光资源的眼光也没有。当然当地环境的改革或更动，更不会考虑到风鸟的栖息生态。

风鸟大多属于“本能的候鸟”，早来晚走的原因，受体内本能的刺激为重，而较不受气候的影响。除了风以外，其他天候的因素也无显著引导。它们也不像其他鸟种因食物的锐减才启程出发。虽然亚北极圈的冻土带只提供短短两个多月的觅食期，有的风鸟在食物尚未短缺时便离开了。迁徙使风鸟永远生活在春夏秋三季中，从未遇过冬天。

每年最先南下抵达台湾的风鸟多半是矶鹬。八月初，它已在北部各地的河口、河岸单独出现。然后才渐渐深入内陆或南移。紧接着小环颈鸻、黑胸鸻、云雀鹬、鹰斑鹬与黄足鹬也陆续飞临。这段迁徙潮大约有两个月。大部分风鸟是过境者，十月后又陆续南下。只剩几种留下来度冬。隔年的三月初，红领瓣足鹬、鹰斑鹬等是北返的尖兵，它们率先领阵，又是一批批飞来，再造成一次迁徙热潮。六月初，几乎所有风鸟都回到北方的寒带湿地、冻土草原繁殖时，沼泽才空荡无声，潮间带也如荒漠。只有少数鸻科会留下来在沙岸和废弃的盐田筑巢，台湾已是它们繁殖的最南限了。从六月起到八月初，这段没有风鸟的季节，正好使无脊椎动物获得喘息，重新有复苏的机会。

迁徙是风鸟每年必须面对的冒险事业。不少风鸟死于迁徙途中，显然也是自然界宿命论的必然性，而幸存的风鸟正是经过千锤百炼，最适于繁殖后代的优秀品种。

风鸟前往台湾的路线大致有两条主道。一条系沿堪察加半岛、日本列岛一路南下的海路，另一条是从西伯利亚，掠过中国大陆，横越台湾海峡的陆路。每年风鸟从亚北极圈向各方出发，沿着太平洋与大西洋两侧南下。台湾是太平洋西侧的大驿站。不少风鸟的海路与陆路先在此交会后，经过一段调适期，又分批飞越巴士海峡，散入南太平洋各个群岛，或横跨赤道抵达澳洲、新西兰。北返时则相反。

风鸟能旅行多远、平均速度有多快呢？各种风鸟因环境的差异各有不同的栖息状况。以风鸟繁殖区的地点来论，在整个冬候鸟的返乡区来说，已属最北的所在，意即它们须花费更多的体力在迁徙上。这使风鸟拥有比其他鸟种更适于长途跋涉的羽翼，与快速的飞行速度。以台湾常见的过境风鸟黑胸鸻为例，有些从西伯利亚北方的海岸启程，横跨赤道，迁徙到澳大利亚去，至少须飞行七八千里。这是风鸟最典型的长途跋涉之一，平均飞行三个星期才抵达，亦即每天要赶四百里始能如愿。然而并非所有黑胸鸻都要前往澳洲，同一时候，也有不少黑胸鸻就在台湾北海岸度冬，它们的旅程只有自己兄弟的一半。

大部分小型的冬候鸟习于夜间迁徙，譬如伯劳、鹡鸰等科，而大型的鸟种如鹭鸶或鹰隼科多半选择白天。但这不是定理，风鸟则昼夜都有迁徙的能力。夜间时，鸟类多采高空飞行，有时甚至在云层上端，借助广阔的气流减轻体能消耗。同时仰赖星光位置、纬度的改变而辨别前去的方向。白天时，风鸟便降低飞行高度，尤其是在海岸线时，更贴着海面飞行，辨识显著的岬角、岛屿与河口等地形，作为认路的指标。这些指标周围的环境也最易于形成休憩的场所。

秋天时，多数风鸟是借助东北季风南下，春天时则由西南季风推送北返。台湾在多数风鸟滞留的秋冬春三季，刚好是变化无常的季风区。尤其春秋迁徙期，每一道冷锋前后，各地的风鸟栖息场总有不同的风貌。原先栖息的会随风离去，但不少新的鸟种也随风到来。

风鸟的体内可能有某种迁徙的能力，适合它们胜任远航。但和其他冬候鸟一样，它们未必具备预测天气的本能。当它们选择适当的良好天气启程时，并不能确切知道前方的路途或休憩的驿站将会有什么变化。冷锋、风暴、大雾等天然环境的更迭或油污、猎捕等人为因素，都有可能使它们改变路线，导致大量的迷失与死亡。所以每年春天时，鹅銮鼻或兰屿的灯塔附近，皆有候鸟大量迷失或自己撞死的记录，西海岸的潮间带也有风鸟集体死亡的报道。而后者，风鸟栖息地的破坏与威胁，更使风鸟有灭绝之虞。

风鸟在中国人心中是没有什么地位的，许多人迄今可能还不知道有这种鸟类。这原因与中国人的社会发展与变迁也颇有关联。明代以前，中国人并不重视海洋的开发，视海为世界的边缘。而自然科学到晚清民初时才稍为进入起步阶段。由于跟海的隔阂，对于风鸟的栖息生态，中国人也一无所知。这也难怪在传统的花鸟画中，除了常见的陆地留鸟与候鸟外，几不见风鸟的影子。

近十几年来，情况稍有起色，不少的鸟类学家与赏鸟人正不断地呼吁建立“水鸟保育区”。不过海峡两岸的百姓对风鸟的认知仍是皮毛。他们或许知道食物网的定理，了解物物相克的法则，却无法单从表面的观念进去，考虑风鸟到底有多少利益价值。他们会认为那不过是一群在荒地啄食的鸟类，跟麻雀无啥差别。他们忽视以物的角度去看自然，仍然以人的价值利益去评估自然。于是，就出现海岸湿地严重破坏的问题。这种认知也是造成环境保育措施拟定时，潜在意识中最不利的负面条件。

比起其他鸟种，风鸟栖息的环境是最贫瘠、荒凉的地方。这些地区是留鸟最不爱滞留的所在。留鸟盘踞了台湾多数的山区与郊野，余下这些“糟糕”的环境给远方过客。所幸风鸟的习性早已发展成熟，不需在异地与当地的留鸟直接面对，造成强烈竞争食物的地步。如果中国早年有文艺创作者，让风鸟的这类生活意义进入文学、艺术的殿堂。相信喜爱老庄、道家哲学的人会欣赏它们的习性，甚于一切鸟种。同时在保护自然的措施上，将有推波助澜的功能。

几千年来，风鸟一直未受到人类的严重伤害，它们面对的威胁主要来自自然一切既有的天敌。这种情形的改变是近八十年才发生的。由于工业时代的出现，人类变成最危险而可怕的杀手。他制造了油污与栖息地破坏。风鸟的栖地泰半以海岸与沼泽为主。在亚北极圈时，风鸟繁殖的地区渺无人烟。在避冬区与过境的驿站，却是人类交通最忙碌的所在。这些地区海岸线长期遭受的油污情形举世皆知。不仅风鸟，其他海鸟及各种海岸生物都遭到致命的威胁。一艘油轮的漏油，往往导致附近海岸的生态系统全部瓦解，风鸟与鱼虾的尸体遍布海岸，自然环境久久无法恢复原先的运转。沼泽地更糟，建筑物、排水工程与废土填充，已使各地沼泽区正在快速缩减中。在台湾，布拉格油轮曾使野柳三四年间成为死海岸。十多年来，因为油污与溪流废水的交集，西海岸的海岸生物也日益减少或遭到严重的污染，风鸟聚集的情况更大不如前。而最好的沼泽区关渡已被排水工程、废土填倒占去其二分之一，风鸟群集北返的景观早成历史。根据鸟类学者的研究，风鸟也无法像其他鸟种，可因地形环境的变迁，仍有局部能力改变自己的习性去适应。它们时常被迫前往原先的地方，啄食已经遭受污染的食物，等候自己的逐渐死亡与族群的大量消减。

现在显然是需要系铃者自己解铃时，我们必须遏阻自己的盲目冲动，开始思虑自我面对自然环境的道德责任。两种并进的自然保育法目前在发达国家中十分盛行。台湾当局显然也在着手研究，但仍不够彻底，展现的成果也令人气馁。其中之一是倡导教育民众，告知自然生态的观念与公有地的利益价值。另一种是执行单位划为一统，来实行保育湿地的方案。这两个较落实的原则尚未具体实施前，遑论其他的宣传保育湿地的方法。

“天下第一驿”，系根据风鸟的迁徙习性与台湾独特的地理位置所联想的有趣称呼。当许多靠海国家和地区开始积极进行海岸、沼泽的保育措施时，中国台湾若依旧是一片自然保育的废墟，风鸟在整个地球的迁徙路线，犹如在中间断折了。长此以往，风鸟便是在这里飞向天国之驿，不是飞往家乡或避冬区的路上。我的故乡就是这样的难关。

# 八通关古道

从陈有兰溪取回的山泉沸腾了。冒着滚热白气的铝制茶壶，就在眼前忐忑不安地抖动起来。

这时节才入秋不久呢！高山环绕下的东埔已笼罩在初冬的气息里。又逢非假日的今天，清冷的旅舍仿佛隐藏着一股沁人的寒意，静寂地僵止于空气中。这也使烧煮中的茶壶更有四下无人的嚣张气势，愈加奋力地发出炽烈的声响。

暗昧的室内，一张方形红褐桧木的古旧茶几。几上一只陶瓷残片横陈着，是此地友人馈赠的见面礼。前个月，他甫自八通关古道回来，途经大水窟的清营旧址，捡到这看来是随便丢置的不起眼玩意。它是仍带有一些儿壶身的福建米白釉小茶壶壶嘴，有一百多年了。原本的模样，应是一具胖鼓着圆滚肚腹的小茶壶，而且是一八七四年（同治十三年），那一千五百名广东飞虎军里，其中一位小兵的家当。那一年，他带着小茶壶，和其他士兵从大陆渡海来台，进入陌生的内山，开辟中路。随后携上三千米高的大水窟。当时的中路，就是今天的八通关古道。然而，为何只剩下壶嘴的残样呢？是不小心打破？用久了，自然裂损？还是军队继续开拔，未及带走？或者是与布农人作战，混乱中打破？

年近七旬的老阿姨提着保温壶，由前楼的瓷砖走廊踽踽走来，一蹭一蹬地登上这狭窄的日式阁楼。大概以为我忘了取茶水吧？地板发出吃力的咯吱声。明晨，又要上玉山区了，凝视着小茶壶壶嘴的残样，我突地想起小学时代的父亲。想起他悄悄来到这里的入山小城，躲在旅舍内，品评日文旅行书籍的背影。

不知为何，这几年我也宿命地走上酷爱旅行的路途。前天埔里，昨天水里，今晚东埔。可是，多么纳闷的，生长于中部的我们，旅行的地点竟都选择浊水溪上游这一带。父亲来此的时间，应是一九四九年“四六事件”发生后，在此从事不太愿意对任何人解释的定点旅行。我是在十年前，因为探鸟采蝶之关系，带着对自然的痴恋，屡次抵临这里。这是什么心情呢？逼使进入壮年时的我们，在不同的时空下，不约而同地选择这几座小城，作为定心的地带。或者只是巧合吧？

对我们父子而言，台湾在这几十年的急速变迁中，西海岸早已彻底地翻转了好几次，只有靠近台湾地理心脏的这里，似乎是民风较安详、淳朴的所在，保有着我们对童年事物的追忆。

有这种童年似情感的共鸣，我相当笃信，必然是与山、城之间的距离有关系。这几座小城都位于四季温煦的盆地和峡谷，与邻近的大山保持似近还远的良好空间，又和忙碌的纵贯线铁道远远隔绝。既是山的入口，也是出口。这种距离上的和谐与东海岸的后山截然不同。东海岸的山有种高远的威严，跟邻近的城镇殊少交通联结，还摆出一副随时要侵凌平地的险峭容貌。

对中部的山与城，有这种奇怪和谐诠释的人，不止我一个，日本博物学者鹿野忠雄恐怕体会更加深刻呢？一九二八年暑夏，从二水前往埔里，正准备倾力入山的鹿野，还未到达入山口，就已情不自禁地写道：

对于要从西海岸进入中央山脉的怀抱者而言……那里有靠近山的喜悦。有令人感到山的入口的魅力。

前天，从二水搭支线火车，前往集集时，鹿野像小熊般壮硕的身躯，不时浮现脑海。这位纵走台湾高山千余日，矢志从事博物学探究的冒险家，大概是对现今玉山区最熟悉的人物。自从首次拜读鹿野记述台湾高山的巨著《山、云和台湾少数民族》，激动得潸然泪下后，每回途经集集时，总要在他滞留过的火车站前徘徊，凭吊一番。

火苗一熄，茶壶声方歇，右边的山谷立即涌上陈有兰溪汩汩细流的水声。记得这条溪的声音吗？小茶壶壶嘴是听过的。经年在高山旅行的鹿野，想必也十分熟稔而亲切。在这座八通关古道必经的小城，酷爱饮茶的鹿野，曾搭宿当时的警察驻在所，如同我一般，独对茶壶。寻思如何溯溪，登上玉山山汇的问题。

陈有兰溪，这条背负十九世纪末叶台湾遽变的历史之河，就在东埔和沙里仙溪分手，各自像尾溯河的鲈鳗，狂野地奔上荒莽的原始森林，进入广邈的玉山山区。

清末的八通关古道也在此，贴着溪床，和日据中期的越岭道分道扬镳。虽是各走各的路，而且在不同的时代出现，深入台湾的心脏。这两条路还是交缠并进地跨越八通关，奔过大水窟草原。最后，一如台湾近代史，比肩而来，狠猛地贯穿到东海岸。

既然隶属广东飞虎军，当时随身携带这小茶壶的小兵，或许是客家人吧！一八七四年冬初，他身着藏蓝色的军衣，衣背有绣着自己军籍、姓名的鲜明白色大圆布，肩上则扛着当时清军最好的、银亮的后膛步枪，跟随吴光亮总兵，由竹山翻越凤凰山麓，驻扎过东埔。再沿陈有兰溪上溯，一路“逢山开路、遇水搭桥，束马悬车、缒幽凿险”。

隔年年初的农历春节，他跟其他一千多位入山的官兵一样，就在“古木惨碧、阴风怒号”的高山中，与吹弓琴的布农人、与披着霜雪的针叶林一起度过。

高山上也只有倏忽的春夏之日。时节才六月末，当时住在台南府，执掌全台政局的福建巡抚王凯泰，收到吴光亮从山里写给他的一封信，信中有一段话是这么说的：

军中着皮衣，岭上皆有霜痕。

读完信，王凯泰遂有感而发，也留下这段具有历史见证的诗句：

暑月深山军挟纩，
八同关外已飞霜。

同，即通也。飞虎军已抵达八通关。这位小兵想必也来到草原上，在搭盖好的营舍内，用小茶壶沏茶取暖了。

当飞虎军再东行，来到中央山脉的大水窟，应是初秋的时候，小茶壶即在此与这名小兵分手。年底，飞虎军完成打通中央山脉的任务，但他们并未接获返乡的旨令，也没替防的部队，反而继续执行北京朝廷的“开山抚番”的任务，驻守在殊少汉人屯垦的璞石阁（玉里），经年和东海岸的台湾少数民族交战。不能返乡的情形下，这名小兵很可能和当地的阿美人女子结婚生子，在东海岸生根。

假如，他未水土不服，或患上盛行的疟疾，继续幸存。二十年后，中年的他，或许还跟过满腔热血却也老耄的吴光亮北上，和甲午战后登入台湾的日军打过仗。这场战争是台湾西海岸一连串抗日行动中最初的一波，发生在新竹附近的丘陵，台湾史曾详细地记载这段悲惨的败战经过。最后，或许这名小兵和小茶壶一样埋身异域。一千五百名精锐的飞虎军里，有好几名小兵是这样走过一生的。而他，恐怕也正如战祸频仍、焦头烂额的清廷，早把八通关古道忘记。

但日本人却萦系在脑海。就在飞虎军北上作战失利后，一名叫长野义虎的日本陆军中尉出现了。这时西海岸还在激烈抗日中，东海岸却形同空城。他在宜兰搭上一艘中国戎克船[1]，悄然来到飞虎军落籍的璞石阁。

初秋时，长野带着几位布农人，还有汉人通事，重访二十年前飞虎军艰辛开拓的古道。虽然一入山就走错路，只踏过布农人的狩猎小径。长野终究攀抵小茶壶壶嘴置身的大水窟，望见崇峻的玉山山人。于是，他做了“最先登上玉山”的攻顶决定……

从玉山区下行时，长野估算错误，背袋缺粮，急着赶下山。

① 戎克船：中国独创的帆船。

结果，再度岔离古道，直接走下陈有兰溪河床，在累累巨岩的狭谷中，马不停蹄地星夜赶路，赶到硫黄泉涌的东埔。最后的行程虽如此草率匆促，外来的探险家中，他却是第一位穿越中央山脉的人。日后，还因为此功绩当上埔里社“垦抚署长”。至于古道，他留下了一些吉光片羽的叙述：

余走过此段清国政府开辟之通道，深深惊异其工事之般勤慎重，遇岩取石，遇林截木，用以敷造阶级。路幅约宽两米，今日全程虽然多有毁坏，但依旧可容纳十数名步卒从容通行……

从上述文字解读，好像长野踏过古道全程一般，但正如先前的描述，长野实际踏在古道上的时间并不多，路程也很短，只在大水窟与八通关一段。

这是二十世纪八十年代初，古道学者杨南郡重新踏查的新发现。杨先生是这个社会的边缘人。人在台北，年近一甲子，快满头银发，仍然活在清末。我们会相识，也因为彼此都活在一百年前，活在横贯台湾心脏的这条古道上。每回和他提及古道，他的眼眸便炯然有神，亮出青年般准备奉献一切的光芒。百年后，有这样疯狂痴恋古道的人物，这恐怕不是吴光亮或长野所能料及的吧？然而，在当时，也有一些古道迷出现。

所谓的八通关古道横断后，长野回东京时，曾在地学协会做过此次探险的讲演。那次讲演的听众里，有位酷爱民族志研究、长得羸弱瘦小的年轻人在座。他静静地聆听。由于长野未受过专业训练，当几位地学专家提出问题时，长野都无法圆满地答复。他对长野所勘察的路线，也抱持相当怀疑的态度，更不相信长野所云，一天之内能从玉山顶抵达东埔。这位年轻人是谁呢？他就是日后赫赫有名的“台湾少数民族通”——森丑之助。

聆听长野的讲演之前，森已随日军辗转台湾山区，四处探查台湾少数民族的生活。一九〇〇年，阿里山森林大发现后，森做了一次著名而重要的旅行。

春天时，他担任人类学家鸟居龙藏的助手。鸟居是最早在台湾从事人类学、考古学的研究者。他们选择一条前往玉山的新路，从阿里山出发，结果也遇到断炊之险，只得前来东埔避难。紧接着，他们在前山的几座小城如竹山、埔里滞留，从事台湾少数民族调查。最后，再大胆地从东埔上溯陈有兰溪，进入古道去。

那时已近暑夏。踅回东埔，进古道前夕，趁小米祭那天，他们访问一位年近八旬的布农人社长。这位记忆依然清晰的老翁，当年曾受雇，参与古道的修筑。鸟居在旁笔录，记下这段重要的口述历史：

吴光亮未开路前，从台南派来的官吏，曾经到此观察地形。然后，决定开往后山的路。开路的过程，得到布农人各社的协助而顺利进行。当时我是五十多岁的老人，也参加了开路的队伍。

道路大约花了十个月才完工，很多汉人来开路，砌石铺路。也雇用布农人郡大、峦大各社的人，以及属于居住在阿里山的台湾少数民族（曹人）和社、楠仔脚蔓社的人，由各社头目指挥。我们做的是搬运土石的工作，道路完工后，在太鲁那社建碑，记载工程的经过。

鸟居一行进入古道后，立即遇到“处处坍方、茅草掩盖”的荒废情景。上抵八通关后，道路始平坦开阔起来，三千米高的地方仍有粘板岩的石板路存在。这时，森可能想到，长野提及的古道大概就是这里了。他们行走其上，对吴光亮油然产生感念。就在那一天，他们通过大水窟，看到清朝兵营的旧址。小茶壶壶嘴仍躺在那里……

结束古道之旅，鸟居动身到大陆，在云南、四川调查彝族。森仍留在台湾山区，四处游走。最后，任职于台北馆前路的"总督府博物馆"（台湾省立博物馆前身）。但从军职转行的森身份只是雇员。

当时，台湾的山区仍未安定，没有多少人愿意深入。森却欣然地勇于前往，而且时常一去不知所踪，忘记归返（曾经有两年不见人影的记录），再悄然出现。不过，这位矢志要写完十卷《台湾少数民族志》的年轻人，最后还是失踪了。当时曾传云，一九二六年时，他搭船从基隆回日本，在海上投海自杀，因为三年前关东大地震，毁掉他所藏有关台湾高山族的资料。另外有一说，他又返回台湾的高山去，有人曾在雾社遇见。这是一个热爱台湾少数民族研究，终身是雇员的悲剧一生。

小茶壶壶嘴，你知道吗？我还存藏着一份森横贯山区的手迹稿呢！那是一九二四年二月，他愤然离开博物馆，寄赠中央图书馆的调查——《中央山脉横断探险报告》。报告中，还附有他和泰雅人在海边围聚的图片。这张周边焦黑、泛黄的图片里，他戴着草帽，瘦削孤独的背影和整个中央山脉一起面对海洋。我将这份报告从蠹鱼和灰尘群居的书架上抽下，小心地影印留存。

唉，再回到古道的故事吧。从这份影印报告，我获知，一九一〇年春天时，森又有横断中央山脉的旅行。这回走的是偏北的关门山越岭道。此路也是长野由西海岸回花莲的另一条清朝古道，开辟时间较晚。这种走法，曾使许多专家认为，当时的八通关古道已荒芜多时，不堪行走。同一年，两位东京帝国大学讲师，从东埔到玉山，勘察最高测候所时，即未采古道的路线，改走陈有兰溪河床。

那个年代，最后一位走过古道，并留下记录的，或许是英国探险家古德费洛（Walter Goodfellow），我们赏鸟族的前辈。一九〇六年元月，他在这块日本的“新国土”做了一桩伟大的探险，让刚启蒙的日本自然科学界骇然失色。

当时，他雇请十几名不太会射击的日本兵，大雪纷飞的酷寒天候下，强登玉山区。结果在一名邹人的头饰上，发现两根宝贵的羽毛。这两根羽毛现今仍保存于大英博物馆的展览室。它们是闻名国际的台湾特有种帝雉的羽毛。帝雉是在八通关古道此线最先发现的。可是，古德费洛一如西边的布农人，只到过八通以西附近的山脊，而未前往更东的大水窟。

躺在大水窟一百多年，小茶壶壶嘴想必是见过帝雉的。走过玉山区的飞虎军们也该看见不少吧！赏鸟十年，我却未在野外遇上雄雉成鸟，只能凭一张古德费洛时代的帝雉图去想象，它撑开如黑白缎带般飘起的尾羽，搭配着宝蓝双翼飞翔的美丽姿态。古德费洛发现的，就是帝雉的尾羽。它是邹人地位尊贵的象征，猎人也以捕获帝雉为荣。

在此区的狩猎传统里，住于东边的布农人也不敢贸然地越过大水窟去打猎。一九三一年夏天，一位东边布农人的年轻战士，端着村田式步枪，沿着米亚桑溪上溯，迷失于针叶林中。最后，在溪的左岸，发现一条砌石小道。他顺小道上行，结果走到大水窟东侧。这条砌石小道是已荒芜经年的古道。他知道这里是禁地，不能再向西行，遂沿着清营的旧址缓缓走过，走过低矮的箭竹林丛，走过小茶壶壶嘴横陈的水池附近，像水鹿般悄然地隐入东边的针叶林，继续四处漂泊的抗日活动。

一九一五年，拉库拉库溪流域布农人，袭杀大分驻在所十二名日警后，已经十六个年头了，他们仍在抵抗日本人的围剿。他们是日本人背上的芒刺，是“中国台湾最后未归顺的台湾少数民族”。八通关古道于事件爆发后正式关闭。日本人另建起一条新路，越岭道出现了。

陈有兰溪呜咽地流着，历史如昨日往事。那名飞虎军小兵，也曾提汲百年前陈有兰溪的水，使用小茶壶在岸边沏茶的。东埔西南方如今被视为古道的正式起点，接近溪床的附近，清军也有屯营的旧址。残存的砌石、石门仍历历可见。夜幕深垂时，阵阵哗然的溪声里，仿佛夹杂着哨兵敲更的梆子声。

把小茶壶壶嘴放入背包里，准备明晨去玉山山区的物品。大水窟不知是怎样的山色。我只上过玉山区三回，未曾去过东边的那里。以“森丑之助式死亡”，在太平洋战争中消失的鹿野忠雄，倒是大水窟的老友。

一九三一年夏天，那名拉库拉库溪的布农人战士，从大水窟退回东边时，鹿野正和四名北方郡大社的布农人并肩，一起走过马博拉斯、秀姑峦这一线的中央山脉主峰，进入大水窟草原。这是台湾登山史上，第一位如此纵走此线的人。登毕后，向东投去，前往飞虎军的第二故乡——玉里。未几，这位山痴又疯狂地踅回，准备攀登未为人登顶的、妖异的达芬尖山。

根据鹿野的回忆。当时，从玉里向西，走的是越岭道。很显然，和长野一样，偏离了古道的路线，而且愈走愈南。但大水窟以东，他也踏在飞虎军铺设的石板路上。

清晨时，鹿野穿过玉山杜鹃带着晶莹露水的红白花海，一路有如鸫的褐色大鸟，频频从脚前蹿飞。亮丽的阳光自东边山脉斜斜拂照，清澈的小水池映出耀眼的银白光辉，一如形容中的“镜池”。而那片花海，擅于取名的日本人赋予其一个绝美的名字——御花畑。这儿迄今仍是哺乳类相当多的地带。鹿野随即看到数十只猕猴，以及匆匆疾奔的水鹿、山羊。那名飞虎军小兵，势必在此杜鹃花海中巡行过，小茶壶壶嘴与许多陶瓷残片就躺在这御花畑的世界。

离开大水窟后，鹿野继续向西，前往玉山区攀登。多次的台湾山地旅行后，他觉得玉山区是最像个台湾的山与人的地带。对台湾很深的挚爱，遂在此时萌生。

“最像个台湾的山与人”！明晨，我也要顺古道的方向，前去拜见充满阳刚之气的玉山山汇。一想及此，体内的血液突然有股紧绷的凝聚力量，往脑门冲。长久以来，屡屡在城里失眠，未料近山了，还如此神经质。

但比起父亲呢？他似乎连这种失眠的权利也被剥夺。壮年时灰心丧志的他，以及来到这山口，却缺少临门一脚之勇气，这两者间应有某种息息相关的互动因素吧！虽然流着同样的血液，充满历史感的我，不可能这样了。前山几座小城的安宁，只是让我孕育更大冲动的前哨站。一如森的失踪，每回前往台湾的心脏，我是抱持着，寻找一座山头死亡的决心。

鹿野在这几座小城滞留，听着布农人弹拨的弓琴声时，更是抱持这种精神的：

细小的弦一震动，流出像水般清澈的爽快声音。旋律单纯，然而有像听宗教音乐般的严肃。那彻底是山的东西。原始而朴素，又清纯。在山以外是听不到的，是在山中完全的寂静才能品味的音乐。



并躺在旁，背包里的小茶壶壶嘴，一百年前，在古道上、在大水窟时，应该也听过吧？我取出录音机，在入山前，轻轻地按下键盘。小茶壶壶嘴，还记得这“嘤嗡嘤嗡”的山音吗？失眠就失眠吧！我还是先接受山的洗礼。

# 金山小镇

十多年来，每次到金山从事自然观察，都会抽空搭电梯，登上金山青年活动中心光复楼七楼的观景台。从那四方形如城堡的楼塔，展望环绕金山四周的环境。在这儿鸟瞰，并不只是在享受一种登高望远的乐趣而已，还有更多思古的情绪，以及历史的困惑，都会伴随着景观，自脑海浮升。

从光复楼望向西边的山峦，系列的竹子山缓缓横伸入海。总教人想起那些早年旅人的诗，十九世纪中叶，北部著名的旅行文人林占梅，写过一首《金包里横冈远眺》，便描绘出了这个区域的景观之味：

险峻金包路，篮舆不易跻。渔家看蚁聚，鸟道听猿啼。沙霁田沿岭，崖悬树隔溪。明朝石门去，诘曲入云迷。

这是多么诗意的景观！但往事已矣，任何人的视野，再也闪躲不过那一座碧丽辉煌的宝塔。那是前几年在台北市公交车大做广告的金宝山灵骨塔。它赫然而碍眼地立于竹子山系的山坡地，久而久之，竟也成了此地的一个重要地景。

前往台北的阳金公路，便是从它眼前和磺溪并行而上。早年的鱼路并非从这儿上溯。唯阳金公路接近山脚时，有些路段便和左边穿过田间的鱼路重叠。套用一句地理术语，鱼路在这儿就被阳金公路“袭夺”，消失了。

最喜欢观景的角度在南方，地景内容复杂而多变。耸立远天的是阳明山公园最北的磺嘴山。从观景楼远眺，这座海拔几近一千米的大山，颇有日本富士山特有的孤立和绝美。光线柔和、视野清朗时，常教我流连不去。近年来，一直有个攀登磺嘴山的心愿，想从那儿鸟瞰整个金山海岸，可惜始终无缘攀登到顶峰。五六年前，我常远望它，不外于思考著名的鱼路如何穿过金山的街道，进入大屯山脉里。当时鱼路尚未有人熟知，磺嘴山成为这个古道之谜的标志之一。如今鱼路身世已经揭晓，但远望时，还是有其他如金矿、哺乳动物等自然情事在脑海里盘旋。

夹在磺嘴山和眼前大片荒凉的公墓之间，有一丛白色公寓大楼突立着，那儿便是金山镇上了。金山，旧时称之为“金包里”。早先是北部平埔人、凯达格兰人移民至此，称之为“金包里社”，以后汉人再将这社名转译而得。

通常到金山镇上去，都是从“大庙”慈护宫的方向信步而入。对这间主祀妈祖的百年老庙，一直有着很深刻的自然志情感，总是想起英国鸟类采集者郇和（R.Siwnhoe）。

一八五七年六月时，这位台湾早年最重要的自然生物采集者和一群英国水兵，曾经从基隆港徒步，沿海岸经过万里，越过圆潭溪（金包里溪主流），抵达慈护宫，在庙里度过了一夜，并和附近的村长见面。隔日，再穿过金包里街，沿鱼路翻过大岭前往士林。他是这百年来唯一留下有关当年鱼路状况史料的人。不过，对整个慈护宫而言，他只是一名过客而已。我数度在慈护宫里检视过，尚未找到任何蛛丝马迹，足可证明这位旅者曾在那儿待过。

据当地人说，早年一些小船只还可以从圆潭溪弯入金包里溪，开抵慈护宫前。现在的圆潭溪早已淤积，船只无法上溯。而它的主要支流金包里溪，也只剩下一条排水沟而已。近来到那附近的稻田，只是试图从那儿寻找一些水鸟或红冠水鸡的踪影。

每次我也习惯，由庙旁的金包里街走进去闲逛。这条老街的前段左边，都是二进的传统式街屋，门面前还有连栋的亭仔脚，上了暗漆的木头廊柱，通梁犹有朴拙的木雕。这是在其他街道上难以见到的特殊景观，蕴藏着老旧而光线不足的亲切。右边则多半是日据时期的建筑式样，和现代的建筑杂陈。曾经走进一家中药铺，观赏过那些储存药材的旧药盒，以及泛着暗光和污垢的药桌，看来少说都有四五十年以上的历史。进入那儿似乎也回到了清末。一直喜欢着这种随时会消失的古朴之味。不过，在走访的经验里，有不少屋宇都在翻修改造。真怀疑它的容貌还能维持多少！跟其他地区一样，老街上多的也是老人，年轻人大概都到台北附近工作了吧。中午就在广安宫庙前那家著名的鸭肉摊小吃打牙祭。这里是传统市场最热闹的地方，一般人喜欢的是它鲜美的鸭肉，我独爱清水洒煮的茭白笋，清脆犹胜过嫩笋。

慈护宫后的旧馆温泉，从日据时代以来就是观光旅游的胜地。我对它的感情来自林衡道先生的一篇短文。那是一九五八年冬初，民俗学者林衡道先生来此观光后，在《金山纪行》里曾描述道：“街外田野中一座简陋的日式旅舍，便是温泉旅社。其客室旁面为一大院子，栽着各种花木，很有风趣。这旅社虽然看不见海，但远眺竹子、七星（笔者认为：较准确说应为磺嘴山）的峦光、山色，风光却也清丽。”可惜，这间温泉旅社已毁，改建为新的公共浴室。

三十多年前，林衡道先生初到金山时，热闹的街道只有一条，便是金包里老街。现在位于北部滨海公路上的中山路却已成为新贵。金山公路部门便设在路口附近。光复以前，还未铺公路时，公路部门是轻便铁道的起讫点。那是一九三〇年，一条运送客货的双线轻便轨道开始营业，平均来回基隆三个小时。这样的速度虽不快，但相较于必须一天一夜路程的鱼路来说，已相当方便了。鱼路是从这时开始没落的。

公路部门对面是基督教长老教会金包里教会，它在金山的位置也变迁过数回。在金山镇的历史里，算是一个非常重要的地景。看到这栋新颖的大楼，研究历史的人，难免都会想到最早来这儿传教的马偕医师。十九世纪七十年代，马偕医师来台传教，直到一八八五年中法战争年间，住在淡水的他，至少来金包里传教六次。初来时，都是搭船从淡水到来。后来是否有翻过大屯山脉的鱼路就不得而知了。在《台湾遥记》里，他提到过这条也能通往大油坑的鱼路。

若远眺东边，只有一座狭长而低矮起伏的狮头山。山虽矮却有一番绝丽景致，不输野柳。山头脚前临海的小村是磺港村渔港。而翻过狮头山，还有另一个叫丰渔村。渔村虽小，这两个渔港建村的时期，可都是有二三百年历史的渔港。鱼路的最初，便是从这儿将鱼货运上岸的。

向来，我在狮头山滞留时间，比在街上活动的时间为多。林衡道去金山后五年，金山各地的乡公所曾在政府的督导下，沿山大兴土木，施行了一连串造凉亭、塑雕像等措施，所幸高大而雄峙的琉球松依然存活着，让这处北海岸绝少的苍毅景观，继续器宇轩昂地矗立。

狮头山山前之海，一对巍然的巨岩挺拔而出。文献里提到，那儿曾是八哥群栖息的位置。但我未在这个海域发现过八哥。倒是和许多鸟友远眺过鸬鹚群。对附近驻军的干扰，我也印象深刻。这已是六七年前的事，士兵们总是很紧张，生怕我们偷看了什么秘密。而记忆里最美好的一次，大概是从丰渔村上来，发现了罕见的灰鹈鹕。在春秋候鸟过境期，狮头山和野柳岬角总是会有许多奇特的鸟种出现。

我看过一段有关金包里的文献中最迷人的叙述，提到早年这儿是一片大森林，目前水田仍有巨大树木遗留。我想文献提到的“这儿”，按现场经验的推断，主要应该是丰渔村！虽然那儿的水田已经没有什么大树存在，但当你沿着民生路走往丰渔村的路上，两旁还能轻易发现一些。它们是平地常见的、经常一年落叶两三回的大叶雀榕。有好几株都有三四人抱的圆周。其中一株，有空时，还常带孩子去探视，把它当成海边的老朋友。大叶雀榕在北海岸到处可见，可是像这样巨大而密集地丛生，可非其他海岸地区常见的。如今，稀疏散落的雀榕族群，退居到了狮头山脚，颇像是族群即将灭绝的大象。

这条走往丰渔村的民生路路口，还有两处显著的荒废地标，都是日据时代的欧式建筑。靠内陆的一栋，原先是一个著名的温泉旅馆。以前是日本人在此休息的温泉旅社，光复后的军队到来，胡搞了一阵，将土鸡放在温泉里炖煮，最后又把温泉弄毁，不久这个典雅的房子也废弃了。靠近水尾士兵驻防的地方，有另一栋，据说是金山镇上一家有钱的赖姓人家，早年暑夏避暑的胜地。

由狮头山往北边鸟瞰，就是游客最爱的青年活动中心和浅滩一片的灰浊大海了。这十几年来，活动中心的木麻黄林，始终是北部地区赏鸟朋友观察过境鸟类的主要地点。我自己来过多少次也数不清了。过去经常是前一天获得鸟况的消息，隔日清晨便迢迢赶至，为的只是一两种罕见的鸟种，譬如黄鹂、地啄木、乌鸫等。当然这儿的常客喜鹊、老鹰，也是我们津津乐道的。近来，这片木麻黄林渐渐地被破坏了。还好，过了磺溪，那儿有一片更大的人造木麻黄，在这几年蓊郁成林。相信许多冬候鸟已经固定选择那儿过境，以后的赏鸟人或许该把重心转移到那儿了。

我也常在冬日孤走海滩，凝视着那暗黑而深不可测的东海。它和金山的住民，有着唇齿相依的密切关系。金山犹若是一只生活在海岸的生物，两个渔港像金山的一对触须，金山市民是靠着这对触须在海边摸索、讨生。无论如何对内陆发展，他们也继续和大海维持着微妙的情感，就像他们的祖先一样，纵使不出海了，依旧在两栖生活。

乌鸫

# 关渡原乡

一群灰褐羽色的冬候鸟族群，大大小小，集众在海岸、河口地区的空旷水域，有的单脚伫立、有的低头觅食；也有的集体飞起，推开狭长而优柔的羽翼，向海上远扬。或者持续留在天空盘旋，重新回到先前的区域，寂然落脚。它们身上风尘仆仆的灰褐形容，仿佛历尽风霜。展现这种栖息典型的鸟类，就是秋初时南下度冬的鸻、鹬科水鸟。

一般赏鸟人欣赏这种栖息水域的水鸟，通常是架着脚架，以单筒望远镜远远地眺望着。赏鸟活动里，这种观察方式，大概也是翻阅赏鸟图鉴最频繁的时候。每个人都靠着图鉴里的各种鸟类的特征，以及现场鸟种大同小异的细微差别，辨识着不同的种类，并且兴致勃勃地与朋友争论着。这大概也是许多赏鸟人欣赏水鸟最大的乐趣。

年轻时，我对这种以灰褐羽色为主调的水鸟，始终有一种执着的偏爱。仿佛它就是流浪和迁徙的代名词。任何一只孤独水鸟的伫立，总是给我无端的遐思，以及浪漫的想象。

一九九五年九月初，一个非节假日的清晨，满潮的时候。在关渡沼泽区最大的水沼边，我又蹲在一处隐秘的矮丛林。就像每年九月初南下来此的冬候鸟，我也回来了。对这块北部最大的沼泽地，我和许多赏鸟人一样，始终有一种奇特的乡愁之感。每隔一阵，总会被这种思绪牵动，前往那儿进行自然观察。

可是，十年前常看到的水鸟族群，它们以及它们的后代子孙，还会回来这里吗？前几年，我屡次在等待中失望而返。然而，我还是每年到此期待，等待奇迹出现。我等待着，或许，有一年的秋天，在关渡沼泽区遭受破坏这么久之后，水鸟也像我们一样，懂得调整心情，习惯新的环境，重新过境。

就像我现在一样，等待着满潮时，会发生一个往昔出现过的美丽场景。那时，总会有许多水鸟，大群地从基隆河床飞起，盘旋天空，逐一飞越堤岸，进入这块水域，落脚、集聚。

这个大景观会再出现吗？我心存一丝侥幸。但如同这几年每一次的到来，心里那块阴霾依旧挥之不去，这附近的栖息环境改变太大了，鸻、鹬科水鸟群不仅在沼泽区的数量锐减，也很少愿意飞落到这个过去集聚的地方，在我面前表演盘旋、落脚的景观。十几年前，我们津津乐道的壮观场景不可能重现了。

我只看到，一些零星的夜鹭、牛背鹭、小白鹭飞来，偶尔还有一两只冬候鸟的大白鹭穿插其间。也有零星七八只鸻、鹬科水鸟，迎面而来，但它们只是发出高昂的鸣叫，飞掠高空，向更内陆的区域飞去，似乎对此已经不屑一顾。

所幸，我心里早已有所准备，带在身上的也只有MICRO105的镜头，准备拍摄蜻蜓和其他昆虫而已，毕竟这个沼泽区的蜻蜓和昆虫，尚未有人做过比较有系统的观察。我也一直十分好奇，在这个

大白鹭

水生生态丰富的沼泽区，会有什么样的昆虫依时序出现。也或许是，这个水生系统改变了，造成水鸟过站不停。

水滩前的草秆上，飞来一只褐翼蜻蜓，这种暗色小蜻蜓喜欢广阔平地的性格，比其他型蜻蜓更具代表性。不久，黄纫蜻蜓和粗勾春蜓也到来，更强化了这个沼泽的平原属性。

我往更内陆的废耕田地的方向走去，试着看看能否惊起斑鸻或是小辫鸻之类的鸟种。结果还是失望了，除了一些褐头鹪莺，和零星鹨科的冬候鸟，并未有特殊发现。刚刚走进浅滩时，一名在堤岸的赏鸟人还提醒我，小心惊动到紫鹭。

这种沼泽地的鹭鸶，许久未见到。我用望远镜搜寻，期待看到它，竖起长长的、像秋天一样深了的黄褐色的脖子。很不幸地，我再度失望。大地一片枯黄，夹杂着一畦畦荒凉、冷清的水滩。

有一只蛙从眼前跳出，我兴奋地蹲下来检视，一只不到两厘米的泽蛙，闪着澄明之眼。这个季节发现的泽蛙体形多半如此，猜想都是今年出生。它们和黑眶蟾蜍、拉都希氏赤蛙，都是这个接近沼泽区的蛙类成员。

十多年前，秋天时，每回来到关渡，四周鸟种缤纷，每个人忙着赏鸟都来不及了，哪有时间注意到其他生物？谁也未料到，现在只要能看到一小种动物都会备觉欣慰。

当然，晚近观察的视野会增广，还有一个重要因素。大家也注意到鸟的觅食环境，以及和其他动物间的关系。在同一个地区定点旅行时，试着成为一个自然观察者的乐趣，显然胜过一个单纯的赏鸟人。这种走向似乎也成为一种必然。以台北市野鸟学会编著的《关渡生命》为例，包括的内容就不止于鸟类。它试图包括各种生物，甚至扩及区域的自然志和人文风俗，就有这种打开单纯赏鸟格局的意图。

每年春秋季固定举办的关渡赏鸟季活动，解说的内容也不再只是单纯的鸟类。解说员也试着，纳入一些人文历史和各种生物的知识。

废田无鸟况，我遂走回堤岸。上了这条关渡主要的赏鸟路线后，眼前，一大片水笔仔形成的红树林扑面而来。每次到来，总觉得它又更加的浓绿，更加的宽广。这片过度隐秘而单一的河床森林，每每带给人无比沉重的环境压力。我总恨不得，望穿那隐秘而黯幽的林间，寻回一些过去的时光。

以前，这里哪有红树林。从我的位置鸟瞰下去，一片空旷的泥质滩地，接着是茫茫碱草的优柔草原。视线再越过茫茫碱草，就看到基隆河的主河道，进而是对岸社子岛的台湾海洋大学。

这个位置当时即吸引了上千的各种水鸟，从容而悠闲地在泥滩地上，度过美好的冬天。稍晚一点的季节，还有优雅的红嘴鸥群到来，在河口和鹭鸶群溯河觅食。还有鹊鹞展开大翅，缓缓地拍扑于草泽之上。而上千只滨鹬也经常飞起，如蜜蜂群忽左忽右，来去有声。这些美好印象，便是透过这样空旷而稀疏的场景展现出来。

是的，稀疏。现在缺乏的就是稀疏。河口有一大片绿色的红树林不一定是对的，有时会造成河口阻塞，也严重影响其他生物的生存。可是，我们却碍于法令的规定，不能疏伐。于是，密密麻麻的红树林，迅速占领这些泥质滩地的空间。不止我们看了难过，相信鸻、鹬科水鸟更加不舒服。所以，它们悄悄地远离了。

如今，空地有限的红树林滩地，只容得下小水鸭族群，穿梭于水笔仔林间的狭窄水道。尽管它们的形态肥胖可爱，红树林本身也极富教学的生态意义，却难以取代我们对水鸟、对泥沼地的感情，主要便是源自于这种绵密的历史感怀。而将来，红树林继续增长，小水鸭也会离去。

我继续无奈地遥望。水笔仔里传来红冠水鸡短促的怪叫声，长相暗灰的台湾厚蟹和红色大螯脚的折痕相手蟹，都爬到堤岸边活动。用望远镜细瞧，水笔仔的树干上也栖息着玉蜀黍螺和弹涂鱼。这时，沿着水笔仔林走，或者退潮时，手上拿着一本《台湾红树林自然导游》和《招潮蟹》，可能比较实用。任何鸟类图鉴，这个时候是派不上用场的。

沿着关渡河堤继续往前行，我比较喜欢在无风时，进入上游一点的芦苇世界，让视野和心情尽量地猎捕大块风景。枯褐的芦苇秆，时而流泻着金黄之光，时而横陈一片肃杀。偶尔有一小块水笔仔、苦林盘林丛巧妙地露出，如放错位置的色块。它们都是台北其他地区难以享受到的绮丽景观。

我也喜欢在这种现场的溯河过程里，继续思索着，发生在这里的湮远历史。三百年前郁永河由此到北投采硫，凯达格兰的麻少翁社迁移磺溪，以及八仙村落的屯垦等区域性大事，这几年来始终萦绕在我的脑海。它们和关渡沼泽区之间，应该有无数条贯穿人文和自然的线，产生各种可能的交集。将来的自然观察也会朝这个方向，继续推展，丰富关渡沼泽的地方个性。

我感到较失望的是，赏鸟人现在较少由大同电子厂的入口前往关渡赏鸟。我个人依然偏爱基隆河上游和磺港溪、五分港溪交会的三角洲。小水鸭、红鸠和八哥的群居世界，以及黄眉黄鹡鸰、矶鹬沿溪床栖息散居的生活，始终都是我在此观察的启蒙烙印。

从这里到关渡宫前，短短不到四公里的赏鸟路。除了自然景观上的红树林沼泽、泥质滩地、芦苇草泽，以及稻田、废耕地；再加上历史人文时空、地理位置，还有赏鸟人口的质量等组合，都将丰硕而多元地支持这个紧邻台北都市、小小不到百公顷的沼泽区。在先天上，它已经拥有得天独厚的精致性。这种精致性，将会是它未来成为自然公园的最重要资产。

# 小绿山之歌

## 一九九二年十一月

### 1.发现池塘

秋末，一个晴朗而微风徐徐的早晨，从住家后面的窗口望出去，山坡上五节芒红褐的花穗已全然盛开。前几日，这块荒原来了一只红尾伯劳亚成鸟，让我兴奋了好一阵，每天早上都会朝那儿搜寻，仔细地瞧这只红尾伯劳的一举一动。但我已经有两天未看到，心里颇感纳闷，于是决定翻过公寓旁的相思林小山，到更内山的地方去找它。

我曾背孩子攀登不少近郊的大山，这座小山却始终未带他们来爬，因为它的林相较隐秘，山径又窄，蚊虫非常多。

小山入口有一棵一人抱的香楠，从许多野桐、水金京与白匏子中赫然冒出，十分抢眼。孩子看到它时，都会想起《龙猫》里那棵大楠树。它当然没有那么巨大，不过，像这样高壮的树，目前在台北市区已不容易找到了。

山径里也有附近山区少见的蓊郁森林与密不见天日的景象。上个月，在林子的外围，看到一只凤头苍鹰被乌秋追击。所以特别注意林空中的任何动静。唯只听到一两声绿绣眼的鸣啼，连鸫科都没有，这样的结果是颇让人失望的。

很快抵达山顶。沿着山的棱线，小山路岔分成两三条。只有一条较为明显。试着走那些快被荒草覆没的，准备直接切到小山另一边的山脚。相信那只红尾伯劳很可能栖息在那儿。然而，很快就遇到蜘蛛网与飞蚊的困扰，不一会儿就放弃这个冒失而莽撞的计划。

我乖乖地走回那条明显沿着棱线的小山路。没多久，再遇一岔路。朝下坡的一条路走下去，突然看到脚前不远处有一条巨大的黑色水管。敏感地止步细看，赫然是条长度在两米以上的臭青公，身子最粗的部分有我的手腕大。

正待取出望远镜观察，它开始吐蛇信，缓缓地爬离小路，钻入旁边基部焦黑的刺竹林里。刺竹林大概是枯干甚久，也可能是这条臭青公太重，爬过时竟咯咯作响。

这么大的臭青公，吃什么才能果腹呢？以它的身材，吞下一只珠颈鸠绝对是没有问题的。突然间，有东西落在头上，从地上捡起，是成熟的水同木（猪母乳）果实。放入口袋准备带回去给孩子辨识。

大儿子奉一应该还记得，上一次和我去福山植物园时，曾经在林子里摘过一些刺莓，吃得满手都是红渍。

水同木是中药的上材，就不知是否可食？我尝过一颗，成熟的，有点甜。

走出山路，眼前豁然开朗。越过数亩小菜畦后，正是想要抵达的目的地。不过，开展在眼前的居然是一座百来平方米，四周碧绿如画境的池塘。

它的左边，林立着浓密而高大的阔叶树群，香楠、白匏子、血桐与相思树为主。右边，越过数层高大的五节芒草丛与台湾葛藤后，就是车辆熙攘往来的公路。

来此一年，许多种今天才第一次看见的蝴蝶和蜻蜓，热闹地集聚在这一方小小的世外桃源，在花草灌丛间穿梭，到处迎风飞舞。

池塘好静，好静。一只小白鹭忽然被我惊起，从草丛掠出，飞到对岸。这才惊觉到已正午时分，该回去了。

五节芒随风摇曳，新穗如麦浪沙沙作响。在秋阳温煦的烘晒下，池边又传来一阵一阵地野姜花的香味，我突然觉得自己是今天这个城市最幸福的人。

（一九九二年十一月二日）

**2.小绿山林相**

清晨，我穿得像一位刚准备初学采集生物的学生，背包里有望远镜、防蚊药、笔记本、相机、瑞士刀、塑料袋。全身则着一套灰绿色的长袖衣裤，头戴迷彩帽。将这座山取名“小绿山”，因为它实在很小，不过三百平方米，海拔也只有五十米左右，被公寓大楼包围，像个孤独的绿色小岛。

先去门口前的菜圃，探望那只叫阿宋的红尾伯劳。这一回看到它，不禁怀疑起过去的观察是否有错误，因为它的嘴喙并没有上回的灰黑，反而淡了许多，而且头部后面的尾羽，有点白斑。这是阳光照射角度不同所造成的视觉误差。此次的观察让我羞愧有加，它提醒我对鸟类的细节观察仍马虎不得。

抵达小绿山入口，鉴定入口那棵高大的乔木，再度确定是叶片较暗的香楠。找不到叶片搓揉，闻味道，我一度信心动摇，还怀疑是红楠。林子里面的树种，上层主要是相思树、白匏子、血桐、锡兰馒头果。中层为鹅掌柴、水同木、水金京和绿竹、刺竹的混合林。下层最多树种，常见的有软毛柿、台湾桫椤、灯称花、黄肉楠、九节木、山红柿、山刈叶等。

上了棱线后，抵达离上次遇见臭青公阿比的鞍部不远处，草丛里有响亮而急促的窸窣声，从右边的竹籔移向左去。当我寻着声音的方向，向前挪动脚步时，那声音愈发急速。眼前的草丛成排不停地波动，窸窣的声音随着草浪远走。是阿比！它又在这儿出现了。

天气感觉像孩子红了脸颊的热度，有种春天的气息。终于听到绣眼画眉的叫声了。接着是小弯嘴，也是第一回记录，真是一次丰收！

出了林子，抵达小波池（以小区之名称呼）。有一个人在对岸钓鱼，用望远镜细看，那只小白鹭也在。上一回，它也是在那个位置落脚，姑且叫它阿英。

靠池畔垂下来的树藤上，有一只鱼狗伫立。我走下池塘。它不安地发出一连串急促叫声。当我穿出芒草丛，它已消失无踪。

绕到钓鱼者附近，观察他所钓的鱼。他跟我说每次都只能钓到小鱼。正说着，鱼竿抖动了，拉上来，果然是一尾两根手指大的吴郭鱼。

但这样的尺寸对鱼狗或小白鹭都挺适合的。不知道那只鱼狗现在去哪里了。远方，小弯嘴的叫声再次传来。

“可归”，这样嘹亮而饱满的山音，是颇引人遐思的。二十世纪三十年代时，博物学家鹿野忠雄访问卑亚南（南山村）时，泰雅人就给了这种熟悉的占卜鸟一个美丽的名字：“摸蛙客的”。

（一九九二年十一月八日　晴）

### 3.尖尾文鸟、鼎脉蜻蜓

寒流过后，天气又闷热起来。山区的五节芒多半已完成抽穗的任务，紫红的花穗渐渐转成黄褐色泽。到菜圃找红尾伯劳未获，那儿也有一棵杜虹花，一群黄色的蛾类幼虫正努力地啃食嫩叶。

转到小绿山去，在棱线并未遇到锦蛇阿比。迅速抵达小坡池，阳光强烈，早上未吃饭，又睡眠不足，被晒得有点晕眩，但仍强忍着，蹲在那儿观察了近一个小时。不远处有五色鸟与灰头鹪莺的叫声。后者类似猫声的叫法，还是首次在这附近山区听到。

红色和黄色的蜻蜓不见了。只剩下黑色中腹灰白鲜明的鼎脉蜻蜓，四五只，仍然在半平方米的小水塘里飞舞。

小水塘里有不少泽蛙。野姜花谢了，白波纹小灰蝶也少了许多。只有一种常见的大琉璃纹凤蝶，仍在菜畦上飞舞。它的翅膀在阳光下变化万端。在野外，始终拿捏不住正确的颜色。

有两只褐头鹪莺在身边逗留了十来分钟——稍嫌长了点。它们不断在五节芒上觅食，同时有撕咬叶脉的动作。这种动作在春天营巢时较为频繁。不知为何，我总会想起史努比里那只叫Woodstock的小鸟。这样说，孩子们对褐头鹪莺的长相就应该有个粗浅的认识了。

褐头鹪莺专注觅食时，有两只尖尾文鸟飞来凑热闹。它们比鹪莺离我更近，头一回能如此细瞧。它们酷似毛笔头的尾羽，不成比例地突出于尾部后。这两种小鸟同样停栖于五节芒。觅食时，尖尾文鸟会飞到菜畦的地面啄食东西。

那只鱼狗取名鲁鲁，仍然站在靠山边的枯树藤上，而小白鹭阿英也驻足在水湄旁。它们都是领地性很强的鸟种。阿英常绕着小坡池散步，接近鱼狗好几回。食性不同，鲁鲁并不在意阿英的接近。

山上又传来小弯嘴的声音。啊！好久没有看到小弯嘴了，只闻其声，不见其影。真渴望有朝一日，它也能飞到这儿。孩子们如果看到它，应该会喜欢的，因为它的长相像一个很聪明的蒙面强盗。

（一九九二年十一月十八日　晴）



## 一九九二年十二月

### 1.粉红鹦嘴、薄翅蜻蜓

第二道寒流后，荒原上的那只红尾伯劳亚成鸟就未再看到。

有一阵子，荒原偶尔有褐头鹪莺光临。芒花更白，也挺得更高、更直。靠近马路边大花曼陀罗的花期结束了，白色的花已凋萎，不再像过去那样，清晨时仍然残留有夜晚盛开的绰约风姿。

最近忙着到宜兰赏鸟，加上黑面琵鹭事件，一直抽不出空到小坡池那边观察。偶尔从窗口看到一只小白鹭（猜想就是阿英）飞过荒原，才会想起已经许久未去小坡池。

冬天以来，麻雀很少集聚在荒原。昨天，七八只麻雀一反常态，突然跑到荒原里来，在几株特定的五节芒上，啄取花穗上的种子。它们滞留了相当长的时间，而且，很不客气地欺侮三只甫飞进来的褐头鹪莺。

早晨，那几株五节芒上，又有好几只麻雀与褐头鹪莺。我正看得出神，忽然觉得有异，因为有几只的体形似乎较娇小。急忙用望远镜追踪，果然！是许久未见的粉红鹦嘴。

上回发现它们在这里活动时，是去年九月，时隔一年多，没想到它们又出现了。原本以为，当时那一群只是偶尔过境的，今天再相遇，似乎证明了，这里也是它们活动的范围之一，只是较偏远。

它们有七八只，仍跟上次走同一条路线，绕着荒原边，慢慢地离开。其中有一两只头上并未长出红羽，或许仍未成年吧。

喜欢集聚的薄翅蜻蜓从荒原消失了。现在都形成少数，个别的活动。有不少白茅长出，但仍无法和五节芒的优势族群抗衡。两只树鹊从对面山头上的林子经过，这是第二次在那儿发现。它们比奉一认识的乌秋还大，一样凶猛。春夏之际常出没的乌秋，许久未在这附近活动了。

（一九九二年十二月一日　晴）

**2.鱼狗鲁鲁**

林子里，空气浮满雨后的水气，潮湿而静谧。小坡池内，鱼狗鲁鲁和小白鹭阿英，还站在同一处水湄边，忙着捕食。鱼狗鲁鲁今天表演了一招绝技，让我开了眼界。它斜飞插入水中，衔鱼，随即拉回原位，动作犹如定点捕食的鹟科鸟类。可惜，嘴上未叼着鱼儿。

泽蛙、鼎脉蜻蜓和凤蝶们也走了。野姜花结束从夏末以来的花季。我想再看到那对尖尾文鸟，或者是粉红鹦嘴群，但远方只传来小弯嘴的叫声。又绕回头，沿西峰爬上山的最高点，从那隐秘的山林，辟出一条回小区的小山路。

（一九九二年十二月二日　晴）

**3.觅食芒籽的鸟群**

寒流来袭，气温降至十二度左右后，五节芒的荒原犹若死寂的沙漠，连常见的台湾纹白蝶都不再出现。有些芒草上的种子被风吹拂得快走光了，只剩清瘦、枯褐的芒秆突出于绿色的芒叶之上，迎风摇曳。芒籽们总是选择在这最冷的天气，向各地旅行。

麻雀群又出现。每天清晨时，总有十来只飞到荒原里，停栖在芒秆上，啄食芒草的种子。偶尔也有一两只褐头鹪莺来串场。

相对于褐头鹪莺，麻雀群的觅食非常笨拙，它们无法像褐头鹪莺般，轻快地跳跃、穿梭于五节芒里。或是，先跳到芒秆基部，然后再像猴子一样，攀爬到芒秆顶端的芒花觅食。

任何一只麻雀要吃芒籽时，若是站在芒秆上，都要再辛苦地飞到另一株芒草秆的芒花上，才能吃到芒籽。“体形笨重”的麻雀们，站在五节芒的草秆上时，往往也会把草秆压弯。离开时，草秆始能弹回原先的样子。

娇小轻盈的褐头鹪莺就不会有这种困扰。所以，当我们远看荒原上的五节芒林相时，如果草丛里有所异动，正常情况下，草秆摇动幅度较大的往往是麻雀。微微晃动的，八成就是褐头鹪莺了。

通常，麻雀和褐头鹪莺们都在清晨时才出现在荒原，太阳露脸后就离开。为何如此，我怀疑，可能是早晨时芒籽上还沾有露水，它们刚好可一并食用。阳光照射下来时，露水从芒籽上蒸发，鸟儿们便无法获得充分的水分。

不过，这个看法实在太大胆了，除非有实证，否则不宜采信。但关于它们早晨时才在五节芒上觅食，你能想出别种理由？

（一九九二年十二月二日　阴）

**4.小白鹭阿英**

下午，带着画册与单筒望远镜到小坡池去。今天主要只想观察小白鹭阿英与鱼狗鲁鲁，确定它们仍如期在小坡池活动。

池边的菜畦，新近又有人辟了地，种植葱花。通向万芳路的出口，葛藤被铲除了大半。从那儿绕路走进小波池。阿英惊飞，上了树枝顶。另外有一只宝蓝色的小鸟，在水面上沾水后，折回茂密的林子，猜想是鲁鲁（注：后来始知是一只黑枕蓝鹟雄鸟，叫辉辉）。我安慰自己，没关系，待会儿它们就回来了。

信心十足地走到对岸，换了好几个泥沼地，挑到一处较干燥的，在那儿架起望远镜，一边吃起带来的橘子，等它们回来。未料到这一等就是一个小时。池塘静悄如镜，未见它们的踪影。五节芒丛和林子间，倒是有上百只白头翁热闹地往返。不久，又有大批绿绣眼飞来凑热闹。

用望远镜看这两种鸟好一阵，看得头晕眼花，最后放弃了等待。等走入芒草丛里，不死心地回头时，阿英飞回来了。大概是看到我要离去吧？急忙蹲下来，低身接近。这一回，它不怕了。最初，它仍在水池最远的那一端，不太敢俯身觅食。未几，一只灰鹡鸰飞来陪伴它。

突然间，阿英咬到一尾小吴郭鱼，快速地冲上岸边，把鱼丢到地面，再娴熟地一口吞下去。然后，又进入池里找鱼，很显然，它每一餐的食量绝不只三四尾小鱼便可果腹。

这时，林子里有一只小白鹭飞临，停在林子顶端。阿英抬头竖颈凝视，振翅飞上，把它赶走后，又飞下来，继续在池边觅食。天色越来越暗，眼看即将下雨，起身离去时，阿英仍在池边专心地捕鱼。

（一九九二年十二月二十日　阴）

## 一九九三年一月

### 1.白头翁群

寒流来袭前一天，清晨时微露阳光，荒原上又出现了一群麻雀，忙着在五节芒上吃芒籽。已经好久没有麻雀或其他鸟种到来。这大概是麻雀们依靠五节芒种子的最后一两次了？因为大部分的种子都已飞离。芒秆多半呈枯褐、蓬松样。秆柄也由绿转褐，很容易折断。

麻雀们来到后不久，又有一群稀客——白头翁飞来凑热闹。过去，白头翁都是三两只出现。这回却是一来二十多只，和麻雀族群掺杂一起。

但这群白头翁可不像麻雀那般“辛勤”，它们只顾着梳理自己的羽毛，偶尔才啄食芒秆或芒花上的种子。实在难以明白，像这样的理毛行为何必一定要跑到五节芒上呢？

麻雀群就不一样了，它们忙着觅食，一如往日，像忙着采收的农夫，好像明天起，可能没有什么东西可吃般地专心收割。

绿绣眼也来了，有好几只在杜虹花活动。五节芒上没有它们所需的食物。荒原边还有灰鹡鸰、山红头的叫声，荒原许久没有如此热闹。

麻雀和白头翁至少都待了一个钟头，等它们都走后，有两只褐头鹪莺飞过它们逗留的地方。此后一片死寂，等候着寒流到来，再也没有鸟种出现。

（一九九三年一月二十日　晴）

# 万芳社区的故事
## ——抱仔脚坑自然志

从一万分之一的地图，以及几位当地耆老的访谈中，才大致清楚，万芳小区位于福州山和抱仔脚山之间，一处标高一四〇高地的位置。

它原本是一块面向南边的山坡地，最靠近捷运站的山脚。过去有开采煤矿的遗址，叫作“大丰煤矿”。目前仍有老旧的宿舍，以及残破的采煤厂房、机器等设备留存。同时，还有巨大的地下坑洞，笔直地伸向一四〇高地，清楚地告知着，这是一个早年采煤的山区。

此外，从原野上零星的茶树，还有耆老指证历历的回忆里，我分析，这儿也是早年采茶、运茶的要道。

这样的煤、茶环境在木栅地区出现，相当寻常。经验也告诉我，以前的住家想必也相当零星。果然，万芳小区还未出现前，早年的红砖房子就只有六七家，都集中在今天的万芳路上，围聚在煤矿区。这些比煤矿区更早落脚的聚落，曾和煤矿区的小社会，在二十世纪五六十年代，短暂地共存过。

万芳小区的前身，尚能够捉得较准确而有着明显脉络的地方历史，应该就是这些点滴事物了。

如果以这个时间为准则，当时，少说有三条对台北联络的重要线路。最右边的一条是军功坑的产业道路。这条旧路沿着今天军功路下方的小溪，先溯溪而上，再翻过庄敬隧道的山岭，下抵六张犁。

还有一条，主要是沿着兴隆路，来到福州山系时，翻过了蟾蜍山和芳兰山之间的鞍部凹地，前往公馆。日据时期，采茶的人，或者是木栅地区生活的农民，不少人是走这条路线。

另外一条，或许该称为“产业道路”。运送货物者可依靠大丰煤矿的采煤铁道，衔接景美溪边深坑至景美的轻便铁道。再到景美车站，转搭艋舺至新店的支线火车。

事过境迁。如今伫立于一四〇高地的万芳小区，想必没有多少居民了解这些往事。纵使站在新兴的小区原野运动公园，遥望着对街山头老屋聚落和破落的煤区，恐怕也没多少人知道，这里以前是有这些产业的。

他们关心自己的权益一如其他小区，但权益的视野只及于公共设施的兴建。原野运动公园的重要性绝对远超过旧村落的体验。早年的这些史迹遗物，短时间内，明显地还无法和当地住户形成有趣的人文互动，或者成为珍贵的文化资产。它必须通过长时间的经营。

二十世纪八十年代以来，这个小区一直是市政府规划小区的重要指标区。在台湾《中国时报》的新闻资料室，我抽出相关的档案阅读时，发现有关它的小区新闻特别多，主要包括了小区的开发、抗争等生活质量问题。资料室的编辑还专门制作了一个档案夹，独立于台北其他小区之外。

这个新兴的小区由于位处山坡地，幸运地拥有比市中心小区比例较大的绿色空间。不论行道树、公园绿地和游乐场等公共设施，都比较完备。

前几年，在小区意识的发展下，居民对当地自然环境资源的利用，觉得可以发挥得更加有效，于是在都市专家的支持下，提出了人行步道系统改善计划的构想，其中一项是绿色步道的规划。

主持这些方案的住户刘毓秀、王顺美等，都是小区妈妈，也是大专院校的老师。我向他们打听后，这才确定，原来以前我到万芳小区保姆家里接孩子时，经常翻山越岭走过的小路，就是其中的一条。

目前要规划的这条绿色步道区域，位于万芳七号公园背后山坡地的小森林，夹在万宁街和万美街之间。目前有两处路段崩坏，只剩公园旁的小径步道尚能上下往来。而活动中心大楼对面的步道尚未整修完成，形成整体性的自然步道区。

如果从生长的植物分析，这块林子的林相并不丰富，不过是个十来年历史的小森林。小区兴建完工时，最早来定居的住民也说，当时这里经过整地后，几乎都是芒草的林相，正好符合我的观察情形。

但经过十几年的生长，目前这片以相思树为主的林子，外貌已经有了蓊郁之相。当然，仔细观察，还有常见的向阳性植物：山黄麻、山盐青、血桐、白匏子、构树等，形成林冠上层的植被。较为隐秘一点的地方，也有锡兰馒头果和九芎等。唯独适应潮湿环境的植物，如水同木（猪母乳）就少了。而林相茂密的指标植物如杜英，在林道也未发现。不过，我曾记录山棱线的植物：大头茶。

蕨类方面，笔筒树较少，台湾桫椤多。这状况更清楚地告知了，它尚未形成隐秘的森林。而且林冠下层的灌木区，多半为向阳性蕨类占据，缺少其他灌木和小乔木的林相，诸如九节木、天仙果等。经常走过的小路上，我也发现过四五棵枯木，大概都是向阳性植物的残骸。

此外，绿竹林、菜畦和果树都不少，显见这里被人私下滥垦颇为严重。从远处观之，也能看到森林中空的景象。

这个步道区域更没有大面积的水池，只有两个人工的小洼坑，不过两平方米，遇雨积水，里面有蝌蚪和蜻蜓的幼虫栖息。

鸟类方面，由于我在附近的山区记录过六十种以上的种类。这里环境虽显贫瘠，但少说该有三四十种的。王顺美老师还提醒我，曾经记录过赤腹松鼠。

整体观之，林冠上下层都显示了，这个森林才刚刚脱离芒草草原的形态有一阵子了，但尚未形成像小绿山那样的次生林样貌。小绿山位于一四〇高地的西北坡，我在那儿观察了三年之久。小绿山的林相少说有三四十年的景观形容，林子内可以发现两人抱的香楠，自然环境可媲美不远的名胜风景区——仙迹岩。在此，香楠都还相当瘦小，不足一人抱。

环境小，演化时间又短，生物资源自然不够丰富。但有一次，我试着翻开树皮，赫然看到了长达十来厘米的大型蜈蚣。这还是我在附近山区旅行三四年来，首次遇到，因而对这个十来岁小森林的独特性，始终不敢小觑。

我最感好奇的是黄槿树，在步道旁成排出现。它们形成了这条步道的“绿色隧道”。黄槿是海边的防风植物，虽然在开发的山区偶尔可见，但为何会形成林子般的集聚？就有些离奇了。

纵观附近的山头，并未有如此景观。景美溪离此并不远，这种植物有可能沿溪上溯，但为何其他区域都未看到，这个现象就让我百思不解。更何况，在附近的景美溪畔，几乎看不到黄槿的身影。

在这里，容我再扮演福尔摩斯的角色。

先前说过了，万芳小区又叫一四〇高地，这是现时的称呼。以前，它还有一个颇有意义的土名，叫抱仔脚坑，大概这里位于南边抱仔脚山下，形成坑谷地形才会如此取名。从抱仔脚坑，沿着景美溪右岸，它有系列的山坑，依序如下：军功坑、坡内坑、灰窑坑、大竹林和福德坑。每个坑内都有旧茶路或保甲路。

抱仔脚山海拔约一百三十三米。我进一步猜想，“抱仔”可能是“朴仔”近音的关系。如果分析无误，过去附近的环境应该有不少朴仔才对，或者是，曾经有一棵特别高大醒目的关系。

但问题来了，到底这种闽南语的“朴仔”，是否为过去庭院常栽种的朴树呢？根据附近的地形和人文历史分析，可能性甚低。一般人也不可能以外形不甚突出的朴树作为地名之称呼。

后来，我跟同好陈健一提出这个问题。结果，没多久，他给了我一个明确的答案。原来，黄槿，也称之为朴仔。更多时候，乡下人称为“朴仔”的树就是黄槿。

好了，这下答案快揭晓了。我们随便翻开一本植物书籍，凡是有介绍到黄槿的，大概都会提到它在民俗上的意义。纵使不用书本，老人家也都有相当熟稔的情感。连日本民俗学者国分直一在《台湾民俗学》里都注意到，这种朴仔开黄花，和林投是海边的重要防风林，也是理想的遮阳树，树叶可以包粿。

看到上列的叙述，我想黄槿的身份八九不离十了。如此，我在万芳小区所看到的这十来株黄槿，莫非是早年这个地方山坡的重要景观，在开发之后残留下来，因而被本地人称之为抱仔脚坑？[1]

面对这条步道的林相，我也给它一个初步的总结：它是个和万芳小区一起成长的森林，因为这个小区的兴建时间，正好和它的出现同期。当万芳小区第一栋住宅出现时，正好是这座森林重新出生的时候。

它的林相是个相当年轻的森林，对一个自然观察者而言，物种或许不如附近山区的复杂，但对一般小区的居民来说，已经具有足够的自然内容。无论是荒废的空地、菜畦、绿竹林、水池、森林以及人行道，都提供了不同的面相。

更何况，年轻的林子易于维护。尤其是规划为自然步道时，路途简短而方便，上下都有街道和人行道，最适合亲子教学，以及小区居民平常时日的利用。

---

① 军功坑的老妇人告知，抱仔脚坑的朴仔可能是柚子？以前这里柚子树很多。

# 古桥之恋

在古道和旧路的探查里，最充满历史情境的，莫过于古桥的遭遇了。

古桥的存在不仅是一条昔时道路的重要见证。当它横陈在前，不论于荒郊蛮地或是红尘市廛，总觉得蕴藏着一种深层的力量，拦住了当地历史的长流，全部堆叠在它的脚下，化青成苔。久而久之，竟也融为桥身的一角，乃至是周遭山林的部分。

过去十几年来，在探查时所遇见的古桥，卵石堆放者有之，竹架简易搭盖者亦不乏。更有精致者如吊桥，充满现代感如铁桥，或奇特如笔筒树者。台湾岛内屡出山奇壑险之地，桥的种类自是林林总总，难以依次列举。我却偏爱拱形桥身的古桥。何以如此，想必是拱形的桥身，总让人联想起古人的科技智慧和创意，更让人清楚感受文明的强势拓展。有时走访古道，最大之目的竟只是一睹这类古桥的形容。

当这样的古桥沉稳地跨在溪流上，其隐隐散发的魅力，仿佛也揽尽了古道的精华，集所有历史的内涵于一身。拱桥者，不出各种石子、砖块之类的建材。所以，在这里介绍的都是这般经过人工费心设计、堆砌的重型桥身。我谨依着台湾史的变迁，大致归类为四种类型。

第一类是原始味浓烈的石板桥。

石板桥大抵在清朝时已然大量出现。它多半出现于安山岩和砂岩的山区。毕竟，这两种环境的地质最容易找到长方形的石块，就地敲打为石板，再铺设为桥凳。石板桥往往是用三两块桥凳，搭在小溪两边石块堆叠之上，作为稳固的小桥。它们通常较为简单，长度短得可怜，多半三两步就可跨过。讲究的，已然可见桥下的拱形桥身。在木栅、南港的许多旧路上，我就看到不少不及两米的石板桥，简单地横跨在溪沟上。

经验里最长也最精彩的石桥，当数北新庄大屯溪上的三板桥了。三板桥少说有两百多年的历史，是早年深入大屯溪拓垦的漳州移民铺盖的。如果进入大屯溪古道探查，从那些废弃的炭窑、橘园和染料池来判断，三板桥主要是用来运送茶叶、染料和橘子。三板桥之名，顾名思义，是用三块石板并排列而成。但是，大屯溪少说有十来米宽，当地居民再如何神通广大，都无法找到这样长的石板！怎么搭盖呢？结果，他们聪明地利用溪上的两座安山岩大石作为天然桥墩，再连续利用三块一组的石板，串连成这特殊的歪歪曲曲穿过林丛的石桥。

时隔百年，三板桥浑然天成的古朴里还流露着原始的森林气息，实为古桥里的一奇。这里最近也成为名胜风景区，节假日常有人到溪边大啖烤肉，煞了风景也罢，坏了附近的自然才教人难过。古桥旁边还有新桥，两桥间竖立着政绩贫乏的前任台北县县长尤清题字的石碑，简单地叙述三板桥的由来。三板桥两头则各有一小庙。左岸设立的是保护产业的土地公庙，右边近民宅的却是拜祭罗汉脚的有应公庙，正好将这座古桥和古道的意涵点绘得很清楚。

第二种是造型美丽、引人遐思的红桥。

所谓红桥其实就是以红砖为主搭盖的桥。在台南古都的西定坊，据说还有荷兰殖民时期之砖仔桥。我所接触的红桥，大抵建立的时间多在清末至日据时期。盖桥的红砖主要都是由平地和丘陵的目仔窑烧制出来的。要用长方形的红砖逐一堆砌成一座桥，最好的方式便是以拱桥的形式出现，砖和砖的间隙敷以红糖、灰石等物质，借以牢固地缝合。

台湾中南部的大溪辽阔不断，交通往返多以筏渡为主。除了少数的大城如台南、凤山尚有红桥或其他石子盖成的小桥外，早年的红桥多半集中在北部的丘陵和平原，靠近重要城镇的小溪流，诸如大溪、三峡等。这些红桥多半以一二座拱门，精巧地完成容牛车宽度之桥身。如今交通发达，红桥多半毁弃。一般人不察下，还以为红桥全消失了。其实不然。有机会遇到一座乡间小桥，旁边曾是保甲路、越岭路之类的旧道时，不妨贴近一些，走到桥墩仔细端倪，有些桥墩还留着红砖堆叠着呢！纵使都消失了，从一些桥柱的蛛丝马迹，还是可以分析出的。

印象里，最教人流连忘返的红桥，应该是大坪红桥了。第一次看到是在网络上，寻找一个叫“三坑子”的龙潭客家小村。网络上一张小小照片，露出古朴而暗红的桥墩，随即被吸引驱车前往寻找。好不容易东探西问，终于走下一处隐秘的小溪谷，在一处荒凉的乡野，找到这座几乎无人知晓的大红桥。

大红桥仿佛被整个世界遗忘，寂然地在那儿躺了好几个世代。它的桥墩多达五座，形成四孔的美丽红色拱门，跨过隔离大坪和三坑子的小溪。桥身的宽度仅容两人擦身而过。桥的两头分别有大树和邻近常见的刺竹伫立。大树下则有古墓一座和建桥的石碑。古墓不知和红桥是否有牵扯，那石碑就息息相关了。碑上刻写着昔时捐钱建碑之人的名字和捐款数额。

原来，红桥是日据初期的建筑，属于大坪和三坑子间的联络要道。三坑子位于大汉溪上游，属于龙潭，可能是大汉溪上游的最后一个港口。日据时期"台湾总督府官房文书课"便记载着："根据一九〇八年十二月之航运，大嵙崁溪自海山堡大嵙崁三坑子庄起，至大佳腊堡大稻埕约四十二公里可通船。"可见百年前大坪村落的人是靠着这座红桥的便利，挑着货物，通往三坑子的码头，才得以和大溪、万华、大稻埕等繁华的都市搭上关系。

第三种是古朴而庄严的糯米桥。

方形石块、色泽暗灰、拱形桥身的糯米桥，几乎都是日据时代的建筑。所有古桥里，就数这种石桥的内涵最能稳重地将古桥的典雅完整地投射。日据初期在台湾的公园里，就有好几座小型糯米桥。现今尚完整保留的，印象里大概就剩北投公园的那一座了。现在，有些仿古的建筑也会选择以糯米桥的造型出现。毕竟糯米桥给人的直觉，最贴近过去。在鱼路古道上重现的许颜桥，就清楚地展现了这样的原貌。

晚近新闻里闹得不可开交的是以摸骨和仙草出名的关西东安桥。这是一座拥有五孔大桥墩的糯米桥，建于二十世纪三十年代初，横跨水势丰沛的牛栏河。过去关西镇通往东安里和省三号公路，全仰仗它来联络。现在牛栏河上的大桥多了三四座，各个比它气派、雍容。保守而清瘦的东安桥自是相形见绌，再者桥宽有限，平时仅一车通行，不符合当地愈来愈繁荣的交通流量。去年有一度曾经要被拆除，准备扩建。所幸，当地文史工作者发动抗争，才把这座老桥从怪手手下抢救回来，继续以孤单的身影伫立在河上。

印象里最深刻的却是南投国姓乡的北港桥。这座糯米桥又稍为年轻些，迄今不过六十多年岁月。整座桥的石材都用淡粉红色的北港石切割成正方，再以土法，用糯米混合红糖和泥土混合，粘造桥身和桥墩。过去，它号称“台湾三大糯米古桥”之一，是草屯、东势、国姓通往埔里必经之地，以前的八幡崎古道也由此横渡。

尽管只有四孔，在台湾古桥里，北港桥却是相当巨大的一座。过去可通汽车，现在亦可让货车来往顺畅。相较于东安桥的拘谨，北港桥充满宏伟的霸气。每一块砖石仿佛都很傲岸，挟带着历史递变的沧桑和自然洗礼的岁月。它已然是一个浑厚且坚毅的生命体，昂然地跨过北港溪。有时在河岸站久，初见的庞大竟也慢慢地调和，在静静无人之时，释放着一股内敛，已经溶入溪水的环境，仿佛被自然所认可，成为这里不可或缺的一部分。

“九·二一”大地震时，附近桥梁多处坍塌。我多方打探北港桥的安危，所幸立即得知它安然无恙。想来恐怕是费工的糯米桥建筑结构稳固，远非现代水泥桥可及。

第四种是夹杂着现代气息，水泥肉身的洗石子桥。

暗灰色的洗石子桥，出现的年代大抵都已近日据中期。最有名的大概是横跨三峡溪的三峡拱桥了。这座三峡镇的地标，在二十世纪三十年代初时横跨三峡溪，意气风发之形容，俨然是三峡这个新兴城市迈入未来的象征。曾几何时，大汉溪航运逐渐没落，后来的主要公路也都未经过三峡镇。时过境迁，它竟是伫立成一种繁华岁月的沧桑，更是三峡镇无缘进入现代化最具体的悲凉姿势。

我喜欢的是天母古道上的水石子桥。以前在华冈读书时，从学校旁的小坡穿过零落的自来水处日式宿舍，随即可看到细长而瘦寂的桥身，静静地坐落在原始林间，只容旁边的瀑布哗然宣泄。如今人过中年再次拜访，它依然屹立在隐秘的林间，更让我加深岁月蹉跎的感怀。此后，凡有古桥，最先浮升的桥影，不免都是它那交错在樱花、枫树和长叶楠间的桥身，仿若初恋之情人。



古桥如是观之，尽都是个人胡乱笔记之杂言。还盼同好之朋友更加细酌，多予史料和专业的斧正。

# 第四辑

# 自然教育

# 山黄麻家书

## 湖边的旅行

一个温煦的冬天午后，爸爸又带阿一去小坡池散步。池边的甜根子草和五节芒都开花了。灰白和红褐的花穗在风中摇曳着，也在余晖里相互辉映。浓绿的野姜花林罗列在它们之后，洁净的白花才凋谢不久，我们已开始怀念那浓郁的花香。野姜花林之后，便是我们常翻越的茂密的相思树林，小绿山。

今天我们不去爬山了，就坐在池边看蜻蜓、蝌蚪、乌龟和大肚鱼，还有等那只小白鹭来池边觅食。阿一才五岁，但因为有了这个池子的存在，提前看到了鱼狗的形容，也提前知道了夜鹭和小白鹭的长相。甚至，难得一见的黑冠麻鹭，阿一也听过它幽渺的“波、波——波、波”长鸣。当时选择这附近的小区定居，便是考虑到旁边有一座相思树林子。未料到进去林子里以后，竟然发现了这座小湖。

一个林子旁边有湖和一个林子旁边没有湖，自然环境的资源差别是相当大的。至少，我们就无法像今天这般看到蜻蜓和乌龟等水中生物了。但我们今天来湖边，并不只是来观赏而已，爸爸也特别来捡一种特殊的垃圾。我们的湖每过一阵，总会有些钓鱼客丢弃的鱼钩、钓线和各种钓鱼用品。每过一阵，我们沿着岸边总会捡拾到不少。爸爸总是担心这些东西会伤害你，或者其他小孩，也怕它们会伤害到栖息在池里的生物。以前，有一只小白鹭就这样在岸边被钓线缠住，活活地溺死了。而我们在此散步时，也曾救过一只本土种的斑龟。它就是被人任意丢弃的鱼钩勾住。

我们挖了一个很深的土坑，把捡来的垃圾埋进去。这样我们继续在岸边散步，心里就觉得踏实多了。虽然我们一直未等到小白鹭，但我们还有明天、后天，以及未来。它还会回来，继续在我们的湖，安心而快乐地生活。

## 大树之歌

冬末时，我们去北海岸拜访一位爸爸的老朋友。它的年龄比阿公和爸爸的年纪加起来都还大。至于到底有多大？我也算不出来，也不想猜了。反正，它看起来还是很强壮，很能生长的样子。它住的地方靠近金山一条小河的河口边，是看着金山镇长大的一棵大树了。

什么样的树呢？它是一棵大叶雀榕。大叶雀榕的枝干通常长有许多肉红色的浆果，平地的鸟群最爱集聚那儿，所以它应该也有许多鸟朋友。河口附近还有许多大叶雀榕，树龄都和这一棵差不多。感觉上这个河口应该是一个大树群生的地点，就像象群集聚的泥沼地一般的情景。

这棵基部足足可让四人拥抱的大树，叶子已经落得一干二净，只剩肥胖的躯干和枯枝伸向清冷的天空。以前爸爸和何华仁叔叔去金山赏鸟，都会顺路去探望它。有一次，我在它身上粗略地统计了一下，还有十来种草木寄宿在它的身上，如酢浆草、鼠曲草、黄鹌菜、马齿苋等。

但附近的人并非很善待它，他们在它身上缠绕了电线，还挂渔网铺晒。树干间的树洞里也堆积着废弃的空罐头和饮料瓶。我们仔细探视这位老朋友，它的枯枝已有一些红色的嫩芽，准备挣出天空了，下个月再来，想必已蓊郁成一片树海！

它的旁边还有一位垂倒的伙伴，大概是枯死一段时候了，又有新的小雀榕自枯树里长出椭圆、浅黄的优雅嫩叶，象征着新生命的滋生不息。

我们把树洞清理了一下，偷偷地把渔网拉下来。然后，在离去前，向树身行礼、祈祷。不知下一回再来看它是什么时候？也许阿一已能长大到爬上它的树肩。站在它的肩膀，看到湛蓝的海洋。

## 死亡之书

死亡，对一般人而言，这是一个多么忌讳讨论的问题啊！它却是自然观察者必须时时面对的严肃大事。

爸爸有好几个朋友都是在年轻时，因进行野外的自然观察，意外地罹难异乡。这些事都曾使我沮丧甚久，不免感觉生命的无常与脆弱。有时在野外旅行，经过他们生前也滞留过的地方，心情更是益加困顿、疲惫。尤其是在清冷的高山旅行时，总觉得离他们和死亡都很近了，说不定不久的将来，也会去看他们的。

那时，我便常冥思，假如有一天，爸爸真的像他们一样，到深山里去观察，没有回来了。千万记得，你们一定不要感到意外或者难过。相反的，你们应该欣慰，因为那也是一种福气，是我想要，大自然适时回报给我的。

爸爸只要求死时是在一个台湾的高山区。有鷦鷯那样孤独的小鸟旁陪着，简单地躺在那儿，在感觉着雾声的到来，以及很安静的肃穆中，慢慢地，感知世界的远离。

届时，你们可以把我火化，骨灰撒在这块山域，让我可能是一棵树、一粒石头、一声鸟啼、一片云雾，伴护着你们，继续在我们生长的地方旅行。

## 为什么赏鸟

为什么要赏鸟？赏鸟的意义在哪里？这是爸爸观察鸟类十几年来经常被人询及的问题。

年轻的时候，我总是严肃地回答：“因为要逃避整个现实城市的社会体制。”后来，拜读一些二十世纪六七十年代著名鸟类学者对自然观察的看法，竟也有着相似的意见。譬如美国博物学家阿特金逊就说过：“人们之所以对鸟有那么大兴趣，因为鸟在生存本质上，有一部分是在规避人类。”

后来，因为被问多了，我曾改口说：“想要认识自己。”为何这样说呢？主要是那一段时间里，我常到高山赏鸟。高山地区每次抵达都须花很多时间在攀爬上。那是一种体能和意志的考验。而不为攻顶，只为了看一只鸟，竟付出这么大的心血上山，的确是不可思议的事。这是一种超越。去进行过去认为不可能做，也不可能达到的目标。

小绿山的经验也是一种全新的认识自己。有一阵子，每星期我都要上山四五天，花一整个早上观察，无论晴雨天都得上山，蹲伏在蚊蚋丛生的林间湿地。为了获得更详细的观察行为，我经常一坐三四个小时，忍受它们的叮咬。但久而久之，也习惯了这种煎熬，有时在林子久了，未遇到这种日子，反而觉得自己不认真工作了。

现在呢？我反而一律跟人说："追寻一种素朴的生活。"怎样的素朴生活呢？虽说一个人经年在城里生活都未到野外去，其实，每天的生活还是跟自然生态有关。你的每一种行为都和自然互动，都有可能对自然环境产生冲击。在台湾，我们的物质生活真的太过丰裕而近乎奢侈了。唯一的不二法门便是减少个人的消费，这是自然保育的根本基础。

我自己是如何生活呢？平常在家里，爸爸便自己煮饭或做简单的面食，偶尔也摘采野菜当佐料。我选择的衣服也十分简单，终年穿的多半是几件灰朴带点绿色的衣服。外出则固定背书包，里面放着几本图鉴、书册和画笔。出门时，除了购买生活必需品，尽量不随便花钱，也不去咖啡馆或者酒吧等地方。我也选择散步和搭公交车的方式上班。每天从辛亥路搭公交车到火车站附近，走路绕过新公园，到宝庆路去，再搭一班公交车到万华台湾中国时报上班，借着这样固定而常态的生活方式，减轻个人对自然环境的伤害。

现在跟你们谈这些，或许嫌太早了，而且充满教诲之意，实在不是我所愿意扮演的角色，但又觉得不吐不快。所以顺手写了，当作你们长大以前最苦涩的一次对话。

# 稻浪之歌

春雨绵绵的三月初，开车经过北投附近的水田，赶赴一个约会。一路上，却被严重的塞车所阻挠，车子在路上断断续续地半停半驶。我干脆摇下车窗，欣赏左边绿油油的稻田。

后来，也不知为何，想起童年时在稻田的种种情境，脑海随即浮生许多缅怀，遂忍不住离开前进的车阵，把车子开到旁边停下来，在这片绿色景观前休息。

生活里突然有一两天，获得这样意外的插曲，而且不是进行严肃的认知活动。我想，我的决定是对的。更何况，我的自然观察正处于低潮。

就这样，那一天的下午，从新北投的方向，我像一具孤独伫立于秧苗间的稻草人，不为什么的，远眺一望无际的关渡平原，直到落日滑入观音山的山洼里。当然，我和朋友的约会也泡汤了。

但隔了一个星期后，我又来到这块水田。这回却是带着不同的心情前来拜访。我沿着田埂晃荡。如果上回是一种浪漫的怀乡情愁，这回可是奠基在这种感性基础上，重新整理心情，再出发的知性观察。

横亘在我眼前的稻田，是台北盆地最大的一块绿地。随着季节的变换，这种以绿色作为基调的环境也从最初的淡绿，调和出浅绿、翠绿、墨绿、黄绿的色泽，最后被成熟的金黄色泽给取代。可是，没过多久，黄褐而干枯的大地又会注入清沁的水源，淡绿的秧苗也再次生长，重新彩绘大地。

是的，两个星期前甫插种的秧苗，有的已经长至我的膝盖间。它们像小学生在操场做早操一样，在我眼前哗地一字排开，整齐而有致地排列着。

我沿着田埂，慢慢地走进去。这回我想在水田里寻找什么呢？

我希望在这种浅水的水田里，寻找到一种像大肚鱼一样长，但身形较为优雅的小鱼。它们的俗名叫作“稻田鱼”。多数的鱼类图鉴称之为“青鳉鱼”。它们喜欢栖息在稻田这样静水的区域。每次我有机会走入水田时，便想看看这种昔时农家经常可以看到的小鱼，是否还生存在水田里。

我知道，在农药大量使用下，它们已濒临绝种。但我还是想试试看，说不定是鱼类专家的信息有误，也可能他们刚好未在这个区域调查过。甚至，因为这里的环境较为特殊，稻田鱼还真幸存了下来，成为台湾最后的一个族群。

我蹲下来检视好几处，没多久便失望了。清澈而冰冷的水田里，只有外来的福寿螺微缓地蠕动，还有一些水虫在我的惊动下，向四方迅速逃逸。

当我略微沮丧地抬头，向稍远一点的秧苗望去时，却发现一团大型的动物。它静默不动地倚在秧苗旁。我小心翼翼地走过去，有趣的情况随即发生了。

那只大型的动物因我的接近，不安地哗然展翅，抖落一身露水，迅速飞离。那一刹那间，我看到它身上展露出老虎斑的条纹羽色。同时，有一副生得有些过长的黑嘴。呵！这是一只隐秘的田鹬，可能正在觅食，却被我惊起。

这么早就将它吵醒，我不好意思地搔着头。但是，我的抱歉似乎显得多余而虚假。当我不断地再往前踏出一步，田埂双侧，不远处的秧苗，又有一只只的田鹬寂然飞出，随即再没入水田里。

老天！我已经进入田鹬的世界。周遭到底有多少只田鹬，已经无法估计。冬天时，这里都是休耕的土地，甚少水鸟栖息。这些田鹬显然是最近才抵临。它们正在迁徙返乡的路上，水田暂时成为栖身休息的驿站。后来，我和鸟友讨论时才发现，初春时，他们走入稻田，也都有我这种惊错的喜悦。显然，田鹬北返时，稻田是很重要的休息区。

四、五月梅雨季时，经过兰阳平原的水稻田，那儿的秧苗已经长高，田里的水剩下不多。我也试着在沟渠里寻找稻田鱼。结果，在这个封闭的环境里依然未发现。

可是，我有了意外的收获。青绿的水田上，大群的家燕在稻浪上来回梭巡，飞捕着蚊蚋。

这个讯息告诉我，家燕从南方飞回来了。它们在兰阳平原的几个溪南市镇街集的屋檐下，已经开始筑巢。前些时，宜兰县选举县鸟，就有不少资深的鸟友考虑到它们的代表性。

这时节在北投地区的稻田，也有一些家燕。我们到北投一些旧屋宇的骑楼下检视，也会看到不少家燕的巢。很显然，它们和附近的农夫一样，都要到水田讨生活。

过去，稻田绝少喷农药。泽蛙也很懂得在这个时节进入水稻田里，利用隐秘而翠绿的稻草和浅水，交配、繁殖。夜深时，在各地的乡村，我们都会听到蛙鸣大响，那多半是泽蛙雄蛙求偶的鸣叫，其间也会夹杂拉都希氏赤蛙、黑眶蟾蜍的叫声。

除了想要发现稻田鱼，在水田里，我也一直有个期盼，那便是看到素负盛名的金线蛙。这种大型的绿色青蛙，背上有两条宽大金褐色纵带，它们在中南部分布比较多。前些时听说淡水北新庄附近的农田也有它们的踪迹，还兴冲冲地跑去寻找。可惜，始终未曾谋面。不过，它们的数量还很多，见面应该是迟早的事。

十五年前，我在关渡进行经年鸟类调查。每到六月时，稻田的色泽就变得暗绿了，田水也已枯干。微风吹拂，绿浪婆娑下，有经验的赏鸟人都知道，稻田上即将出现一种美丽的景观，绝对不能错过，那就是燕鸥家族的梭巡。

这时鹬科水鸟多半已返乡，家燕忙着喂食幼鸟。但巡弋能力高强的白翅黑燕鸥和黑腹燕鸥群，从海岸飞进内陆，把稻浪视为海潮，拍着宽阔而修长的翅膀，灰白的身影不断地梭巡于稻田之上。迄今，我也不知道，这种固定在六月稻田来回的习性为何？有位鸟友曾开玩笑地说："它们像是来帮农夫检视，稻穗是否成熟了。"

七月初，稻秆黄褐，谷粒肥胖了，逐渐有垂倒之姿。在这个稻作准备丰收的地方，让农夫爱恨交加的麻雀群，开始兴奋地结集。会吃虫的麻雀，吃起稻米可毫不含糊。一撮稻百来粒米，一只麻雀一天少说可吃个二十粒左右。

对农夫而言，麻雀简直是可怕的吃客。竖立再吓人的稻草人也没有用，久而久之，机灵的麻雀还会飞到上头去拉屎。不过，比起雁鸭科，它们的为害又显得轻微了。冬天时，雁鸭科飞进水田时，第二期稻作的秧苗一定遭殃。若是飞入稻穗成熟区，它的食量更是惊人。

水鸭的为害也不是最近才发生，从以前到现在，由北至南都有。只要提到它们，农夫就叫苦连天。麻雀还会吃虫，而雁鸭会做什么呢?

雁鸭科对人唯一的好处，或许是带来气象预报。当农夫看到雁鸭科飞入田里时，便了然了，明天天气将会变坏；反之，它们若飞离稻田，就表示明天起天气即将好转。

在一些贫瘠的滨海地区。八、九月以后，有些稻田收割后，干脆翻耕，改种其他作物。每当这些稻田有水牛翻耕时，牛背鹭群便会跟过来尾随，甚至停在牛背上。这种鹭鸶与水牛一起栖息的画面，遂成为我们童年乡村生活里不灭的印记。

现在可不一样了，农夫都是靠耕耘机，一路扑哧扑哧地冒着白烟，不断地将稻田翻耕。虽是如此文明，“铁牛”还是会耕田的“牛”，照样吸引牛背鹭群的到来。其他鸟类也照旧，譬如常见的乌秋和喜鹊等，继续尾随在铁牛后，捕食昆虫。那些翻出来的泥块，什么动物都有。步行虫、蚱蜢、蟋蟀、蚯蚓和金龟子幼虫等，琳琅满目。这是任凭牛背鹭花一天的时间，都难以找到的丰富菜肴。它们自然极乐意整天跟在后头，甚至大清晨天未亮，就在铁牛边等候了。

在北部地区，第二期稻作通常于十二月结束耕种，只留下枯竭的空旷田地。有一次和当地的老农聊天，他们对我说，第一期的稻粒较肥美，煮起来吃也较有口感。从稻秆的质料，也可以明显感觉出差异。他们喜欢用第一期的稻秆搓草绳，因为稻秆较长且有韧性，第二期稻秆较短而干硬。

寒冬时，在桃竹苗地区，很多农家会趁机在空田上洒油菜籽。

油菜长得快，年关近时，整个田地便形成黄色的绮丽花海，成为平原里最漂亮的景观。农夫们并不吃这些油菜的，他们把油菜当肥料。春节过后，又开始第一期稻作的工作。而当他们插种好秧苗时，田鹬们也养肥了身子，再次从南方迢迢飞来，准备再进入稻田里栖息。

# 菅芒行

芒草，或者闽南语的“菅芒”，通常是对五节芒这种常见植物的泛称。它也是所有植物里，我们最熟悉的一种禾本科植物。

在台湾的平原、旷野之类的荒郊，尤其是低海拔丘陵山区，都不难发现芒草的踪迹。这种生命力强韧的植物，往往也率先在一个裸露地区出现。许多自然观察者经常据此判断为当地开垦、朔风强大，或者森林火灾后的指标植物。有些地名也显示，早年拥有这样的景观风貌。譬如淡水有一个地方叫竿蓁林，这个名字即意味着，早年这儿是五节芒非常多的地方。

就不知，你来到这样的五节芒草原旅行，是抱持何种心情？我想，现代人对这种看来毫无利用价值的植物，往往是不屑一顾的。很少人愿意为五节芒驻足，仔细欣赏它，甚至于长时间地观察。

大概是这样的原因吧，我们也常错把河口生长的芦苇当芒草。在平原地区，五节芒还有一种近亲，由于开花时节接近，更屡屡被误认。它叫甜根子草，习性上比较偏向在河床地形生长。台湾各地的大溪如兰阳溪、大安溪、大甲溪都是这种植物的大本营。开车经过时，在公路上都可看到一整片花海。

我们如何辨认这两种的不同呢？最好的时节当然是在冬天了。当五节芒抽出紫红的花穗时，甜根子白澄澄的花穗也告盈满，有时甚至更早一些。远远望去，雪白一片，偶尔还亮着银光，优柔里带着苍茫，截然不同于五节芒秋末的刚毅、肃杀之气。

我因常年在野外走动，对五节芒这种多年生的植物，渐渐地有着难以着墨的情感。每到秋天时，就习惯性地对它特别注意。这几年也累积了不少心得，对它生息起落的时节，以及和其他动物的互动，蕴积出一些有趣的看法。

先说它的岁时吧！

为何每到秋天时，我就开始关心它的生长呢？

原来，晚秋十一月时，五节芒紫色的花穗开始抽长了。经常，一个山头三四天不去，再走访时，已经满山火红。

这是它最美丽的时候，摄影者最爱捕捉的五节芒镜头。艺术评论家蒋勋曾经撰文，惟妙惟肖地形容，这时的芒草花发出金属性光泽，就是在描述这种抽穗的景致。

等寒冬时，金属的光泽褪去，色泽渐渐转白灰后的芒花，在冬风里摇曳，黄褐带白，凄凉凉的，下过雨后，仿佛束着冷意。以前的人称之为“寒芒”，是有道理的。

唯天气放晴时，一丛丛蓬松的花穗，慵懒地下垂着，我最欣赏了。这也是芒草花穗最肥大的时候。但电影《悲情城市》开头的对白说，芒草开花像雪花一样，似嫌夸张了些。

冬末时，芒花开始旅行。春风吹拂下，许多芒花到处旅行，随风飘扬。这时节虽有其他野草的种子在天空旅行，芒草无疑是数量最多的飘泊者。我总浪漫地以为，那是一种希望，自然界滋生不息的泉源。

春初时，芒籽远离，多数的五节芒只剩残破的枯秆挺立，垂着细须的枝条，衬托着浅绿的叶子。但是在一些裸露地，或者不幸垂倒的芒秆上，许多芒子已经长出像小麦草一样美丽的幼苗。

春天起，幼小的芒草开始努力生长，不断地茁壮、茂盛，占领任何空旷的野外，直到晚秋，再度进入抽穗开花的时节。在裸露的环境里，它当然不可能一直保持优势族群的生长情况。随着时间的演变，它也会不断演化。许多灌木和乔木型树种的小苗开始从芒草间冒出，诸如山黄麻、相思树、血桐、构树等先锋型的向阳性树种，都会渐渐地取代芒草的生存空间。最后，形成次生林。这时向阳性树种也会被其他树种取代，转变为生态更丰富的阴性树种。但是要等到一个阔叶林的初貌，恐怕得等上百年的时间，才可能看到这样的光景。

一般来说，乡下的农夫对芒草都没有好感，因为它很容易就占领一块开阔的空间。农夫为了开垦，花在除草的时间相对地增多。喜欢登山的朋友对它也相当头疼，因为芒草经常密生于山路小径，它的叶缘具有微细而坚硬的锯齿，很容易割伤人的皮肤。有经验的登山者，旅行台湾低海拔丘陵时，为何要穿长袖，主因也在于顾忌五节芒的存在。

五节芒如此一无是处吗？如果你这般认为，那就大错特错了，也凸显你对生活环境的生疏。它的好处可是意想不到的多。不管人类、鸟类或者昆虫，我们都会利用不同的时节，将五节芒拿来做多重的用途。

先说人类吧！以前生活穷困时，一般乡下的农家都会利用芒草的芒花穗秆，捆绑起来做扫帚。芒花也是过去做童玩的上好素材。现今，每年秋天以后，万华附近的龙山寺，都还有不少人用五节芒花穗做童玩零卖。

国人重吃，这种被视为粗俗的植物，早年也有人采食基部先端的幼嫩部分，或炒肉丝，或生食，滋味还不输美味的箭竹笋。

农夫也常割五节芒，当饲料，喂食牛羊等家畜。此外，一些现成摘取的果菜，也常用芒草捆绑，茎枝取来做防风篱笆。著名的中国药草名著《本草纲目》也叙述过，它的茎可以利尿，根则可以治咳嗽。

常见的低海拔鸟类也各取所需。譬如晚冬时，斑文鸟、尖尾文鸟这一属，开始成群到芒花上啄食成熟的谷类。春天时，麻雀、乌秋和绿绣眼，也喜欢叼穗秆条去筑巢。我们检视许多鸟类建巢的材料，几乎都是利用这种唾手可得的植物。但叫声如银铃般好听的褐头鷦莺，品味却明显的不一样。它偏爱抽咬细长的叶丝，用叶丝绕成菜瓜布形的家屋。集体活动的粉红鹦嘴和山红头，又是另一种五节芒的受益者。它们偏爱基部的枯叶片，作为衬好巢内的材料。也有的鸟类，干脆就在这种隐秘的植物里面筑巢。譬如小弯嘴画眉，便是著名的“芒草之鸟”。

昆虫寄居在五节芒者，更是屡见不鲜。我知道至少就有一种黄褐色刺椿象科的椿象，以五节芒为一生的食物。从幼虫到成虫，都生活在五节芒上，吸食它的汁液。

低海拔最漂亮的红圆翅锹形虫，到了秋天时，也经常成群出没于芒草上，似乎对这种草茎的汁液情有独钟。而秋日时，瘦小而机灵的钟胡蜂，显然也最爱以这种植物作为筑巢的位置。它们总是把宛如小酒杯倒立的纸质之巢，细心地筑在叶背。

总之，一株五节芒对人类而言，几乎全身都有用途，对多数的鸟类和昆虫亦然。一种植物使各类动物受惠，像这种植物还真不多见。而这种常见植物也占领了许多开垦过后的地带，和相思树林比邻，成为最重要的低海拔景观。

# 绿色童年

## 出发前，先写一封信

每次出发到一个地点之前，都先写一封信给小朋友。

在信里，我会告诉他们，下一次要前往的地点。或者是，在前往的路上，发一些当地的资料让他们先了解。

通常，在信里，我往往会夸大要前往地点的特色，譬如描述那儿可能会遇见某一种可怕的情况，发现某一类美丽的植物，或是找到一种即将绝种的动物。

同时，我会附上一张图文并茂，亲自制作的，绘有当地各种具有代表性特色的简易地图，让孩子们对当地的情况更为了解。

譬如前往八斗子渔港，我会画出即将消失的老鹰、砧硓石、石板菜的老屋、捉旗鱼的渔船和飞行笨重的大笨蝶等独特的生态。

到菁桐小镇时，地图画的是废弃的煤矿坑、经过许多山洞的支线火车、基隆河的水眼和瀑布等代表性景观。

前往坪顶水圳时，地图上的水圳旁就会出现双座土地公庙、吃甲虫的蝙蝠、爱学小鸟叫的小鸟蛙、台湾最大的无霸勾蜓等动物。

当然，我最大的目的是鼓励孩子，自己找地图来看，或者到网络里找资料，阅读要前往地点的相关资料。

有许多孩子喜欢户外活动，但要他们找资料或者看书都不太愿意。如果，用有趣的信件和活泼的地图表达，他们就显得非常有兴趣，吸收的知识也就多了。

## 孩子的野外背包要装什么

出去外面登山时，小朋友的背包里面要装什么东西才好呢？

许多家长往往只让孩子们背一个水壶，或者是空手爬山。重的、吃的东西都自己来。

以前，我也是这样，生怕孩子视登山为畏途。后来，爬了几回后，态度才逐渐改变。我发现，多数孩子的耐力远超过家长的预估。

有一回，和布农人的朋友爬山，刺激更深。那天他带了孩子一起去，我们走了近八千米的路。他的小孩不过六岁，身上已经扛了一个小小的包裹，里面有件衣服。他在整段路上嘻嘻哈哈，一点也不觉得苦。

此后，我就改变了自然观察的态度。每一回出野外，都要孩子们自己先准备东西。

六岁的小儿子在背包里经常会记得放一个玩具。然后，才是一只昆虫盒，说要去那儿捉蚱蜢和锹形虫。

大儿子较懂事，背包里往往会放入昆虫盒、放大镜、望远镜。当然最重要的是铅笔和笔记本。他知道，我喜欢鼓励小朋友出去时，一路要做记录。

出发那天清晨，我才分配食物。

通常，他们会获得一个三明治、一个卤蛋，以及一壶水。水壶里面装的水有六分满。

我会半带警告地提醒孩子们："一路上山就只有这些水和食物了。你想提前喝多少、吃多少，我不管。但是，就只有这些，没有人会分给你，你要懂得珍惜。"

起初爬山，他们口渴或肚子饿就会乱吃乱喝。后来，发现我真的限制时，就学乖了。

此外，我还会在他们的背包里塞一件雨衣和毛巾、帽子，让他们的背包看来鼓鼓的。

这样适量的背包，不重，但也不会太轻。只是让他们小小的肩上，一定要扛着一些重量。并且，在抵达终点休息时，让他们享受自己背负的成果。

## 保留一个模糊的空间

夏天时，有一次，几个孩子在路边的枯木捉到一只攀木蜥蜴。他们很兴奋，因为这种爬虫长相跟酷斯拉很相近。

孩子们把它放到手臂、脸颊玩。最后，让它在自己身上爬来爬去。

我在旁，一边静静地观察，一边思考着如何跟孩子沟通。有很多生态专家在自然观察时，相当反对干扰动物的栖息，遑论这样的捕捉动物。

再者，像攀木蜥蜴这样的爬虫数量毕竟有限，远不如昆虫众多，如此捕捉其实是相当不当的行为。

可是，从另一个角度看，我却有不同的思考角度。

在野外，孩子们如果能够用手接触一只陌生的，甚至长相看来凶恶的爬虫，这种自然经验才是最直接的，最具有撞击力的。而这种感觉，恐怕和接触外星人一样新鲜吧！

所以，我就未加干涉，只在旁注意他们的行动。假如，他们不做出过分的伤害动作，我就不会阻止，尽量让他们自由地发挥。

这些伤害动作包括了，捉住它的尾巴倒吊，或者是用树枝威吓它之类。

当天现场，我觉得，自己选择了一个有利的位置，在自然环境、孩子和我之间，保留了一个是非比较模糊的空间，让他们自己去摸索。

我只点醒孩子，这是一只公的攀木蜥蜴，背脊有两条黄斑。这里是它的领域，它的家。它最熟悉这里。每一只动物都有它的家。

不久，孩子们把蜥蜴放走了，除了新奇，似乎也未从这个遭遇里发掘到什么新的体验。不过，日后再遇见其他蜥蜴时，一种老朋友再度相逢的心境，总会在他们的心头浮升。

# 金面山来去

## ——一个自然教育工作者的省思

秋初时，带着一群孩子和家长到大溪攀爬金面山。那天天气闷热，山势陡峭，路途亦较绵长。爬到半途时，孩子们就不断地喊累了。队伍里弥漫着一股牢骚和抱怨的气氛。我不得不随时停下来休息，说些好话，鼓励他们继续往前。

或许是受到他们的刺激，走在队伍前面，竟有一丝感伤。这些孩子和我少说已经有三四年在野外活动的时间。但是，最近遇到陡坡、阳光炙热等麻烦时，情绪似乎比过去更容易受到挫折，难以抚平。会不会因为最近都选择较高难度的山纵走和攀爬，体力吃不消？还是年纪大了，意见也变多了？反而应该寻思、好奇的问题减少了？我突然怀念起他们一、二年级时的单纯、活泼和好问。

好不容易抵达接近山顶的岔路，有一条可以直接折返登山口。孩子们在那儿休息后，直嚷着想下山。只要再花个十来分钟，就可爬上顶峰，远眺山谷的壮丽。孩子们却放弃了。我很难过，却没有什么训斥和责备，只是如常把他们平安地带回登山口。

但是这次的教学让我陷入往昔的经验里，仔细地检讨了自己。这几年来，一直有个理想，试图将自己的山林体验和生活价值，通过自然教学的实践，让更多朋友分享这个美好的世界。

五年前，当我结束小绿山三年的博物观察时，曾经试着在旁边的辛亥国小义务教学。在校长的允准下，安排了上半学期一系列自然生态的课程。当时我萌生一个企图，希望实践“现实性的自然观察”，让学校的小朋友能够对附近的自然有更为熟悉而亲切的了解。所谓“现实性”，我确切地强调，自然观察并非得到大山大水之类的地方才能接触和体验。当我们打开自家的窗口、阳台，或者每天上学时，就能实现这个理想。

在小绿山观察时，我记录了近三十万字的报告，并且绘图、摄影，结集成书。这些丰硕的资料是我教学的最好基础工具。当时，我的试教对象是二年级的学生，三个班级，近七十多名学生。不论是鸟类、植物或动物教学，我都试着用各种自创的团体游戏来传授。

一个学期下来，教了五堂课，我却发现有几个难以解决的麻烦。一来学校的教学环境和行政资源变化很大，我难以贯彻整个教学的内容。随便一个活动出现，我这类无关痛痒的课程都必须暂定、延后。同时，在校园的范围里，有相当多的活动局限。譬如，站在自然教学的立场，或许校园里应该有更多的野生花、池塘和树林，但是学校方面可能会顾虑到美化环境、蚊虫的叮咬等问题，希望除掉这些容易滋生虫子的环境。

有鉴于种种的限制，我倾向于走出户外。唯有在学校周遭的山野活动，才可能在自然环境里学习到更多。后来，因缘际会，终于有了一个机会。几位妈妈在一次讲演中，和我谈起自然教学的可能。于是，我开始有了带领孩子徜徉山林的机会。更没想到，这一上课竟是近乎五年的时间，慢慢地看着，这些身高不到腰部的孩子，逐一长及我的肩膀。

刚开始教学时，我努力地传授孩子们许多昆虫、花草的知识。一二百米的森林小径，常走不到一个小时。每一个阶段的教学，我都会用不同的方式来让他们接触自然。游戏、摘食、急救、求生等科目，大概街坊书籍所提到的野外知识，我都会试着去尝试。

等这些孩子年纪大一点，足以掌握更多文词时，我也去买素描本，让他们随手记录、绘图，甚至鼓励他们将每次观察活动写成作文，或者尝试以简单的图文展现。有阵子，我也希望孩子们能有更准确的地理方位，所以鼓励他们绘制地图，把自己经过的地点、看到的重要事件绘制成有趣的旅行地图。

自然教学不只是单方面的施与授，而是相互成长。我也不自觉地打开更大的观察视野，尝试着以我们生活的台北作为教学的范围，逐一拜访重要的自然景点。除了自然景观外，许多人文史迹的地点诸如古道和老街，我们也学着去认识、踏查，累积人文风物的内容。最后，有堂一学期期末的课，我们一起绘制大台北的自然地图。

当大台北的自然地图完成时，我发现所谓自然教学，在性质上，慢慢地转而融合为户外旅行。通过这些不断改进、变化的户外旅行，我当然期待着这些孩子都能接受良好的野外成长，成为触类旁通的博物学爱好者。但是，事与愿违，三四年的教学下来，根据孩子的发展特性，我发现自己的期望过高。很少孩子能够达到要求。反而是孩子们个性的多样发展，不断地启发、改变我的教学方式和对自然的认知。

或许是我的能力不足，这些孩子们并没有认识多少昆虫或植物，也还欠缺爬山的能力，但是自然的种子已经深埋，而且存藏许多。我希望，他们记得，在童年里，有我这样一位老师，努力地和他们在野外成长，一起看到美丽的山川，也看到许多环境的破坏、消失。我也希望，这时埋下的种子，在未来的日子里会发芽，成为生活里终生信奉不渝的价值。

后来，眼看着他们升上五、六年级了，课业繁多。每次的户外教学，我也逐渐减少自然知识的传达。有时，我会试着提供人文思考的角度，让孩子拥有这样的观察能力。可能，我提供一样多的旅行讲义和地图。但是，这些信息，他们是否愿意吸收，或者只是瞄了后就放到背包里，我都不在意。我只是让他们充分清楚，每一次旅行的出发，我都会有一个“姿势”。一种旅行的准备功夫。我希望孩子们习惯，每次的旅行，不论轻松与否，都是一种生活的学习。

随着旅行次数的增多，孩子成长的改变，我又有不少新体会。后来的旅行，多半只用一种登山人常用的手绘地图，加上简单的文字叙述。我鼓励孩子们借着登山地图，训练认路和判断环境。我也试着让他们有更多的机会利用四肢攀爬山岩，并且拉长纵走山林的时间。虽然这样的危险性增高，但是，我有一种对他们长年在户外的了解和信任，觉得应该尝试这样的冒险。

这些自然教育内容的不断产生和递变，都是经过长时间的教学，屡次经过辩证、推翻、实验，才逐一建立的。我尝试着不以文学角度去关照，转而以自然教育摸索一套自然生态观。

但是，那天登山时，我又修正了一些想法，试着去质疑自然教育的本质。那天我不再像过去那样一路源源不绝地叙述着生态知识和人文史迹。我只是像一位登山的向导，默默地带领着一群登山团体，走过险绝而绵长的棱线。这种行径只像一位寻常的父亲，带着孩子爬山一样，没有什么特别的教学内容。只是想和他们一起登高望远，或者进入隐秘的森林。默默地分享一座山的宁静、肃穆，或者蓊郁、潮湿。那天跟在队伍后面的家长们，应该也有和我一样的心情吧！

这层领悟或许不是最终的目标，却是一个重要的教学情境。让自己更清楚感受到生活的成长和发现缺失。走过如此一段的户外教学，我恍然体悟，自然教学应该是一种寻常的、人人都很容易学习的教育。不尽然要有许多知识的传达，也不必然非得什么体验这样的不二选择。每一个父母都是自然教育工作者。自然教学，或者从中发展出来的生态旅行，更重要的是亲子间和大自然的互动。让大自然在你们之间扮演一个生命的桥梁，一个稳定的三角之一。努力地和亲人在大自然里长时分享生活，这样的能力是每一个父母亲都能做到的，不一定非得自然老师或专家才可能完成。最重要的关键还在于，身为孩子最亲近的人，你愿不愿意拨出时间，陪孩子一起到野外。你的态度，决定了他一生和自然的关系。

《牧羊少年奇幻之旅》里小男孩旅行多年，去寻找宝藏，最后才发现，原来宝藏就在自家的脚下。这几年的自然教学亦让我有如是感受。这样的反省，并非全盘否定知识的传授，或者心灵的体验。每一种教学主张都有它的美意和完善之道德信念。我多方摸索，享受着这些教育内涵在不同阶段给予我的启示和洗礼。只是，当我觉得自己和一位普通父亲一样，带着孩子出来徜徉山水，而非博学的自然老师，成为孩子和大自然的桥梁时，我才能更为坦然，并且更为彻底地感受到自己的卑微和无知。并借由这样的理解，准备好下一个阶段与孩子们的对话。

# 第五辑

# 人物肖像

# 外木山传奇
## ——描写沈振中

年初，一个冬日的安静清晨，我朝大武仑炮台的山路踽踽而行。突然间，一只老鹰从旁边的山岭冒出，摊开比身子长的羽翼，像一枚巨大的枯叶，从我的头顶缓缓地低空飘去，朝另一座设有高压铁塔的小山滑行而去。

它的背影让我想起二十世纪三十年代中国空军为数不到百架的双翼单人战斗机——霍克三型，简陋而速度缓慢。但它有一种深沉而古朴的飞行样式，隐隐展现于机翼的一摇一摆中。

好久没有这样被老鹰低空贴近，压得透不过气来了！等它远去，我深深地呵了一口气，拭掉额头上的汗，继续肩起背包，准备赶到山顶，去拜访一位在此观察老鹰已快一年的高中生物老师——沈振中。

沈振中在基隆德育护专教书。我会认识他是通过一本杂志的媒介。那是去年四月，收到他寄来的《自然笔记》，才知道他正在观察老鹰。这本十六开的杂志，里面的内容多半是跟自然生态与生活理念有关的文章、札记、日志，都是由他独自撰写，印给学生们传阅。我会收到，或许因为我是自然写作者的关系吧！

那时，他每个月都寄来一期。很惭愧，我是到第三期，才注意到他描述老鹰族群栩栩如生的习性。那一期的《自然笔记》里，他提到，有一只叫叉翅的老鹰死了。

去年，一份农委会最新的猛禽调查报告出炉后，这种过去在乡下常常见到，很熟悉的，被昵称为“来叶”的猛禽，在台湾可能剩不到两百只了。

由于他对老鹰习性的出色观察，这几个月来，许多赏鸟人在全岛各地旅行，也开始注意天空是否有老鹰在盘旋。可是，他们一路从南到北所能见到的数量，稀少得可怜。我自己有两三回的机会，从鼻头角绕了五分之一个台湾海岸，找到大南澳去，结果也未在天空发现半只。

我一边赶路，一边暗自叫苦。前几日，沈振中在电话那头告诉我，搭去往公路部门的车，在武岭下车，走一会儿就到了。我竟忘了，跟我说话的人素来习惯徒步旅行，他算路程的方法跟我们这种都市人有很大的差距。果不其然，走了一个小时，仍未看到山顶。

沈振中是如何观察老鹰的呢？猛禽是鸟类里最难观察其习性的一种。我们每次看到的，往往只是天空上惊鸿一瞥的飞行感受。他如何从基隆港尾随，追踪到这里。紧接着，又是什么样的自然信念，让他时时来这里，从清晨待到黄昏，枯守在东北风狂吹的芒草山头，为老鹰们逐一取名，并记录下它们的“一言一行”。这个传奇吸引了各地人士，我来过两三回，熟悉了他的观察习惯后，每想到他的痴狂行径，都不禁为之动容。

八点左右，好不容易上抵大武仑炮台大门。有一部脚踏车停在外头。能将脚踏车推上这么高的地方，八成是他的。去年，这位俭朴生活的信奉者，就靠骑脚踏车上山，在这附近山区长期追踪老鹰的栖息。

穿过炮台，直接走到观景台。那儿视野良好，一望无垠，几乎可以俯瞰整个情人湖山谷。老鹰呢？我四处张望，只听到一些山鸟的婉转叫声。台上正有一个胡髭满络的人，携带了一部十六厘米摄影机。他指着远方的铁塔，我用单筒望远镜细看，那儿正停了两只老鹰。我来晚了！一大清早，其余的老鹰都已飞出去觅食。

他叫梁皆得，目前在兰屿拍摄兰屿角鸮纪录片，已经默默进行了好几年。沈振中曾跟我提起，最近，梁皆得常来此与他做伴，一起观察、保护老鹰。他们为了防止猎人爬上老鹰筑巢的琉球松，特别用铁丝网缠绕树身，并且将猎人的车号登记，向警方检举。

沈振中在哪里呢？梁皆得指着远方绿色山谷里，一块突出的危崖。我用望远镜看，沈振中戴着迷彩帽，瘦长的身影正孤立在那儿。他也拿着望远镜，朝更远的玛鋉山山区搜寻老鹰。

去年年初，他就是在那座像鹰的危崖，意外地发现不少老鹰集聚，在猛厉的东北风中“起鹰”与“落鹰”。“起鹰”与“落鹰”，顾名思义即老鹰的起飞与迅速降落的行为。

发现后，他就像和尚敲钟般辛勤，一周来三四回。未几，这位看鸟不到两个月的菜鸟，凭着惊人的耐心，意外地成为台湾第一位记录到老鹰巢位的人。而且，一次发现了三个。后来，他也是在别人告知下，才知道自己是最早发现老鹰在台筑巢的人。

但或许更重要的是下面的故事：他也爱上了这群老鹰。

不久，我和沈振中的望远镜对望。他果然是赏鹰的高手，眼尖得很，一下子就发现了我，向我招手。上一回，去玛鋉山的一座小山头找他时，就觉得他大概天生也有一对鹰眼，当我们还在寻找老鹰落脚的位置时，他已注意到老鹰在做什么动作。

沈振中发现的这支北海岸老鹰族群，尚存有二十只。另外还有同样数量的一支，栖息于南台湾的偏远山区。现在，要在北台湾看老鹰壮观的聚集和盘飞，当然就剩下这一支族群了。

正因为，这几年老鹰突然自我们的生活空间消失了，也因为沈振中的适时重新发现，很多关心的人士都觉得时间已十分迫切。鸟类学者刘小如就呼吁过了，假若再不立法保护这种我们以为十分普通，常在港边或城市捡拾腐肉、死鱼、老鼠的猛禽，它们极可能会在这短短几年，从这块土地消失。

沈振中回到观景台后，未几，停在铁塔的那两只老鹰也飞出去觅食，整个山谷似乎更加空旷、静谧了。它们要到下午时才可能再回来。还有五六个小时要等，我下到山谷的林子里，寻找老鹰群夜间栖息的那棵大树。

去年冬天，这群老鹰栖息的位置原本在玛鋉山。今年，玛鋉山山头遭人偷偷违法开发，它们被迫移到这处外木山山区。可是，再过不久，它们现在栖息的山坡将开辟为滑草场，而春初时筑巢的山壁也会因道路穿过，遭到毁灭。

老鹰能栖息的环境，往往是危崖高耸的峭壁，这样的地形在北海岸只剩此地，北台湾最后的老鹰族群将何去何从呢？关于它们的未来，我实在不敢想下去。

我也无法想象，一个没有老鹰的基隆又会是什么样的港口呢？任何住在基隆的市民都知道，即使在今天这样恶劣的自然环境下，他们前往港边的公路部门搭车，晨昏时还能看到老鹰们在基隆港梭巡。它们是最能代表基隆港活动地标的自然生物，这个福气是其他地区市民所无缘目睹的。

由此沿着北海岸到万里一带，许多山区都被开发成风景游乐区后，这几年出现的大量空屋，在在证明北海岸并非一个适合全年休闲观光，进而全面开发的地点。有这个惨痛的前车之鉴，我实在难以理解，主其事的基隆市，竟然要以防止“垃圾滥倒”和“游客溺毙”这两个奇怪的理由，继续把经费浪费在这些游憩景观的规划上，无端地背负扼杀这些老鹰的罪名。

费了好一段时间，终于在密林里找到它们晚上休息的大树。梁皆得刚好来到，我们两人将手边的铁丝网，重重捆在树身，确信猎人毫无上树的机会后，才放心地离去。

中午时，我们继续待在观景台，各人吃自己带来的食物。沈振中的午餐是一个苹果，梁皆得带了两个馒头，我则享用了早晨在路边买的饭团。山谷没有多少游客了，天空静得仿若只有乌云飘过的声音似的，偶尔有阳光从其间下来。

不知早晨相互告别后，飞到北海岸各个区域的二十只老鹰是如何度过一天的？而且，为何在这个季节的黄昏时，每天又要辛苦地回来参加“集聚仪式”（gathering ceremonies）？上述的这些问题还有很多仍待长期而仔细的调查研究。

沈振中打算在这里观察五年，寻找这些答案的可能，然而，整个山区若如期开发，他的计划将随着这些老鹰的消失而泡汤。

用过午餐后，我在观景台小睡。一群登山客经过，我被他们嘈杂的声音吵醒时，刚好一只老鹰从我的上空滑行而过，没入后面的山区。又是一个好低好低的滑翔，充满了二十世纪三十年代螺旋桨飞机飞行员的冒险精神。

我顿时想起六年前在万华戏院上空，看到一只老鹰贴着和平西路低空掠过的往事。没有猛禽会用这种姿势接近人车的，它们总是高不可攀。唯有老鹰，才拥有这种不惧人的优雅与从容。自从五股、关渡的老鹰群逐一消失后，那是我最后一次在台北看到老鹰飞临我们的城市。

下午三点多时，老鹰们果然陆续回来了。一只、两只、四只……我们兴奋地数着。

“黑环回来了！”我从望远镜里看到，跟沈振中说。黑环是换羽后目前二十只老鹰中，他唯一认识的两只之一，尾羽有一根明显是白色，疑是掉羽。

去年春初时，沈振中在玛鋉山的小山头观察其中的三对。那三对他都认识，都取了绰号。相对的，它们似乎也认识长期待在山头的沈振中。有好几回，沈振中要上山时，都遭到老鹰半开玩笑的攻击，逼得他必须匍匐前进，或携雨伞上山，借以保护自己。

那时，有一只叫白斑的雄鹰，树巢被偷偷放置了兽夹。有一天，白斑回来时，很不幸地遭到夹伤。沈振中眼睁睁地看着它，连同兽夹一起掉落下来，垂挂在树上。挣扎，再挣扎。最后力竭而死。而更早时，它的另一半——叉翅——可能因食物中毒横死于海岸。至于，它们巢里的蛋呢？此后也杳无音信。

四点多时，铁塔上已集聚了十八只。另外两只先回到林子休息。这时，有二三十位关心老鹰在此集聚的基隆市民赶来欣赏。自从基隆的这群老鹰即将灭绝的消息见诸报端后，这里已成为台湾的赏鹰胜地。

起风了！风起鹰飞，好戏开始登场。

沈振中像是这个森林世界的导演般，准确地描述着老鹰们的下一个步骤。他先说老鹰群待会儿会撤退到后面的山岭盘旋。那儿被沈振中戏称为“后台”。未几，老鹰们果如其言，逐一起身，飞到山后去“排演”。

老鹰喜欢这个山谷的原因，很可能是这里经年有猛厉的海风吹刮，很适合它们玩落鹰、起鹰与抓枝的游戏。高智慧的动物都懂得在生活里安排这种游戏的时间。海豚如是，老鹰亦然。

但接下来，沈振中算错了，老鹰群并未如以往那样，像一架架B29，从山岭纷纷掠至我们的上空，表演今天的最后一场戏——盘旋与落鹰。

“大概今天是它们的礼拜天吧？”有人这样开玩笑。

也有人猜测、“可能是今天观景台的人比较多，老鹰们眼尖，害怕了，不想盘飞。”

我也清楚听到有人说：“真奇怪，亚洲各国的城市，像东京、香港，老鹰都非常多，为什么我们这儿却那么少。是不是我们的环境比较毒？还是我们生活的地方的垃圾比较少？”

老鹰群又从刚才的路线退回到铁塔，像一群长老静静地蹲俯在最高的柱顶上开会。一团薄雾笼罩下来时，黄昏的落日余晕斜打在它们的位置，形成萧瑟又充满肃杀的景观。“集聚仪式”通常被鸟类学者解析为两大主因：一种是交换食物的情报来源，另一种是相互认识交配的对象。

天地愈苍茫，冷风相益增强了。许多人套上外衣。老鹰也开始动身。第一只飞出，间隔一段距离后，换第二只飞下铁塔。当第一只降落时，第二只正在半途，准备降落。

第三只呢？它也正从铁塔下来。每一只似乎都知道自己的位阶，要扮演第几个角色。它们也像作战归来，一起抵达机场上空的战斗机群。一只接着一只，秩序井然地，逐一朝近乎暗黯的森林飞去。

它们就在那棵下方绑有铁丝网的大树上，一齐度过寒冷的冬夜。这些早年被人类忽视的，如今却受到鸟类学者注意，被称为“从旧世纪活过来，生存到新世纪，背负着生物进化历史意义”的猛禽，又安然地度过一天了。

然而，明天呢？

明天会是怎样的日子？

会不会又有一个玛鋉山被毁掉？

会不会又有一只白斑在回到自己的巢时，被兽夹夹死？当天空全然暗黑时，这些挥之不去的阴影也重新袭上我的心头。

假如明天外木山的森林仍然茂盛存在，基隆港仍然有丰富的食物，崖边的琉球松也没有觊觎它们的猎人。它便还能继续盘飞、集聚与游戏。每一只也将像飞行的活历史，继续盘旋在我们的土地上。

但它们有明天吗？

# 高海拔人
## ——初记杨南郡

终于，在层层山棱之上，露出了一点白色的山尖，是关山啊！牛车继续颠簸前行，露出的部分更白更大了，在深绿色的山棱与蓝天的交界处，那积雪的关山连峰，辉映着阳光，正如一串金刚石那样地闪烁着。

我不知道这片刻的经历，究竟给予我那小小的心灵，有多大的震撼力？因为一直到现在，虽然我曾在往后的登山历程中，看过无数更壮丽伟大的景观，但当年那一幕景象，以及当时欣悦崇慕的心情，始终那样鲜明地烙在脑里，浮在眼前。

我时常自问：我这一辈子所以会那样毫不迟疑地奔向山野，是不是只为实现儿时的憧憬？

——一九七七年　杨南郡《南台霸主属关山》

这段娓娓道来、温馨感人的怀念，是杨南郡先生追忆第一次跟父亲出远门，不知目的哪里，究竟为何而去的旅行中途，于高雄甲仙远眺这座“南台首霸”的记忆。

这段话也是我就读大学时，有一回浏览中央图书馆，无意间自借到的一本书《灵山秀水》里看到，细细拜读后，觉得深具启发性，遂抄录于笔记本。可惜，那时尚未认识这位登山界的前辈，更遑论知其登山探险的显赫成绩。

但正如一句登山名言，“山是永远不会变的，它就在那儿。”相对的，登山人也一样。过了十年后，好像冥冥中早已注定好似的，我们便在一次跟山的历史有关的编辑事件里，因缘际会地相识了。

那天是一九八八年元月二十二日，前一天是《自立早报》创刊。当时我在自立报系负责早报副刊创刊的编务。第一天副刊的内容是我自己撰写的导读《探险家在台湾》，文中附带地预告了十二位准备在副刊介绍的，对台湾有很深远影响的探险人物。

杨先生在看到副刊的内容后，想是相当兴奋吧？因为当天他就跑来报社，亟欲了解这个副刊的走向与认识编辑者。殊不知，主掌编务的我仍是个对登山知识或台湾史犹懵懂未知的年轻人。当时，自己会策划这个专辑，只是个人对台湾史里许多尚未被认知的事物，充满神往而已。

不过，杨先生或许并不这么认为。那时，他甫完成八通关古道的探勘工作，出版了一本重要的著作《玉山国家公园八通关古道西段调查报告》（一九八七年八月）。这本报告让他蜚声鹊起，成为岛内调查古道的不二人选。而我准备邀请专家撰写的人物里，诸如森丑之助、鸟居龙藏、鹿野忠雄、伊能嘉矩等，正好都是他知之甚稔，与八通关古道或多或少有一些关联的重要学者。

从那时起，我也才约略清楚杨先生的身世。小时远眺过关山的他，家乡就在台南县龙崎乡。而要了解他的登山探险生涯，更必须从这里回溯，毕竟，他的冒险早从少年时代就已开始了。

那是一九四四年，太平洋战争末期，一个十四岁，才小学毕业的少年，还不知世界到底发生了什么事，便被迫入役海军，远赴日本神奈川县海军航空技术厂，担任制造零式战斗机的生徒。这两年间，他历经盟军空袭，死里逃生。战争结束半年后，才搭军舰返台。当时和他同去的七千人，丧失殆半，只剩四千人安返。

返台后，一直认为自己拥有西拉雅平埔人血统的杨先生，跟我的父执辈一样，受到外省人士来台这一波更强烈的冲击，文化、语言背景的顿然转变，让他无所适从。此后，一边在淡江中学就读，勤练中文的过程里，他也在摸索、寻找个人所应归属的文化体系。

三年前，他曾在一篇访问中提到这段成长期的经验，或许能端倪出他后来登山所抱持的精神："当时我把外在所受的动荡经验全部转移到思想上来，好奇心跟意志都十分蓬勃，养成独立研究的个性，而在少年时代就经历了战争、宗教冲突跟文化上的迷惑，这几种转变对我都是很珍贵的回忆，因而，对各种研究，都事先抱着很浓的去涉险的心情。"

进入台大外文系时，他更注意到台湾少数民族的问题，花了很多功夫去研究。这个接触，就我个人分析，对他日后登山所孕育的人文性格也有着一定程度的影响。但严格来说，他那时候还不脱一个文艺青年的本质，喜欢的仍是哲学、宗教议题的东西，参加的也是合唱队等社团活动。那时校园也没有相关的登山组织。所谓山，还是一个跟童年时一样遥远的梦想，还未进入他的思维世界。

毕业以后，杨先生换了许多工作。约莫一九五九年，返回老家在台南空军基地服务时，他才受到驻地美军喜欢野外休闲活动的启发，开启了一个新视野。小时所培养的山情终于在三十岁初时回来了。

最初，他攀爬一些小山。但未几，他便登上玉山，开始高海拔山岳的攀爬生涯。无心插柳下，在人们竞相以登百岳为荣的二十世纪七十年代里，他也成为最早完成百岳的前几人之一。

一般岳友论起这时期登山的重要事迹，咸认有“百岳”“会师”“纵走”等。杨先生这一阶段的登山，最被人肯定的却是当时较不受到重视的“踏查”。他的踏查则以开拓高山新路线为主。我手头上有一份他当年履历的小表格，虽不完整，多少仍记录了他这段时期的经历，或许可以作为个人登山史的一段小切片，了解他全面接触历史人文与古道之前的一些踏查行径：

（1）一九七一年五月至六月，他完成岛内第一次完全纵走奇莱连峰的卡罗楼棱线，还由奇莱北峰直下塔次基里溪（立雾溪源流）。这条由北壁直下的路线，日后未有其他队伍再冒险尝试。

（2）一九九七年二月，开拓陶塞溪溯登南湖大山路线。

（3）一九八二年九月，开拓台湾十峻之一的马博拉斯山，由北壁处女棱直攀，发现高山水晶池与冰斗遗迹。

（4）一九八四年一月至四月，和高雄登山会林古松等人合力开拓中央山脉主棱，自卑南主山至大武山的处女棱，并完成十数座处女峰的首登。

（5）一九八五年十月，开拓由小瓦尔溪直登中央尖山东南棱的新路线。

开拓高山新路线的意义何在呢？关于这方面的概念，也很少登山人拥有像他一样的人文背景，透过深刻的思索，将它整理出来。他自己在那张简单的表格里顺便写道：



由各个角度来了解我们的高山地理环境，不仅止于传统的多数人熟知的点或线上。更希望能借着不同的路线，让我们把对高山地形地物的认识扩充为面。

除了新路线的探勘，当时，杨先生也进行台湾少数民族抗日事件的查访。下面两例最为著名：

一九七二年十月，他攀登南投马海仆富士山，特别踏查雾社事件时，泰雅人首领莫那鲁道和族人三百名，最后死守与集体自杀的岩窟。

一九七一年起，他亦率队，陆续走访大分事件的战迹地。一直到现今，仍在涉猎有关的文献，并继续调查访问中。

我个人相信，这时的台湾少数民族查访，对他后来走向另一个“踏查”高峰：古道，有着直接的关系。然而，从今日来检视早年这一时期的登山“踏查”。他多半在南部活动，自组队伍，也自己计划路径。很少与我们所熟知的登山界人士往来。登山界素负盛名的“四大天王”中，他也只和林文安前辈爬过白姑大山，开了一条新路。

当然更有趣而重要的是，山爬愈多，杨先生跟传统登山界在理念上的差异也加大。他并未局限于登山的“小天地”里，反而经由开拓新路线和采访台湾少数民族，展开更宽广的视野。在强烈抱持着本土信念，以及充满对早期台湾登山、古道与台湾少数民族历史的求知精神下，他“远离”了大部分的登山人，走向了殊途也不同归的另一条路去。

杨先生也十分了然自己为何朝这个方向前进的因由。后来，在评述台湾大学登山社的《丹大札记》（一九九一年）里，便由衷地提出这几年来少见的、具有远见性的登山建言，值得关心登山未来的人深思：

对山岳界而言，目前的登山运动已经出现瓶颈：各地的山头都有登山客的足迹；溯溪、横断、纵走或是岩雪攀登也都逐渐被开拓出来；外界登山近十年来未有更大的突破。因此整体来看，虽然不断有路线变化和技术引进，使活动仍有蓬勃的样貌，但在大方向上却有隐忧，登山运动已到了发展上的转折点。如果参考外界的状况，其实不难发现我们已经背离了外界登山运动的走向，外界登山运动的走向是如何呢？简单地说就是登山学术化。借着登山，从横面空间性的认识到纵向时间性的了解，也就是深入地区内的地形水文、风土人情和历史文化。从实实在在的田野见闻中建立知识的基础。

不过，相似的观念，更早时我已有幸先亲聆他的教诲了。记得那是我们的第二次见面，一九八八年秋天的事。蒙杨先生馈赠他的另一本杰作《玉山国家公园八通关古道东段调查报告》。他的妻子徐如林也伴同来访。徐如林在台大念书时，为了完成她的“成人礼”，以一个女子面临体力极限与智慧的挑战，单独七天走完南湖大山，震惊了登山界。她和杨先生因山结识的姻缘，无疑也是登山界的一段传奇佳话。

那天，似乎也是我非正式地恳请他们夫妇帮忙在副刊撰稿。于是，杨先生又重新执笔，译注与考证历史与人文相关的登山报道。完稿后，便寄交我过目。

诸如太鲁阁合欢越岭道、关门越岭道等日据时代著名的探勘报告与战争记录，这些相当难得的史料，就是在他苦心孤诣下得以重新出炉，逐一于自立副刊见报。这时，每回拜读其文章，更是获益匪浅，且不断被其独特的发现所震慑。

综观这些“新”的历史事件与古道探勘，正是他登山多年后，一个阶段的转向，也兑现了他自己所提出的“登山学术化”的实践：“从横面空间性的认识到纵向时间性的了解……”。

前年十一月，我和诗人焦桐在好奇与仰慕之心怂恿下，陪同杨先生前往海岸山脉，探寻一条百年前和八通关同期的，横越安通的古道。这是我第一次在野外和他一齐登山、探勘古道，共同寻找历史谜题的答案。趁这个难得的机会，我也才能约略体会其登山心境之一二。

杨先生的登山性格，十年来如一日，谨守老一辈本省人严格的生活规范。丰富的野外经验，更使他的登山哲学充满道德感。在平地世界，在复杂的功利社会里，这样的自律原则，以及对自然的情怀，我隐隐感觉，或许无法像在山里那样顺遂。

可是，在山里，在山的险峻与荒凉里，他却像是永远溯河回乡的鲑鱼，快乐而满足。何况，说实在的，在社会里的浮华终究是山与山之间缥缈的云，只有山的实体才是具象的。唯有当我们把山放到目前，把自己弱小的生命放回大自然世界的怀抱里，那一时那一地的生命情境才会放大、变重。

这是二十世纪三十年代著名的博物学者、登山好手鹿野忠雄的信念。想必也是后继的崇仰者杨先生这样特立独行，紧紧抱持着登山历史的情怀者，才所能深刻体悟的吧！

# 飞回玉山
## ——追记两位年轻的自然观察者

记得好像是去年六月，福华沙龙送来三幅鸟类画家何华仁的版画，三幅画里的鸟种分别为夜鹰、彩鹬与褐鹰鸮。不知内子是因何观点喜欢它们的造型，特别选购。当时，看到其中的两种鸟，我却呆愣了许久，一股好不容易才自胸口消退的伤痛，又涌回胸臆。

那晚，回到书房，竟是无法维持平常习惯的读书和写作。只好再次取出夜鹰与彩鹬的相关资料，逐字重新细读。

那册子里有三本鸟类杂志《中华飞羽》，以及一小叠资料，记录着一位年轻人两三年前在家乡彰化快官，长时期观察夜鹰的报道，作者叫张巍萨。里面还附带有一篇作家王家祥缅怀好友陈定昆的文章。

当时，原本打算写一篇文章，追悼这两位年轻人，但在做了一小片段文字的整理后，旋即产生很大的疲惫，遂再放回桌角一隅。没想到，这一搁置，因一时疏懒，一年后的今天，它们仍横摊在那儿，积满一层薄薄的灰尘。这几日整理书桌，不意打翻了资料，整个人恍然一惊，若有所悟，版画的到来，更添增了这种感觉。当时，或许觉得资料不足，所以未竟成篇。现在倒觉得文章是否完整已不重要，重要的是他们背后的故事应该让人知道了。

最初整理的那一段内容如下：“一九九一年六月十六日晚十点。张巍萨和他这几年在野外如影随形的伙伴陈定昆，采用自助旅行，准备前往憧憬已久的九寨沟。他们是台湾师范大学生物系吕光洋教授的研究助理。在四川松潘县莲花岩的山路上，遇见一辆遭崩落土岩撞击、情况相当危急的大卡车。车辆一半悬空于岷江岸边的断崖。就像在台湾高山森林旅行时的热情，他们两人奋不顾身地下车，协助司机使用千斤顶。未料，此时土岩再度崩落，这两位年纪不到三十岁的台湾青年，相互紧紧地拥抱在一起，想要保护对方。但第二次的坍方还是无情地夺走了他们宝贵的生命。”

以前，我常常阅读到一些欧美的自然科学工作者，为了追寻或调查特殊物种，不断冒险进入鲜为人知的热带雨林，或蛮荒瘴疠之地，最后横死异地的感人故事或传奇。从未想到，自己身边竟也出现这桩令人震惊、扼腕的意外。

他们不幸罹难的意义，并不在于对台湾的自然科学界有过重大的贡献。而是短短的一生里，在对大自然环境开始怀抱理想的热情与不懈时，竟于这最初的起步发生了这桩不幸，把小小而有限的生命，在从事自然保育的工作里，提前还给了大自然。而且正因为是默默无名的小角色，反而更让人感到那种年轻生命的激越与不凡。

早在他们启程前往中国大陆半年前，作家王家祥曾伴随他们两人，在冬末时攀登玉山。当时，张巍萨和陈定昆的目的是每月例行的长鬃山羊研究计划，重点放在山羊食物的植物咬痕调查，以及持续经年的排遗分解、采集。

旅行之后，王家祥曾撰过文章，他以从事自然研究的角度，就他们当时的工作性质，放入台湾自然科学的研究历史时，给了一个允当的形容：

研究助理，是所有有志于生物研究、学术之门的毕业生们，最常选择，也是最艰苦的道路。对他们来说，那是一个磨炼与砥砺实务经验的最佳机会。他们担任所有最基本，最繁碎的实验工作，凡事必躬亲。换言之，那便是一份兼具劳心劳力的工作，守候在荒野沼泽，跋涉于山林海口；守候在实验室中，跋涉于挫折与成败之间，默默无名……

……它只是一个无足轻重，因计划经费而增减删留的角色，一种临时约雇的劳工。却是许多毕业生蜕变为优秀学者的学习关键，并且也是台湾生物研究最劳苦功高的无名英雄。

……他们是第一线的山林捍卫者，担负最基础、最卑微却最不可或缺的工作。在台湾的自然保育工作，这样的一群研究助理功不可没。

他们就是这样没有面貌，没有伟大的事迹。在获闻他们二人噩耗之后，重新翻读过去的赏鸟日记后，我也才发现，自己竟巧合地都和他们个别地有一面之缘。但也因为这样的认识，我更觉得有一份同是喜好自然的感情，永远交流在他们与我之间。它是那样的无形，却随着时间的流逝有了巨大的能量，不知不觉中，变成个人观察自然的生活里很大的驱动力。

我和张巍萨是如何邂逅的呢？后来才知道，竟是在冬山河口。

那天是一九八八年十二月四日，我和何华仁、李建安，从大闸门出发，沿着美丽的冬山河北岸，寻找前几日被鸟友发现的灰鹤与凸鼻鸦。张巍萨和其他鸟友也从台北赶来会合。彼此虽未交谈，但一看他的穿着打扮，举望远镜的架势，以及判断鸟种的准备动作，就知道是对鸟类十分热情的人。

那天，在赶抵河口前，我们幸运地发现极为罕见的栗鸢与灰鹤。正午时，在兰阳溪口南岸，我们也顶着燠热的太阳，空着肚腹，追探两只鸦科是否为秃鼻鸦或小嘴鸦。黄昏时，大家疲累至极，准备打道回府了，他仍兴致勃勃地和何华仁跟在秃鼻鸦之后，试着再更接近它们。更清楚地确定鸟种的身份。获悉他不幸罹难之事，何华仁后来回忆，那两三年的观鸟旅中，他在野外常遇见这位不记得名字却十分热情的年轻人。

当时，张巍萨常在《鸟会会讯》发表文章，在这份没有稿酬，纯粹是义务帮忙的刊物，他把自己辛苦观察的成果写成游记，和大家一齐分享。这份工作也使这位龙华工专电子科毕业的年轻人，突然在赏鸟后获得启蒙，决心矢志成为一位生物研究者。

我个人印象里，张巍萨发表在会讯里最有名的一篇，是描述他在老家彰化快官郊区的观察，从这篇短文里，我们可以看出他观察的认真与热情。

一九九〇年一月初，他在家乡的乌溪畔发现了夜鹰这种十分罕见的鸟种。大年初一，他带着侄女到乌溪畔观察鸟，准备回家时，他这样写道：

在一矮草丛中，惊吓出一只不明鹰，飞起后，马上又降到芒草里，当我再度趋向前看时，吓了一跳！怎么变成两只了，它们飞起时，初级飞羽有块白斑清晰可见。由于急着带侄女回家……所以未再观察。

翌日十点二十分，他和好友陈赐隆又来到乌溪畔，展开搜寻的工作：



我们俩蹑手蹑脚，小心翼翼地，生怕错过好机会。终于，它再度被我们惊起。它飞起时，曾发出“尬尬”两个音节的单音，然后快速低空飞行，再择一地而栖，其体色大致由黑、褐、白三色混合而成，而其初级飞羽的白斑依然清晰可见。陈赐隆一眼就认出它是夜鹰。我俩兴奋地握手道贺。

在我俩的观察追逐中，共看到十次起降飞行，而且证实此地有两只夜鹰在此栖息，但很不容易看清其体色，每次看它飞起，随即拿起望远镜看之，也只能看见其双翼及尾，偶有一次看见其喉部有白色，所以陈兄建议我晚上再来听它怎么叫。

十七点四十五分，天色已渐暗，蝙蝠已陆续出来游荡，小白鹭群正赶着回家吃团圆饭，而野鸽、鹪莺、青足鹬、小雨燕等的啁啾声不绝于耳。

十七点五十五分，突然听见几声低沉向下之单音“嘴”或“主意”的鸣声，我心知肚明，认为那就是夜鹰的叫声，赶紧趋向前观之。这回可看清楚了，它的外侧尾羽有两根为白色，尾下覆羽为黄白色，双翼的分叉明显。飞翔时跌跌撞撞的，翅膀抬得很高，像V字形。曾看见其停在地上，但因光线不佳，故无法进一步看清其体色，随后它就飞到溪中的河床地停下来。此时，可听见小水鸭、夜鹭、青足鹬的叫声，偶尔也穿插夜鹰“主意”的叫声，也许它晚上就在河床上捕捉昆虫填饱肚子，其生态行为有待进一步观察。

张巍萨还有一篇在快官猫罗溪畔的观察，题名《尘封往事忆彩鹬》，显示他对大自然的态度。

七月十六日，发现有人在附近架了两张网，用望远镜一瞧……有彩鹬上网，赶紧跑往前，还好尚活着，有两雄一雌，在网上，拍照后，将其释放，但其一只雄鸟因身体虚弱飞不动，只有将翅膀张开，让它慢跑离开。而正当想把网子拆掉时，正好有个年轻人远远前来，对着鸟网望望，检视一番，以怀疑的眼光问我，有没有鸟上网，我撒谎回答……我未再继续盘问就先行离开，事后回家想一想，应该给他一个机会教育，于是写了一封信，说明野生动物保育法已于七月一日生效，捕抓野生动物是要受罚的，请他勿再破坏自然生态，伤害野生鸟类。然后，再前往猫罗溪畔，将网拆掉，并将信置于地上，希望能给他一点启示。

有一天，前往调查时，赫然发现有只彩鹬雄鸟被绑死在竹片上，并高挂于竹竿上随风飘荡，以达杀鸡儆猴的功效，看了真令人心痛。而另外在水田中的网上更有一只挣扎的雌彩鹬，于是赶紧下田将之解放。还好曾在系放组当过义工，已学会熟练的解网技巧。很快的，就让它自由，再将被绑于十字架的雄彩鹬埋土为安。

陈定昆呢？非常巧合的，我们也只有一面之缘。然而，陈定昆留下来的资料不多，我所有有关他的印象，都是来自王家祥的口述，以及他姐姐的一张照片，让我慢慢地忆起这段往事。

相对于张巍萨的热忱、开朗，陈定昆是一位憨厚而淳朴的农家子弟。

他的老家原本在嘉义阿里山下的番路乡，小时即举家搬至板桥。住的地方是一栋窄小而四周环境较脏乱的公寓。那儿就是一些报告文学工作者形容的，牺牲了这些人的生活环境，而富裕了台北的一些老旧公寓。陈定昆的父亲原本是劳工，退休后，在附近市场卖甘蔗。家里有一位兄弟，两位姐妹。他是家里唯一的大学生。家庭并不富裕下，他的生活也过得十分节俭。我猜想，基本上他天生大概就是一位自然主义的力行者。听说就读师大附中时，每天即从板桥骑脚踏车上学。日后就读台中中兴大学森林系时，也经常由车站走回位于南区的校社。

大约是一九八八年秋末吧，陈定昆陪着王家祥到天母来找我。我和王家祥畅谈一些自然生态的事情时，相对于王家祥的热情，他一言不发，默默在旁聆听，客气得不敢表示意见。只是喝茶，一语不发。内子也因此对他特别注意，觉得人家这么沉默，一定是我亏待了。

陈定昆不仅是王家祥中兴森林系的同班同学，也是学校自然保育社的社团核心人物。他们曾彼此相约，一个走学术路线，一个走文字路线，日后期能结合，为台湾的自然生态做一点事，但玉山之行却成为他们在台一起出外的最后之旅。

王家祥后来曾在一篇追记的文章里，悲痛地写道：

还记得你在大学时代，常常每天买两个馒头度日，一点一滴地把钱节省下来买书，大部头的植物图鉴、昂贵的原版生态书籍，你都舍得买，教授们所搜集的珍贵绝版书，你锲而不舍地借来影印，装订成册，即使动辄耗费整个月的生活开支也在所不惜。

前个月，在鸟会遇见张巍萨的好友陈赐隆。他甫自军中休假，前来鸟会逛逛。我们谈及陈定昆时，他也记得，陈定昆经常影印资料送给友人，相互劝勉。他们不幸罹难之事虽已远去，但陈赐隆仍颇多感伤，无法细谈。我又何尝不是？五月月末上玉山，夜宿排云山庄时，还默想过，两年前他们来到玉山，不知睡的是哪一间房舍？死了后，灵魂回乡了，是不是也上来过这个大家挚爱的山区？

唉！实在不知该如何表达了，因为都只有一面之缘，也都未曾好好促膝长谈，所以无法再更细腻地表达对他们的情感。我所拥有的，只是一份和他们一样对自然的热爱，因而在他们于人世时，我们犹若空中交会而过的光芒，一闪即逝。可是，那一刹，却成为我至深不灭的烙印。

# 自然老师
## ——描写有木时代的凌拂

在户外常见的野菜里，鼠曲草是相当含蓄的一种。汤匙柄形的淡绿小叶，外表内敛、含蓄。甚至黄花盛开时，也依旧保持矜持的形态。它不会集聚或丛生，只是单独地静静地生长着，在裸露的贫瘠之地。连昆虫都很少去拜访。

这是凌拂最喜欢的植物之一。想到凌拂时，不约而同地，也想到这种冬末时开始频繁出现的小型草本植物。

凌拂已经在三峡有木国小教书、蛰居近八个年头了。有木是什么样的地方呢？按当地土语解读，据说是有很多树木的地方。

可是，你若翻开台北近郊旅游指南之类的书籍，一定找不到。但附近的几个名字你一定听过，诸如乐乐谷、蜜蜂世界、满月圆等。光是从这些名字，你也可以想象，节假日时，那儿就像台北近郊的休闲游乐区，总是挤满了城里去的人潮。

对凌拂而言，从星期六下午起，那儿就像是台北市的闹区。她总会选择蛰伏，等星期日过了，再出动。那时整个山恢复安静了，唯一的一条山路上人烟稀少，山云不断从旁边的溪谷，或者更远的山区涌升、流逝。她又离台北很遥远了。

没错！早年山里还未开辟马路时，那儿的确是很遥远。在那儿执教的老师，如果要出来三峡镇上采购，都要大清早出门，搭流笼下山，不然黄昏前绝对赶不回去，只得在三峡过夜。现在有柏油路了，对外的联络才方便起来。

前些时，凌拂对外唯一的交通工具，是一辆撞凹了好几处的大发祥瑞一千，已经近十年的车龄。

记得第一次应凌拂之邀，前往有木拜访时，正好是初春时节，特别带孩子去看萤火虫，顺便想辨认看看一只怪鸟，它住在学校对面的山里，叫声类似稀有的黑冠麻鹭。去了两年，萤火虫的季节，它都在那儿鸣叫。

凌拂独居的地方是学校旁的宿舍。那只怪鸟住的地方，就是窗口远方林相蓊郁的青蛙山，山下有一条终日水声喧哗的大豹溪。

至于，宿舍里呢？好像有许多她从山里捡回来的奇特的植物种子，以及各种植物、野菜图鉴。很抱歉！就这么多了。这是我这种粗心的自然观察者，极目所及的世界。

为何会选择山里教书？凌拂的理由很简单而有力：都市太拥挤，不想待了。这样的理由，放诸城里，哪一个城市人不觉得呢？可又有多少人去实践？她却做到了。

最早从台北师范专科学校、台湾辅仁大学中文毕业后，她原来的教书工作在板桥海山国小，那是一所有着太多太多学生的学校。每天早上的升旗，各班都逐日轮流出来参加。一、二年级的学生则在教室旁走廊，要等到升上了三年级，始能站到操场。

但为何会选择三峡的深山呢？可能一切都是缘分吧！那天是八年前的中秋节晚上，她和朋友骑摩托车抵达这个山区游玩，不意天落豪雨，当晚只有她们两位游客。由于雨势甚大，只好在郑白山庄过夜。凌晨时，雨停了，她们出来散步，整个山区像睡着了般静寂，清冷而凄美。凌拂被这个自然世界感动了。

隔天，她们沿山路散步，抵达一所很小的小学。走近学校旁的宿舍，探视里面，发现房子里破破烂烂的，堆满了杂物，连门都没有，像是一个无人管理的仓库。

就这样结束了这趟山旅吗？不！第二年，她便骑摩托车上来教书，住进“仓库”了。

搬进去的第一天是八月三十日。从早上开始整理，到了下午终于体力不支，累倒在地板上。醒来时望着四周的山，林影怔忡，一如她还不知如何适应的心情。但喜爱自然的人总懂得如何孤独自处，一点也不觉得寂寞。居住了一段时日，她很快地就适应，甚至有着眷恋、喜爱之情了。

位于深山偏远的地区，整所有木国小的学生可以想象的少。今年刚好四十名，男生二十二位，女生十八位。她教的是一年级。

有一回，我忍不住好奇，问她教的班级：“全班有几个学生呢？”

“四个！”她还补充道，“本地生有三个，另外一个是总务主任的小孩，因此在此教书，顺便把孩子接过来。”

“四个学生如何教呢？”

人少，空间大了，学生和教师间的关系自然非常亲密，她的教书方法变得家庭化。有时下雨太久，好不容易放晴，便驾着那辆小祥瑞，带着四个学生到野外观察了。有一回，学生多时，她的小车还挤了十五个学生，开到三峡去麦当劳吃薯条，再驾车回来。

每天，小学生放学下课回家后，四下无人，学校就像高海拔的森林，成为全台湾最荒凉的地方。一直忘了问她会不会害怕？后来想想，向一个已经住了那么久的人问这句话，恐怕是多余的。

在高山溪水四绕的环境里，她和花草对话的时间，显然比和人类相处的时候多。这种情形下，认识一草一木的名字，变得理所当然。而她刚开始学习辨识植物，是无师自通的，只是凭着几本从坊间书局买回的野外图鉴，从学校、山壑和溪沟附近的植物，逐渐摸索、对照起。单子叶植物、羽状复叶、一年生草本、总状花序……这些植物学的名词渐渐地进入她的脑海，成为熟练的英语词组般使用着。不久，生活周遭的植物花草也变得熟稔。不！或许应该说是朋友了。

上个月中旬，才和她沿着大豹溪鉴赏植物。喜爱自然观察的人，能够一起在野外切磋自然世界的知识，这是我素来最快乐的旅行。而能跟着她，一边浅尝野生的浆果、野菜，一边学得采食的知识，更是旅行的大享受。

凌拂懂得采食野菜，也是从书本慢慢自修学来的。只要图鉴说可以吃，她总会试着按图索骥，将眼前认识的野菜采回家，炒食看看。等摸熟了野菜的驯化程度，她也会做多样的变化，或烫；或炸；甚至，试着生吃了。

当然也有已经熟悉，却不谙习性的，导致意外中毒。野外常见的龙葵便是一例。这种野菜，少量食之味美而甘。过去乡下农村也常采去拌煮稀饭。有一回，在不知情下，她吃多了，全呕了出来。

不过，她并未刻意去摘采野菜。这件事已化入生活的一部分。经常是在散步时，看到了，觉得很漂亮，顺手便摘一小把适量的份带回家。

那天的旅行里，我吃了一颗紫色的铜锤玉带草浆果，她准确地描述了吃后的味道："是不是有着生萝卜的辛辣味？"我咀嚼了一阵，随即点头，暗自发誓，以后绝不再碰触。

另一个朋友，咬了一片淡纤柔的细叶碎米荠，听说有些芥末味。自己忍不住试尝了一片，觉得滋味颇佳，那天回家后，在自家的水沟采集，当作一个星期蛋花汤的佐料。

采食野菜，并非赶流行，重视的也不只是果腹，或者换个新鲜口味。它讲求的毋宁是整个采食的过程，从认识、了解到食用，都有着很严肃的人生学问。

我大胆猜想，大概是一种素朴生活的实践吧！她却不敢苟同，也不认为是想过什么自然生活。这都不是她的本意。她只是顺着性子在生活而已，谈不上理念。选择这种山居生活，本质上，也是觉得自己比较害怕人群，习惯于回来面对自己罢了。

但不可讳言，从朝夕相处的自然环境里，她纾解掉许多积郁的压力。这种自然赐予人的福分，只有长期浸沁于自然的人才能体会。

缘于这种福分，她怀疑自己的前生是个植物人。如果生命有轮回，她也希望自己来生是一棵小小的野草。恬静地过一生。给昆虫吃，吃了还会再长。

"除了鼠曲草，还喜欢哪几种植物呢？"我很好奇地问。她毫不假思索，向我提到两种喜欢的校园植物。一种是桂花，除了七、八月，四季都开，但香味以九月为最。秋高气爽里，整个桂花的香气是向外溢的。冬天时却有另一番扑鼻之香，是寒冷凝冻的香气。

还有一种是橘子花，四月满山全开，白色五瓣，香味浓郁。她常带回家泡茶，甚且酿酒。但米酒压不了那花味，要高粱才镇得住。

在野外观察久了，发现到一处美景，往往会想留下来。多数人使用的是照相机，凌拂却意外地选择了一种吃力而不讨好的方法——绘画。

这几年，她逐一把喜爱的植物用铅笔绘在画本上。虽然没有学过绘画技巧，但笔带感情，久而久之，眼前的植物以写实、素朴的风貌呈现时，便拥有了无可取代的意义，远非拍摄一张照片可取代。而且，笔绘植物也跟采食一样，她逐渐体会，整个绘图的过程也是在享受一种创作的喜悦。

由于绘图必得接触植物最细腻的部分，因而有了意想不到的收获。诸如种子的形状、幼株的冒芽、花开的瓣数、叶脉的肌理等等，大部分的自然观察者，往往最容易疏失，她却心细地观照了。

总之，一个植物学者认识的植物一定比她多。但对一株普遍常见的野菜，无疑的，她比任何植物学者都熟稔。更重要的是，拥有一份更深入的亲切感。

在自然世界真的是这么美好，毫无瑕疵？也不尽然。八年了，整个环境渐渐形成平面化，有时生活难免沉寂，缺乏冲力。譬如有一阵子，放学时，她常到溪边躺着，以眼睛和思绪优游地徜徉天空，直到天黑都还不想回家，也什么事都不想做。

还会在有木待多久呢？她也不确定。主要是一直想完成写给小孩的植物绘本系列，再离开。年轻时，她曾在三峡骆驼潭附近独居过一阵，如果离开了有木，这将是她第二度回到城市。

回去会习惯吗？大隐隐于市，也是另一个新的开始。比起上次，她更具信心了，毕竟这回回来时，她的行囊里，将会装填更多面对自然世界的深层情感。

# 探险台湾之后

## ——鸟居龙藏和鹿野忠雄的旅行

相对于十九世纪，整个世界的地理大发现时代，台湾较有科学系统的踏查明显晚了些。再比较同一时期，西藏和新疆的地理探险，它的地位也毫不显眼。

这样一个孤悬于外海的岛屿，又缺乏世界主流文化思潮的衣带关系。在往昔，甚至远不如南洋的热带岛屿，诸如北婆罗洲、巴拉望岛般吸收外来者，进行持续性的博物学之类的科学考察。直到晚近，区域性调查逐渐受到本地人士的重视，地位才明显跃升。

几位日据时期在台湾探险的日本田野调查学者，就是处于这个知识风潮下，在二十世纪八十年代末，重新“出土”。当年科学探险所带来的学术成果，以及在台踏查的意义，都因为时空环境的不同，受到普遍的肯定和重视。甚至，囿于意识形态的微妙变化——诸如追求本土化的结果，还被赋予神话般的英雄形象。

但是，探险的定义在哪？探险家，或者作为一个旅行者，其本质何在？我们要如何重新定位，这些带着学术性质，又夹杂殖民色彩的探险人物？这些更符合现代人追求生命意义的真谛，并未随着探险家群像的再现，被多元地探讨过。

近年来，我的兴趣一直绕着以上的问题打转，并且将心力集中在鸟居龙藏和鹿野忠雄身上。这两个分属日据初期和末期的田野探险人物，或许是阅读这段时期最具代表意义的典范。

鸟居龙藏生于一个富裕的家庭，从小即浸淫于史地博物的户外教学，厌恶枯燥的课堂教育，经常逃学。终其一生未受过学校的正式教育，完全自修苦读而成。千岛群岛、朝鲜半岛、辽东半岛和东北亚大陆是其生平人类学田野调查的主要地点，其治学受到推崇，台湾却非不可或缺的一站。

一八九六年，鸟居龙藏年方二十六岁，来台开始人类学田野研究。断续四年的调查，在犹是蛮荒瘴疠、盗匪蜂起的环境里，辛苦地走过了中部的集集、东埔、特富野，东部的兰阳平原、花东纵谷、卑南平原，南部的大武山山区，以及绿岛和兰屿。甚且，穿越了几无人横越的八通关古道。

日后，他的学术报告涵盖了全岛族群的调查。丰富而实证的现场笔记，成为台湾早年最重要的人类学第一手资料。

鹿野忠雄来台时的岁数更为年轻。年少时，就对昆虫采集产生莫大的乐趣。十七岁时，更因为对台湾昆虫的好奇，刻意选择台北高等学校就读。来台后，多半时间就在野外奔波。由于旷课时日过多，差点无法毕业。后来，还是校长特别保荐，方能安然度过。

初时，鹿野只在北投和乌来附近的台北近郊采集昆虫，等到深入中央山脉和离岛兰屿后，进而对考古学、民族学、鸟类学、哺乳类学、地理生物学等都产生广泛的兴趣。随着在台时间愈久，研究范围也愈来愈宽广。

雪山山脉、中央山脉和兰屿等地都是他长期定点旅行的地点。他的研究范围始终未离开台湾，直到太平洋战争爆发，才远赴北婆罗洲。战争末期，由于热衷于土著调查，日本宪兵颇为不满。后来即神秘失踪，迄今未归。

鸟居和鹿野二人，由于拥有长年的实地踏查经验，生前都曾出版过丰硕的报告。同时，对于过去在台湾的旅行调查，两人也留有通信、札记之类的著作，提供给后人充裕的线索和思考背景。

于是，当我们去除那些学术报告的外衣，回复到探险者本身，比较他们的旅行意义时，他们的探险形态也充裕地提供了另一种旅行台湾的重要符号，各自呈现了一个外来旅行者面对异域的不同才质。

鸟居的田野调查方法，正如一般明治维新后典型的日本科学人士。在古道专家杨南郡翻译的《探险台湾》里，读者很难感受鸟居个人心境的转折。多半时候，我们看到的都是异文化风俗和文物的翔实叙述。通篇好像在阅读一份现代的科学数据报告，一切以量化为导向。

人类学者黄智慧在《鸟居龙藏的生涯》一文里特别提到："鸟居不是一个辞藻华丽的文人墨客，他向来是以日记或游记的形式，淡淡地记录下他们每日所行经之地，所遇到的事。至于自己内心感觉与情绪，不论是有多么的深刻，他也只以朴拙的一两句话点到为止。"

我们翻读日据初期的日本学者在台湾探查的学术通信，几乎都是类似的呆板叙述。孩提时代的人文训练，并未让鸟居有游刃有余的敏锐度，思考自己和不同环境之间的互动关系。

也或许是，鸟居走过的地方太多，广漠的东北亚大陆还在未来等着他的前往，他的一生根本来不及为台湾停下脚步，细心地咀嚼曾经在此的各种接触。

不过，纵使如此僵硬而匆促的通信，除了学术的贡献，鸟居仍有超越当时他人探查通信的特色，诸如纵横台湾的博学史观、更为宽大的国际视野、丰硕的现场记录，以及理性而大胆的地理冒险等创举。

鹿野就明显地把全身的精力都投注在台湾。鸟居的旅行脚步是没有停止地往前进。但鹿野不时停下来，吟哦山水、观察土著，反思自己和这块土地，和当地人民之间的关系。

在《山、云和台湾少数民族》这本早期自然写作的经典里，读者充分地感受到一位博物学者的情感流露。华丽的辞藻和浪漫的行吟，洋溢于文句之间。

我的眼眸、我的心灵，完全为玉山东峰轩昂的气概吸引住了，有如与久别的恋人重逢，难抑激动之情。凡人变异，唯山永恒。在我热切的目光里，玉山的身影，比平素思念中的景象更加鲜明，林木无恙，静静悄悄，往日情状，于焉重现。从蜷踞于右方、亲近主峰的岩山，经刀刃般的脊棱，玉山东峰，即峥嵘其上……（《玉山东峰攀登记行》）

上述内容，我们很难想象是一位日本博物学家，在二十世纪三十年代初的旅行笔记。反而较像是一位一九九〇年攀登玉山的台湾自然写作者，对自己土地的抒怀。

更吸引我们注意的，当然不止是个人的思绪和感情。在鸟居的探查里，我们多少还会嗅闻到背后殖民帝国的色彩。一如英法探险家在非洲旅行的形象。自己头戴沙伐利帽，手持猎枪，前有持矛的土人向导，后面有背负行李的苦役。

最遭人疑虑的，或许是一九一〇年时，他再度匆促返台的旅行，因为他走访的地区正是日本人攻打宜兰和新竹泰雅人的范围。我们很难不联想，往昔或当时，他对当地台湾少数民族的详细调查资料，是否也成为作战的有利情报，帮助了“台湾总督府”的山地“治理”？

在旅行通信里，我们也看到，当时他所调查的民族正在灭绝时，他所关心的只是提醒自己要加快脚步。我们感觉不到对台湾少数民族更进一步的关心。在其个人的学术志向和台湾少数民族的命运之间，我们也无法找到一个合理的平衡点。

但在鹿野身上，我们看到的就不只是一个治学勤快的科学探险家角色，或是一个拥有自由主义倾向色彩的人物。在他的探查里，还有旅行者少有的人文孤独，以及对土地的强烈情感，进而惊异地发现他对异文化的认同。而七访雪山和其他险峻山岳的毅力，以及日后神秘失踪的行径，更加添了这种传奇性。

鸟居走过的地方，日后也很少有当地人还提到这位蓄着仁丹胡的采访学者。鹿野离去多年，战后不知其失踪的兰屿达悟人，还深为怀念这位和他们一样矮壮、黝黑的日本人。

鸟居每到一个地方，多半住进地方首长和头目的家，或者利用当地的驻军或官舍官署，解决食宿和安全的问题。四年前甫辞世的阿美人拖泰·布典（汉名陈抵带）曾经和鹿野行走各地山区。杨南郡访问他回忆鹿野时，他说得最深刻：“他对每一个人都很好，但是他非常讨厌日本警察的官僚作风，他拒绝驻在所日警提供的干净宿舍，宁愿住在番人的家……”。

在这段对照两人旅行的生活内容时，很抱歉，我更不由自主，荒谬却合理地联想到十九世纪末，斯坦利（H.Stanley）和利文斯通（D. Livingstone）在非洲的旅行。众所周知，利文斯通地理探险的终点，竟是戏剧性地背负白人原罪的十字架，让自己“消失”，认同于母亲般的非洲大陆。斯坦利则是不断和这块土地的文化产生冲突，最后在地理上有重大发现，同时因找到利文斯通而声名大噪。

鸟居绝无斯坦利惹人争议的旅行恶质，鹿野也没有利文斯通的人道主义。只是他们在这种探险者本质的两极之间，各自占有了一个有趣的位置，在台湾实践了不同的旅行层次。更因为来台的时空背景和所受到的限制不同，很难给予一个功过是非之评价。我们必须谨慎地，继续停留在旅行者本身，从过去的足迹，寻找现代旅行的意涵，一如现代文化学者萨义德在成名作《东方主义》的严峻审视。

如是观之，鸟居的旅行真的是过客。对他而言，台湾只是一个上好的研究素材。吸引他来台的，别无他因，纯然是台湾少数民族，这个迷人的题材，一如他自己所云：“东台湾是人类学的博物馆。”

鸟居的南方之旅，毫无绮想，更无遐思。不论他的哪种报告，台湾本岛并未形成一个旅游的主体性。在时间或者精神上，鸟居的旅行心思也都是短暂的，而且是以东北亚大陆为中心的主体性思考。

鸟居像一个讲究品位的食客，来到台湾这个异地小镇，只是来小镇品尝最好吃的名产。接着，又赶往远方。他在台的冒险犯难，一如在其他地区一样，不乏危险的遭遇。这种探险上的无畏勇敢也无分轩轾，但着实难以激发我们做出更多超越生命的深远启发。

鸟居对我们最重要的启示，或许是他的成长和治学过程。对台湾的贡献大体上也不超出：他是最早来台的人类学者，做了科学而有系统性的第一手调查。而且，用相机拍照，留下了早年台湾少数民族的珍贵史料。

鹿野忠雄作为一个旅行者的意义，显然就超出了如此的内容。若说鸟居在台的探险是理性的开展，实质的离去，鹿野就不然。他是浪漫的出发，传奇的结束。

鹿野无疑会是现代文化评论者喜欢的，去中心化、在边缘内化的代表人物。回溯台湾三百多年的探险者，也不过马偕医师、甘为霖牧师等少数宣教人物，展现过如此魅力。

# 黑鸢大梦
## ——二记沈振中

十月时从草岭古道回来，经过鸡笼山之前的山崖时，一只猛禽飞出峭壁。开车的鸟友竟忘了，正行驶于这条以危险著称的滨海公路，兴奋地喊叫道："大冠鹫！"

"不，它的尾羽和翅膀都较狭长，应该是老鹰……哦，现在叫作黑鸢。"我立下判断。

"黑鸢？"朋友若有所悟，却是一脸困惑。

老鹰正名为"黑鸢"已经有三四年了，但是这位鸟友还是不习惯。

我则无来由地感叹道："我们接近沈振中的地盘了。"

"他还在看老鹰吗？"朋友还是不习惯"黑鸢"的称呼。

"嗯，除了老鹰以外，你想他还会有什么兴趣？"我半戏谑地说。

"真可怕，一个人竟然能观察老鹰这么久？有没有六年了？"朋友咋舌道。

我没有回答。车子继续往基隆前进，自己却陷入五年前和沈振中初识的情景里。

还清楚记得，初次见面是一九九三年元月，我前往外木山，拜访这位奇特的赏鸟人和他观察的老鹰族群。先前，我并不相信，一位非科班出身，而且初学赏鸟的人，能够把老鹰看得如此神奇，竟然每一只都认识，而且把它们之间筑巢的行为和关系，描述得活灵活现，一如动物学者劳伦兹般的有趣。

那一天，我待在外木山，和自然生态纪录片摄影家梁皆得陪他观看一天后，才惊觉到，他描述的可一点也不假。我遇见了一位奇特的赏鸟怪杰。

离开外木山后，再和沈振中联络的机会并不多。接触有限，我难免有一种俗媚的看法。当时就猜想，已经整整一年了。这种专注于个别鸟种的研究乐趣，终有结束的时间。再过一阵，他大概要结束老鹰之观察，寻找另一种鸟种替代吧？一如作家之创作，重新另一种题材之试验，追寻自我之肯定。

但是，没消多久，我就知道自己的认知是多么幼稚。一个来自生命底层深沉而强大的力量，继续支撑着他的观察意志。赏鹰对他而言，已经不是乐趣之观察，而是一种生活态度的具体抉择。

缘于如此的逐渐认知，有空时自己总会胡思乱想，看看有什么好方法可以让更多人认识他这种热爱自然的热忱，进而关心老鹰族群的危机？

有次，我便灵机一动，建议他，何妨把观察老鹰的记录，稍作整理，参加时报报告文学奖。我说服他参加这个文学奖比赛的原因，主要便是上述的理由。

没想到这第一篇参加比赛的文章，竟受到评审委员的青睐，一举拿到当年报告文学的评审奖。这个奖的获得，果然让黑鸢的事情获得更多瞩目。

但沈振中显然对得奖毫无兴奋之情，知道这个消息后，电话那头，他当下就决定要把这笔钱捐赠给野鸟学会。

一九九四年春天，我前往北方三小岛探查，有幸再度和他于野外同行。在航行中的简单浅聊里，约略知道他继续在观察基隆的老鹰。同时，在猛禽类的观察和筑巢行为上，记载了不少珍贵的发现。

此时，如果我没有记错，沈振中已经辞去教职，专心赏鸟，并且成为无给职的基隆鸟会理事长。可是，没有工作，生活怎么办呢?

还记得，当时就关切过这个问题。他的回答倒是很干脆。反正只有一个人，节衣缩食，随便都过得去。

沈振中赏鹰之前，曾经去过花莲盐寮，学习过俭朴生活的日子。我暗自估忖，一个服膺区纪复所提倡之理念的人，物质的需求想必不是他最先要烦恼的，遂未再打探下去。

此后，我们又有两次在野外见面的机缘。不过都和老鹰没什么关联，倒是跟自己热爱的自然教学有关。从自然教学的意义里，我对沈振中有了另一番了解。

这两次的教学分别在三峡和乌来。我和他分别采用两种方式教学。

通常，抵达一处教学现场时，我采用的教学方式是全然的知性。以自己的经验，就着现场有什么人文环境和动植物，做全面空间的解读。

我原本以为，沈振中也会以自己观察老鹰的经验，作为教学的背景。事实却全然与我的推断相反。

有鉴于多数人不是专家，也非天天有机会接触自然环境。他并不强调知识的传递，反而是从最简单的方式，接收自然的讯息，让每一个人都有机会。他的教学内容和美国自然教育家柯内尔的理念不谋而合。

教学前，他会先到教学场地走一遍。然后，在讲义上写下相关的教材。我清楚地记得，在影印给学员的教学单里，就有如下的内容：

（1）一个人走到大树前，试着躺下来，用不同的角度看天空，或者聆听自然。

（2）站在草丛边。请找看看，周遭有许多黑色的珍珠（指的是火炭母草的浆果，但他并未讲出植物名字，显然也不需要名字）。

（3）附近有一个大象的鼻子，请找出来（原来是一棵大树的树干）。

我对纯心灵体验的教学持续性，素来有所质疑，唯接触他教学时展现的自信，还是相当受到启发。至少，日后我在教导孩童时，更懂得用不同的内容去吸引他们。

其实，这以后的野外时光里，我多数的时间也花在教导孩子，并且不断寻找个人的自然教学理想。不过，对沈振中来说，带领孩子似乎是附带的，我想若不是老鹰之“牵绊”，他应该也是一个孩子王！

他继续孤独地走向猛禽的世界。同样是赏鸟人，在心灵深处，他潜藏着对生命意义的追求。这种生命之热情，像我这种有家累之人，恐怕穷一辈子之力都难以彻底体悟的。

也许，我对他的理解只能像每次的匆促见面。一如我对黑鸢之观察，钦羡其在天空的自在翱翔，自己却无法摆脱俗世之负荷。

后来，我能接触到的沈振中，都是从每个月鸟会会讯《中华飞羽》里获得。这一两年来，几乎每一期的会讯都有他观察黑鸢的报告。

对许多人而言，这些看来有点像经文般反复、枯燥且冗长的观察记录报告，却是了解他最好的方法。

不久，我也获知，这是他“黑鸢二十年”计划的一部分。接下来，还有各种的长期调查和推展活动，以及调查员之培训等等。这些工作无疑要大笔金钱的花费始能持续。所以，他诚挚地希望获得外界厂商的赞助，好让这个计划能绵延下去。

二十年！这是何等破天荒的大计划。我直觉的感受是怎么可能？纵使他持续得下去，有哪一家厂商愿意资助二十年的计划？但是，他还没获得资助已经迫不及待地着手调查了。

最近一次相遇，意外地竟是远在屏东火车站前。那天，我应邀到屏东师范学院演讲。还记得对话时，我的询问内容大概是这样：

“你怎么会在这里出现？”

“我来三地门调查老鹰。”他说。

资深的赏鸟人都熟知，除了基隆的老鹰，三地门有另一支大族群的老鹰族群。

“调查？”我有些惊讶。

“对，大概每个月都会来一趟。”他淡淡地回答。

“这样南北奔波很辛苦。你现在要去哪里？”我再问道。

“回基隆。”

“怎么不搭飞机？”

“飞机太贵了，搭不起。”他笑道。

“啊！”我没有再问下去，如此长途奔波，长期调查老鹰，除了沈振中，还有谁能有这番能耐？突然间，我被过去许多的往事勾起回忆。

目送着他远离，六年前在基隆山区初见的背影，穿梭在人群里时更加清癯了。

在这个芸芸众生的红尘里，他依旧勇于选择在最孤独的路线旅行，且甘之如饴。然而，一个长年的庞大计划，终究不是一人之力可以完成。更多的人力和资金的进来是不可或缺的。

最近国际著名的灵长类学者妮·古德尔女士来台，不仅媒体大量报道，募到相当的款额，还迅速成立了人猿基金会。

我多么期待这种自然保育热潮，以及这种对远方动物和学者的尊重和热情，同样会发生在自己的同胞身上。但我刻意冷静观察、思索后，有着相当程度的无奈。

恕我以狭隘之本土观点斗胆直言，对我而言，支持妮·古德尔或许是一种权利，帮助沈振中的黑鸢计划却是一种义务，一种对土地的认同。

谁能够帮助沈振中完成这个不可能的任务呢?

有没有企业和厂商愿意赞助，让黑鸢计划绽露良好的契机?

或者，有其他人愿意加入他的行列，和他比翼远航?

还是继续看着他孤独高飞，一如那些濒临灭绝的黑鸢！

# 台湾特有种
## ——一个自然写作的新方向

一位陌生的年轻作家寄来他即将出版的散文集，随着集子还有他精心手绘的插图和micro镜头拍摄的照片作为内文的搭配。此外，邮袋里还附了一本他的处女作《本日公休》。在这本短篇小说集里，作家宋泽莱以“美丽的初航”称允作者为未来的重要作家。

面对散文集，我却相当迟疑，自己是否能写好序。毕竟，对方是一个陌生的实体。我素来内向的个性夹杂着奇特的疏离和不安。生怕自己的感情无法融入，就对不起作者辛苦的创作了。

可是，开启内容后，随即被一种特有的熟悉情境所着迷和感动。整部集子所处理的题材，正是我这二十多年来信守的写作主题和环境。他已经在我曾经走过的大地，试着以自己的脚步摸索一阵，而我竟习焉不察。从一篇篇的叙述，一边感慨自己的疏失，一边则揣想着他的思维和体验，不自觉地对照着自己年纪相仿时的遭遇。

借由这块土地的牵成，再通过这样的野外生活共鸣，我慢慢地认识了他，并且隐隐掌握了一种来自自然观察的原力——我们彼此深知这种力量的特异，进而不揣浅陋，试着撰文阐述，也决定向读者介绍吴明益。一个非小说领域的吴明益。我要试着就他这回作品的内容，素描他的散文背景和启源，进而简短地追溯我们这一群野外族群的发展过程。

蝴蝶是吴明益这本创作的主题。整个叙述的主轴亦紧紧环绕着蝴蝶的生态习性，以及由蝴蝶牵引出来的自然志和生态环境问题。有趣的是，这个主题和先前的小说并无任何瓜葛。若不挂上作者的名字，还真难以想象，两种文类竟都是同一个人的创作。

纯文学的前卫小说在前，自然观察的散文在后，这是什么样的写作意境和创作断裂呢？恐怕也只有作者能体会个中滋味。早年自己写诗时，虽然也有过这样的企图和努力，文词里难免还夹杂着一些纠葛的情绪，始终无法摆脱文艺青年的喃喃自语。吴明益竟无这层困境，让我颇感称奇。

赏蝶和其他自然观察一样，必须透过不断地旅行，在跋涉山水中，长期锤炼心志和书写的内容。吴明益没有忘记这个本分。他以我极为熟悉而亲切的旅行方法，在台湾各地走动，记录自己观察蝴蝶的心得，而且充分发挥创作的想象和才华。尽管他走得还不够远，亦不绵长，但是已经呈现的作品却充分展现了更深更广的可能。

在兰屿，他寻找珠光凤蝶。从《十块凤蝶》的故事里，旁征博引地提到了鸟居龙藏、夏曼·蓝波安和兰屿的自然沿革，再以此穿针引线，生动地介绍捕蝶历史、珠光凤蝶的栖地。在国姓乡，他追踪小紫斑蝶的历史，从四百年前荷兰人的经营，到郑成功的拓垦，再涉及德国人绍达的辛苦采集。一只小小的普通蝴蝶，在他熟练的写作技巧下，经常就有横向的生态习性和环境变迁之叙述，兼有纵深的历史和自然志的延伸。纵使在校园、都市之小天地，我们都看到他和蝴蝶热情而精彩的互动。毫不起眼的蛇目蝶，在他眼里竟饱满了神话和哲学之味。笨拙的大白斑蝶在环境不同的对照下，也有了无与伦比的炫丽飞行。

吴明益创作所汲取的养分不仅广泛且拿捏得宜，我不时读出一阵欢喜和赞叹。这几年来，台湾自然生态观察和历史人文所累积的丰富知识，都在他的旅行过程里，成为随手可汲取的养分。他不像二十世纪八十年代的自然写作者，犯了捉襟见肘的困窘，常要向西方取经，也不时露出那个时代教条式的道德威权，甚至仍无法摆脱口号式的报道。

由于在那个年代初，我即已投入自然题材的创作，对于当时正兴起的自然写作，以及后来的发展始终保持高度的关心。同时，对每一个阶段自然写作者展现的风貌，更充满好奇。我亦不时积极寻找这类同好，相互切磋、请益。这几年，在这个领域里，我也遇见了不少“台湾特有种”。诸如镇日迷恋老鹰的沈振中、倡议绿色旅行的陈世一，或者遇见孤高的古道学前辈杨南郡。寻找他们，一直是我从事自然观察里不可或缺的工作。我把它当成和观察动植物一样快乐的事情。

不过，吴明益明显地和他们的出身不一样。他和我一样都是“科班”出身的。我的意思说，我们都是从文学出发，在创作的路上和自然生态的窗口照会了，从此就不再离开它。这样的人并不少，在二十世纪八十年代时，王家祥、洪素丽、凌拂和徐仁修等都是这类同好。

二十世纪九十年代初也有零星的创作者，朝这个方向在努力创作和实践生活。但直到最近我才又有明显的感受，为数更多的另一批积极创作者，坚持着更成熟的生态观，在自然写作的范畴里，寻找自己的风格和观点。如果你常看报纸，应当不难看到杜虹、李晓菁、范钦慧、廖东坤等人的名字，以及他们的作品。

从他们的创作意图和内容，我试着了解，那些经过整个年代生态环境运动洗礼，并且撷取更多西方自然写作精华的创作者，对土地伦理有无我们的好奇和热衷？抑或是充满新的生活价值？

早期的自然写作者常被讥讽，只能以浅显是非的道德和美学说服人。晚近的自然写作者很少陷入这种启蒙期的思维框架。吴明益更是。他所成长的环境让他轻易地跳开这个二十世纪八十年代环保的迷障，直接以更成熟的自然知识，在文学的领域奔跑。他的行文，不仅看不到早年自然写作者（包括我）的那种滥情了，同时，也无作家杨照在二十世纪九十年代时认定的急切和焦虑。

他的创作内容展示了较为活泼的可能，以及更多文字锻炼后的缤纷。三种主要的面相交错着，形成他书写蝴蝶的内涵。一为自然志的信手拈来，丰富了他文章的深度，并显示了他的聪慧和机敏。二是丰富的野外经验，适当地糅合科学的生态知识，让他的叙述更加有说服力。三系文学的技巧卓越，平淡的素材经过他的消化、转换，充满了诗意的效果。

从自然写作在台湾的发展来看，这一系列蝴蝶散文所蕴藏的成绩和发展，恕我再袭用野外经常使用的语言：我又发现了另一个新品种。一个在这块土地上经过许久才可能孕育的种类。

晚近以自然为题材的创作，逐渐倾向工具图书化的书写，轻忽了文学长远的功能和意义。很高兴，作者对这样的倾斜保持一个高度警觉的距离，继续在自然写作的园地上和我们一起深耕。

从吴明益的创作，我不免想到晚近大量译介、引进美国自然写作者的创作经典，我们从梭罗、约翰·缪尔的早期生态文学作品，读到晚近如黛安·艾克曼、亨利·贝斯顿等人的创作，每一个阶段的自然写作者都有他们的生活哲学和土地伦理观。

台湾也有机会如此呈现成绩。在短短二十年间，随着生态意识的高涨，我们的自然写作人才并不乏后进。生态主张逐渐多样下，观察也展现更多的细腻和成熟。薄薄的这本散文集虽不足以展现个人的强烈风格，但一种过去较少看到的新方向已然成形。

自然写作也需要更多历史的积累，通过一代接一代生活和哲思经验的开创，紧密地和生态环境互动。这种特殊的文学类型方能丰收，成为台湾文学里重要而独特的一支。环顾过去，我们还走没几步。欢迎吴明益进入这条路线，而且能够持续走下去！

对我而言，吴明益的初航不只是美丽，方向也很准确。